群衆の風景

英米都市文学論

植田和文

南雲堂

群衆の風景

英米都市文学論

目次

群衆の風景

英米都市文学論

まえがき　要約ふうに

私には群集が絶対に必要であった。――富永太郎
顔の暴虐――ド・クィンシー／ボードレール

おそらく都市の発生は文明とともに古い、あるいは文明の発生は都市とともに古い。少なくとも西洋文明においてはそうであろう。そのことは、「文明」（civilization）という語が、「都市の市民」を意味するラテン語の civitas に由来することからもわかる。古来さまざまの都市が興り、あるものは滅び、あるものは今なお命脈を保っている。その性質や役割はさまざまであったが、古代から近代までの長いあいだ、都市の意味はほぼ安定していたと思われる。都市は、政治・軍事・商業・宗教の中心、あるいはそれらの複合する中心であった。都市住民のあいだで、富と権力を持つ者と持たざる者の格差は厳然と存在したが、階層・職業間の流動性はあまりなく安定していて、ほとんどの住民が何らかの帰属感を持っていただろう。

しかしながら、十八世紀後半、産業革命以後の近代都市は、いちじるしく人口が流入し、都市域は拡大し、産業・金融・流通などの役割が大きくなる。そしてそこに住む人にとって、都市の持つ意味は必ずしも明確ではなくなる。市民階級・下層階級が増大し、作家や詩人の多くもま

た概して貧しい都市住民となって、不特定多数の読者層に向けて、ものを書き始める。いきおい彼らの作品の場面は都市に設定され、登場人物は都市に住む人々になり、時には人物以上に都市そのものが描かれるようになる。そういう代表例として、ディケンズのロンドン、バルザックのパリ、ドストエフスキーのペテルブルグがよく挙げられる。もちろん、人類にとって新しい経験であった近代都市の生活になじめず、その異様さ、むなしさを強調し、対照的に自然の中の生活の充実や静謐をうたいあげる場合も多かった。しかし、それを読んで共感やノスタルジーを抱く読者は、ほとんどが都市を離れるあてもない都市住民であった。

人類にとって新しい体験である近代都市を、作家たちはどのような視点から見たか、彼らの作品は、どのような都市風景を描き、それをどのようなイメージとして定着したか。これが本書の主なテーマである。そして都市風景の中に大きく姿を現してくるのが、群衆である。近代都市における群衆、作家自身もしばしばそのうちの一人である群衆、これも人類にとって新たな経験であった。

＊

「群衆の中の孤独」。「孤独な群衆」。こういう事態は、今ではあまりにも平凡なことになってしまった。都会の喧騒の中にいるといっそう孤独感がつのり、街行く人の顔つきが一様に孤独であるという事態は、都会に住んだことのある人なら誰でも知っている。しかし今なお、都市住民の多くは街の雑踏の中へ浸りにゆくし、それが悪癖になっている人さえいる。彼らが群衆の中へ赴くのは、孤独をまぎらわせるためなのか、それとも孤独をいっそう深めるためなのか。いずれにせよ、群衆の中の孤独には、自然の懐に抱かれた孤独とは異質の、独特の魅惑があるにちがいない。

しかしながら、群衆を求めてさまよう心性には、何か後退的な気配が漂っていることも否定できない。群衆を求めてさまよう人はどこかに帰属を求めてもそれが得られない、あるいはどこにも帰属を望まない浮遊した存在ではないか。そういう人は生の充実を持たず、その空虚を雑踏で埋めようとしているにすぎないのではないか。群衆の中にいるのは一種の愉悦であるとしても、この傾向が高じると、人は自己を見失い、自分が何者であるかわからなくなるのではないか。いや、そもそも自分が何者であるかわからなくなった個人が、群衆の中へ赴くのではないか。こういう群衆と孤独のテーマを作家たちはどう認識し意味づけ、どう描いたか。これもまた本書のテーマである。

*

十八世紀末、ワーズワスはロンドンの通りを群衆とともに歩きながら、「私の傍らを通り過ぎるどの人の顔も神秘だ」という思いに打たれた。十九世紀初め、ド・クィンシーは「たえまない群衆の顔の中にいる時、心を圧倒する孤独感はたとえようもない」と述べた。エドガー・アラン・ポーは、群衆の中をさまよう「群衆の人」と、そのあとをつけてさまようもう一人の「群衆の人」を造形した。ボードレールは、「孤独と群衆の交換可能性」という命題を唱えて、群衆が芸術家に対して持つ魅惑とそれからの脱出を同時に歌った。群衆に陶酔し、あらゆるタイプの人間に同化するボードレールは、散文詩「群衆」の結末では、「植民地の建設者、人民の牧師、地の果てへまで流浪した伝道僧」という、都会人種とはおよそ正反対のタイプにまで「群衆の人」の心理を見てとっている。と同時に、彼は「孤独」や「午前一時に」という詩では、「群衆の中に自己を忘れる」傾向を批判し、個人を押しつぶす「人間の顔の暴虐」を逃れるため、街の放浪から帰ったあと、孤独の部屋に二重の鍵をかける。

「群衆と孤独」のテーマは、近代人のアイデンティティーや、他者との関係という問題と切り離せない。ド・クィンシーやディケンズは、夜の都市を眺めながら、そこに住む無数の人々の運命に思いをはせ、これら無数の人の心（＝書物）をもはや読むことができぬという、身を切られるようなせつなさに圧倒された。人の心を本のように読む、あるいは人の心は読めない本である、という発想はワーズワスやポーにも見られる。都市の風景、群衆の風景は、同時に人間の心の風景でもあるだろう。

＊

本書でとりあげたのは、産業革命をいち早く達成し近代都市を発展させたイギリス、文明のない荒野に急速に都市を発生させたアメリカの作家や詩人の作品であるが、都市化を経験したあらゆる国の作家にも、同じような事情が見られるであろう。わが国では一九二〇年代頃、近代都市の時代の到来とともに、都市を描く作家や詩人が数多く出現した。例えば梶井基次郎の作品の多くは、T・S・エリオットの初期の詩と同じく、街をさまよう人の視点から観察した風景と、それから触発された心象風景から成り立っている。時には「どこまでが彼の想念であり、どこからが深夜の町であるのか」、その区別が定かでない。彼の鋭敏な感覚が描きだした写実と夢想の混じりあう風景は今なお色あせていない。近代人の意識には、街の風景、群衆の風景、想像の風景が交錯して映るのである。

ところで、テクノロジーの飛躍的発達に伴い、都市はその人間味を失って、無機的なものになる傾向がある。高層ビル群が林立し、高速道路が交錯する風景、とりわけ人の姿がとだえた夜の風景は、人類が死に絶えたあとの荒涼たる巨大な廃墟を思わせる。二十世紀後半から二十一世紀に向かって、都市は人間がいないかのような、無機的なコンクリート砂漠の様相を強めてゆくだろう。しかも、住民たちはめいめいの部屋に閉じこもって、情報ネットワークだけでつながれた、孤立した無数の点にすぎなくなるという状況が進行するだろう。そうなれば、彼らの住むべき場所はもはや都市である必要はない。しかし、盛り場や人の群れる街路がいまだに存在し、休日ともなればそこに今なおおびただしい数の人が集まり、人間臭さが充満する。今なお人は人を求めて群衆の中へ赴く。その魅惑と愉悦、不安と嫌悪。ボードレールが『パリの憂鬱』の序文でいう、作家が大都市に足しげく通い、そこに見られる無数の関係の交錯から生みだした作品が、

「魂の抒情的な運動にも、空想の波動にも、意識の飛躍にも適する」作品として都会人に訴えかけるという事態はまだしばらく変わらないだろう。

序章

都市を見る三つの視点

サミュエル・ジョンソン、カーライル、エンゲルス
ナサニエル・ホーソーン、E・T・A・ホフマン、E・A・ポー

「都市文学」（urban literature）とは何だろうか。都市を舞台にした文学作品、都市に対する人間の反応を主題にした文学作品はきわめて多い。そういう作品を扱った研究書もかなりの数にのぼる。一九九〇年代の英米の研究書に限っても、すぐに数冊思いあたる。[1] しかしながら、「都市文学」の定義となると、いまだ必ずしも明確ではない。都市文学とは、都市において書かれ読まれる文学（自然と田園の讃歌を含めて、ほとんどの文学がそうである）なのか、都市を舞台にする文学（それなら古代から存在した）なのか。あるいは都市が人間に及ぼす力を描く文学なのか。都市が主題である文学、人物よりもむしろ都市が主人公であるような文学なのか。一九七八年に近代小説研究雑誌 *Modern Fiction Studies* が「近代都市と小説」という特集をした時、執

筆者の一人は「urban literature なるものは、いまだ存在していないのかもしれない」[2]と述べた。それから二十年以上たった現在でも、「都市文学」の定義がその頃よりはるかに明確になったとはいいがたい。

しかし「都市化」(urbanization)現象がやむことなく進行する中で、「都市文学」への関心は依然としてさかんである。「都市文学」とは、人間が都市をどのように見たか、人間の見た都市がどのように表現されたかが、重要なテーマとなる文学というふうに、広義に捉えておきたい。だが、現時点で「都市文学」という場合、イメージされる都市は、産業革命以降の近代都市であるのが普通である。十八世紀後半以降、西洋における近代都市の誕生とともに、都市に対する感受性は大きく変化した。ある歴史学者の大まかな図式によれば、十八世紀以後の都市観は、啓蒙主義時代の「良き都市」から、ヴィクトリア朝の「悪徳の都市」へ、さらに二十世紀の「善悪の彼岸にある現代都市」へという変遷をたどったという。[3]

序章では、都市文学論の総論として、まず近代都市発生期において、作家の都市に対する感受性がどのように変化したかを、主として英文学を例にとりつつたどり、次に、その頃書かれた、都市が大きな要素となっている作品、都市が背景ではなく前景となっている作品をとりあげて、都市がどのように表現されたかを考えてみたい。

1

よくいわれるように、十八世紀の英文学は、ロンドンを中心とする都市の読者層が支えた都市の文学であった。作家たちは、都市におけるモラルの腐敗をしきりに批判し風刺の対象にしたが、都市のありようそのものに不信を感じることはなかったと思われる。サミュエル・ジョンソンは、青年時代、ユヴェナリスふうの風刺詩『ロンドン』*London* を書いたが、彼がこの大都会に断ちがたい愛着を抱いていたことは有名である。ジェイムズ・ボズウェルの『ジョンソン伝』*The Life of Johnson* によれば、ジョンソンは、リンカンシャー州の司祭職の申し出を受けた時、「ロンドン生活への愛着があまりに強くて、他のどんな場所にいても、とりわけ田舎に住むとなると、自分が亡命者になったかのように感じるから」[4]という理由でそれを断ったという。ジョンソンやボズウェルにとって、ロンドンの魅力の第一は、そこに住む多種多様な人間たちの生態であった。彼らがさまざまな名もない人間、無数の横町や路地に寄せる関心には、のちの時代の都市の見方に通じるものがある。

ロンドンについて、ジョンソンはこう語った、「この都会の偉大さについて正しい観念を持ちたいなら、大通りや大広場を見て満足していてはだめだ。無数の小さな横町や路地をも観察せねばならない。ロンドンのすばらしい大きさは、はなやかに連なる建築群にあるのではなく、密集して住む多種多様な住民たち（the multiplicity of human habitations which are crouded together）にこそあるのだ」。――私〔ボズウェル〕は、人によってロンドンがいかに違った場所に見えるかと考えておもしろく思ったものだ。……賢明な人間がロンドンに感銘を受けるのは、あらゆる種類の人間生活（the whole of human life in all its variety）がロンドンにあるからで、それを考察するとなると、まったく興趣つきることがない。[5]

ジョンソンにとって、都市は文化と社交の場であり、都市の外の自然は未開で野蛮であるというのは明白であった。しかし十八世紀後半、時代思潮は変わりつつあり、「野性の生活」（savage life）、「自然の荒々しい雄大さ」（the rude grandeur of Nature）、「高貴な野性の風景」（noble wild prospects）といった話題が人々の口にのぼり始め、ジョンソンもそれを話題にとりあげた。しかし、こういうロマン主義思潮に対する彼の反感には根強いものがあった。当時イギリスにも現れつつあったルソー主義者たちを、ジョンソンは痛烈に揶揄している。「野性生活」をめぐってのボズウェルとのやりとりで、ジョンソンは、「ルソーは自分がナンセンスを語っているのをよく知っていて、世間の連中が驚いて目をみはるのをおかしがっているのだ」とか、「あんなにみごとにナンセンスを語る人は、自分がナンセンスを語っていることを知っているはずだ」[6]と述べている。こういう彼の見解は、感受性と情熱の人ルソーを、ジョンソン流の諧謔の人に変えてしまっている。

このようにいうと、ジョンソンは手放しで都市を賛美したように聞こえるが、実情はそうではない。現実感覚の持ち主である彼は、都会人種の悪徳をも十分意識していた。しかし、最終的には、人間社会は「好ましい」(benevolent)ものになりうる、人間の作った都市は「まずまず望ましい」(not unacceptable)と彼は信じた。[7]

ジョンソンの時代から約五十年後、カーライルの『衣裳哲学』*Sartor Resartus* に登場する哲学者もまた、大都会のおびただしく多様な人間模様に心惹かれた。彼は高い建物にある住居から夜の街を見下ろして、あらゆる階層の人々の営みを観察している。しかし、その時の感慨はジョンソンから大きくへだたっている。

ああ、霧と腐敗と何ともいえぬガスでできたあのひどい掛け布団の下に、何という発酵桶(Fermenting-vat)が、ふつふつとたぎりながら隠されていることか。そこには、喜んでいる者がいる、悲しんでいる者がいる。死にかけている者がいる、生まれようとしている者がいる。祈っている者がいる。かと思うと煉瓦の仕切り一つ向こうでは、呪っている者がいる。そして、彼らのまわりには、広大で空虚な夜の闇があるだけである。[8]

ジョンソンの時代とくらべると、都市化・工業化が進んで、街は厚いスモッグで覆われ、住民たちはいっそう過密となり、しかも孤立している。この観察者は、続いて、豪華な居間でくつろぐ高官、藁の寝床でふるえている貧民、賭博にとりつかれている男、策謀をめぐらす政治家、駆け落ちしようとしている男女、錠前をこじあけようとしている泥棒、大邸宅のはなやかな宴会、朝が来ると処刑される運命の死刑囚——など、同じ瞬間に、しかしまったく孤立して、くりひろげられているさまざまな人間の運命に思いをめぐらせ、その筆致はしだいに激しくなる。

五十万を越える二本足の、羽毛のない獣が、われわれのまわりに、水平の姿勢で横たわっている。みんな頭をナイトキャップに包み、おそろしくばかげた夢で頭をいっぱいにしている。騒々しい酔いどれが、恥辱の臭い穴蔵の中でわめき、よろめき、ふんぞり返って歩いている。母親は髪ふり乱し、死んでゆく青白い幼児の上にかがみこむが、幼児のひびわれた唇をしめらせるのは、母親の涙だけなのだ——わずかに板や石の壁をへだてるだけで、こういった人々がみな重なり押しあい (all these heaped and huddled together)、樽の中の塩漬けの魚のようにつめこまれている。あるいは、エジプトの水瓶の中で飼われている毒蛇のようにのたうっている。めいめいが相手より頭を上に出そうと鎌首をもたげて。そういった作業が、あの煙の掛け布団の下で進行中なのだ。[9]

「密集して住む多種多様な住民たち」への関心は、ジョンソンの場合と同様だが、ここに描かれた、密集と孤立の気味悪さは、ジョンソンに見られなかったものである。ジョンソンにとって、野蛮なもの、不気味なものは都市の外に閉め出されていた。カーライルの場合は、まさに都市の中心部に、不気味なもの、野蛮なもの、恐ろしいものがうごめいている。都市に対するこのような感じ方は、少しのちの時代の文学における、都市に対する感受性の先駆けと言ってよいだろう。

都市の密集ぶりを巨大な「醗酵桶」（**Fermenting-vat**）にたとえるのは、のちにボードレールが、「屑屋たちの酒」という詩で、パリの街を、「古い場末町、泥の迷宮、そこでは人間がわきたつ酵母（**ferments**）となってひしめきあう[10]」と歌ったのを思い出させる。『衣裳哲学』の語り手は、人間を羽毛のない獣、スズメバチやミツバチ、塩漬け魚や毒蛇にたとえた。ボードレールは、「七人の老人」「小さな老婆たち」「夕べの薄明」などの詩で、人間を蟻や野獣にたとえた。いずれも、卑小にして狂暴、非人間的にしてなまなましい、人間の群れる都市の気味悪さを表現している。

さらに右の引用は、ディケンズの『二都物語』*A Tale of Two Cities* 第一巻第三章「夜の影」の冒頭を思い出させる。『二都物語』の語り手は夜、大都会へ入ってゆく時、そこに密集し、しかし孤立して住む何十万という人のひとつひとつの心が、他人のうかがい知れぬ秘密を隠していることに、めくるめくような恐れとおののきを感じる。

> 人間がみな、他の人にとってはそんなにも深い秘密であり、神秘であるようにできているのは、思えば驚くべき事実である。私が夜、大都会へ入ってゆく時、密集している暗い家々のひとつひとつが秘密を秘め、その家々の部屋のひとつひとつがまた秘密を秘め、そこに住む何十万という人々の胸で、脈打っているひとつひとつの心が想像していることは、最も近い人にとってさえ秘密なのだ、と考えると、私は重苦しい気分に襲われる！　恐怖の、いや死自体の幾分かは、このことに帰せられるのである。私はもはや、私の愛したこのなつかしい本のペ

ージをくることができない。それを全部読もうと望んでも時すでに遅いのだ。[11]

無数の名もない人の心のひとつひとつが、読むことのできぬ書物であり、その神秘に圧倒されるというのは、新しい感じ方ではないだろうか。ディケンズの場合は、カーライルと違って、名もない人間ひとりひとりへの切ない好奇心と愛着があるが、人間と人間のあいだの深い断絶が意識されている点で両者は同じである。

『衣裳哲学』の哲学者は、高い建物の最上階から夜の街を眺めて、一応、超然としたポーズをとっていた。彼は高みに「星とともに」いた。しかし貧困にあえぐ下層階級の描写には、社会批判の目が感じられる。『衣裳哲学』から十年後、エンゲルスは『イギリスにおける労働者階級の状態』*Die Lage der arbeitenden Klasse in England* を著した。都市の悲惨は大昔から存在したであろう。だが、十九世紀半ば、エンゲルスがイギリス諸都市の労働者階級に見た「大衆的規模の悲惨化」(mass immiseration)、非人間化、堕落、残酷さは、歴史上かつて例のないものであった。[12] 惨状を伝えるエンゲルスの筆致は、書き始めるやいなや、たちまち最上級表現を使いはたしてしまう。かつてジョンソンは、大都会を知るためには、大通りだけでなく路地裏も見るべきだと言ったが、その路地裏は今や恐るべき状態にある。のみならず、それは人目から隠されている。マンチェスターでは、一見はなやかな大通りがその裏に貧民街を隠蔽している。

この人目をあざむく建て方は、多かれ少なかれすべての都市の通例であることは、私も十分に知っている。商店主たちは、商売の性質上、大通りに店を構えねばならないことも、私は知っている。そのような通りでは貧弱な家より立派な家が多く、土地の価額は大通りにすぐ近い所のほうが、大通りから遠い所よりも高いことも知っている。しかしながら、マンチェスターのように、労働者階級がこれほど組織的にメインストリートから隔離されている所は見たことがない。中流階級の目や神経にさわるすべてのものを感じさせないように、これほどうまく配慮して隠されている所は、他に見たことがない。それでいて、マンチェスターは、他のどの都市よりも、都市計画に従うこと少なく、政府の規制を受けることが少なかった都市——なりゆきまかせにできた都市なのだ。[13]

かつてジョンソンは、あるスコットランドの男が「善悪は人間が自分の都合のよいようにでっちあげたものにすぎぬ」とルソーかぶれの発言をし、高貴な野蛮人をきどった時、「その男はめだちたがり屋なのだ。みんなが眺めていて、やめて出てこいと言っている限り、やつは豚小屋をころげまわっているだろう。しかしかまわずに勝手に放っておくと、すぐやめてしまうだろうよ[14]」と比喩でもって痛烈に皮肉った。ジョンソンにとっては、都市の生活には快適さと秩序があり、豚小屋でころげまわるような放縦さは都市の外部にあった。しかし産業革命開始後の都市、一八四四年のマンチェスターでは、比喩ではなく文字どおりに、貧民たちが豚とともに汚物にまみれて生活していた。当時の最先端工業都市、イングランド第二の都市のまっただ中に、原始の闇が出現したのである。人類は再び穴居生活に戻ってしまった。[15]もちろんそれは、放っておくとやんでしまうような問題ではなかった。同じ時期のディケンズの小説もそういう悲惨な都市を描いている。『オリヴァー・トゥイスト』*Oliver Twist* では、商品として売買される子供たちが、豚のように汚物の中をころげまわっている。人間は獣じみているのではなく、獣そのものになってしまった。[16]

ジョンソンは、都市において人間は快適な生活をしうると信じた啓蒙主義時代の都市観を代表し、カーライルとエンゲルスは、都市において人間は利益のみを追求し、非人間的になるというヴィクトリア朝の都市観を代表する。(ちなみにエンゲルスは、ブルジョワにしては進歩的なカーライルの「労働の組織化」に期待を寄せている)[17]。近代都市の誕生という時代に生きた詩人や作家は、多かれ少なかれ何らかの反応を示しているが、その反応は、ジョンソンとエンゲルスを両極として、そのあいだの振幅をゆれ動いているといえよう。例えば、ワーズワスは『序曲』*The Prelude* 第七巻で、都市の人間や風物に白昼夢のように魅入られることから始まり、最終的には「空虚な混乱」(blank confusion)、すなわち都市のむなしさと非人間化を確認することで終わった。ディケンズは、初期には都市の多様な楽しみをも描いたが、まもなく都市の悲惨と非人間化にとりつかれた。

以下において、『ジョンソン伝』(一七九一年)と『イギリスにおける労働者階級の状態』(一八四五年)のあいだの時期に発表された作品から、「都市を見る」ことを中心テーマとした三つの短編小説をとりあげて考察したい。

ナサニエル・ホーソーン「塔からの眺め」"Sights from a Steeple"（一八三一年）、E・T・A・ホフマン「隅の窓」〔原題『従兄《いとこ》の隅窓』"Des Vetters Eckfenster"〕（一八二二年）、E・A・ポー「群衆の人」"The Man of the Crowd"（一八四〇年）――近代都市発生期のほぼ同時期に書かれたこれらの短編小説には、とりたてていうほどのストーリーがない。人物には名前がつけられていない。少しのちの時代に書かれたバルザック、ディケンズ、ドストエフスキーの長編小説は、しばしば都市小説と称されるものの、彼らは偉大なストーリー・テラーであり、都市の姿を描くとともに、筋の面白さと個性的な登場人物の魅力で、読者を引っぱってゆく。だがここにとりあげる三つの短編は、もっぱら都市を観察することで成立していて、ストーリーや人物への興味には依存していない。都市は物語の単なる背景ではなく、まさに前面に出ている。従って、都市文学のある面を純粋な形で示しているといえるだろう。

これらの三編における語り手は、『衣裳哲学』の哲学者と同じく、だいたいにおいて静止した高みから都市を観察している。バートン・パイクという研究家は、都市を見る視点として、高所（above）、路上（street level）、下方あるいは地下（below）の三つの視点を挙げた。[18] 都市文学について多くを論じた国文学者、前田愛は、高い所から都市を観察する「目玉人間」と、路上を歩きまわって都市を体感する「チューブ人間」という分け方をしたことがあった。[19] また、高い所から都市を見るという「鳥瞰的なまなざし」は、パノラマ的展望とならんで、十九世紀の都市生活に発生した新しい視覚経験であるが、それは、中世には神が占めた位置に人間が立つことでもある、という見方もなされている。[20] 近代文学において、高所からの眺めが都市観察の重要な視点となったのである。

*

ホーソーンの「塔からの眺め」の語り手は、高所に登ってひたすら眺めるだけの「目玉人間」、もう少し上品ないい方をすれば、「目の人」である。

そら、こんなに高く登った。けれどたいしてよいこともない。ここに私は立っている。膝は疲れ、大地はほんとうに目もくらむほど下にあるが、天はまだずっとずっと上にある。あのほんとうの天頂にまで、舞い上がっていけたらよいのだが。人は誰もそこに行ったことなく、鷲さえも飛んだことなく、そこでは希薄な蒼天が溶けて視界から消え去り、深い「無」の影だけが現れるのだ。けれど私は、そんな冷ややかで孤独な思いにはぞっとする。[21]

語り手が登っているのは、教会の尖塔である。マグダ・アレクサンダーの『塔の思想』〔原題『塔』*Der Turm*〕によると、西洋文明における塔というものは、実用的機能があるとしてもそれは付随的なものにすぎず、塔の真の意味は、精神的なものであるという。塔は、地球の引力をふりきって神の御座である天へ向かう、すなわち人間の有限性に抗して無限へ向かう情熱を示しているという。[22] アレクサンダーはそれを「高所衝動」（Höhentrieb）と名づけている。「塔からの眺め」の語り手も、高所へ向かう衝動に促されて、「あの天頂にまで舞い上がってゆけたらどんなにいいだろう」と思っている。しかしその一方で、彼は「高所衝動」におじけづき、「無の影」（shade of nothingness）におびえている。以後、彼はもっぱら地上を、自分の住む街を眺めることに専念する。視線は超越的な天に向かうよりも、世俗の地上に向かうのである。このことは、十九世紀にはすでに、塔の持つ聖なる意味がかなり薄れてきたことを暗示しているだろう。人は高みに惹かれて塔に登るが、頂上に達すると、もはや天に思いをはせることなく、もっぱら自分たちの世俗の地上を見下ろすのである。

語り手は、「のぞきめがね」（spyglass）を手にしていて、他人の生活をのぞき見るのに熱心である。彼は「すべてを見るが相手からは見えない見張り」（a watchman, all-heeding and unheeded）であり、眼下に見える無数の煙突が、かつて炉辺につどったあらゆる人の心の秘密を語り、無数の屋根が取り払われて、その住人たちの生活ぶりが見わたせたらよいものをと願う。そういう語り手の心理には、前述の『衣裳哲学』や『二都物語』の語り手を思わせるものがある。だが「塔からの眺め」の語り手の視点ははるか高所にあり、時は晴れた夏の午後であるため、暗いおののきは感じられない。彼は次のように瞑想する。

塔からの眺め（ニューヨーク、聖ポール寺院から、1849年）
「聖なる教会の塔から、もっぱら自分たちの世俗の世界を見下ろす。」

最も望ましい生き方は、精神化されたポール・プライ〔詮索《プライ》好きの人〕の生き方かもしれない。見えない姿となって男や女のまわりをうろつき、彼らの行為を目撃し、彼らの心を探って、彼らの幸せからは輝きを借り、彼らの悲しみからは影を借りて、自分に特有の情緒は何も持たずにおくのだ。しかしこんなことはすべて不可能だ。煉瓦の壁の内部、人間の胸の奥の秘密を私が知るとしたら、それはただ推測によるにすぎない。[23]

ここには、人生の熱心な傍観者であることを選んだ、作者ホーソーン自身の人生観がうかがえる。「他人の幸せからは輝きを借り、他人の悲しみからは影を借りて、自分に特有の情緒を持たずにおく」というのは、ホーソーンの小説作法である。いや多くの作家や詩人に共通する方法かもしれない。それは、キーツのいう詩人的特質、他者に同化するが自分の個性は持たずにおくという「消極的能力」（negative capability）を連想させる。また、ボードレールが「小さな老婆たち」'Les petites Vieilles' で歌った、自分の「心が増殖して」（mon cœur multiplié）、他者の幸不幸も美徳も悪徳もわがものにするという心理状態をも思わせる。ただし、他者に同化するといっても、実際のありようは、引用の最後の文にあるように「ただ推測によるにすぎない」。自分特有の情緒は持たないといいながら、じつはすべてが自分の想像なのである。だからこの文はまた、ボードレールが、散文詩「窓」'Les Fenêtres' で密集する家々の、とある窓の内側に見える中年の貧しい女性に思いをはせ、「彼女の顔、彼女の衣服、彼女の動作、実際ほとんど何もないところから、私は彼女の身上話、というより彼女の伝説を作りだして、時おり涙しながらそれを自分に語って聞かせるのだ」[24]というのを思い出させる。

「塔からの眺め」の語り手は、街路を見下ろしながら、あらゆる種類の人間のあらゆる運命が同時存在しているという事実に、思いをめぐらせている。

> 私の眼下の、屋根に覆われた所にいる人たちの状況は、何といろいろなんだろう。今この瞬間、彼らに起こっている事件は、何とさまざまなんだろう。生まれたばかりの者、人生の盛りの者、息をひきとったばかりの者が、このたくさんの家々の部屋にいる。希望にみちた者、幸せな者、不幸な者、絶望している者が、私の一望できる範囲内に一緒に暮らしている。私が落ちついて目をさまよわせている家々のどこかで、貶められて踏みつけられてはいるが、まだ徳を保っている心に、罪がしのびこもうとしている――罪がまさに犯されようとしている。そ

のさしせまった行為は、まだ避けることができるかもしれない。だが、罪がなされてしまった。するとたちまち、罪を犯した人は、それがもとどおりにならないかと思い始める。[25]

この一節は、前に引用した『衣裳哲学』の描写をすぐさま思い出させるだろう。抽象名詞が人間を表す表現法さえよく似ている。この一節の後半には、人間の心のためらいと弱さが、切迫感をもって描かれている。しかし『衣裳哲学』の場合のような暗さはここにはない。その理由は、カーライルの語り手がアパートの最上階という世俗の場所から、夜の大都市を見ているのに対し、ホーソーンの語り手は、昼間に、教会の尖塔という聖なる高所から、発展途上にあるアメリカの町（city でなく town）を見ているためではないだろうか。

「塔からの眺め」は、のちの時代の都市文学と多くの共通点を持っているが、語り手の視点がはるか高所にあって、距離をおいて都市を見ているために、人間のドラマがなまなましく描かれることはない。[26] 語り手は、塔の上から、軍隊の行進と葬式の行列が不意に出くわすのを見る。いわば、人間の攻撃本能と死の本能の衝突、あるいは、俗なるものと聖なるものの衝突である。また、二人の美しい娘と一人の青年の出会いが、娘たちの父親である商人によって妨害されるというシーンを目撃する。いわば、エロスと現実原則の葛藤である。しかしこういった人間のドラマも、距離をおいて遠くから、あわく描かれるにすぎない。

ホーソーンのこの短編から受ける全体的印象は、調和と秩序だといえるだろう。雲のたたずまいが、妖精・島・人魚になぞらえて描写されるのは、天・地・海の融和を感じさせる。語り手の見る風景そのものも調和的である。塔の上から眺めると、耕された畑、村、白壁の田舎屋敷、うねる小川、静かな湖、散在する小さな丘が見える。おだやかな海が限りなく広がり、深く内陸に入りこんだ入江の先端に町がある。大きな自然が小さな町を抱きこんでいて、自然と都市が調和しているという印象を受ける。そのような調和という点で、ワーズワスの有名な、ウェストミンスター橋からロンドンの眺めを歌ったソネットに似かようところがある。このソネットでは、towers, domes, temples といった神聖なもののみならず、ships, theatres, houses などの世俗のものも、野や空に向かって開かれている。都市は「大いなる心」(mighty heart) と呼ばれて、自然と調和するという以上に、自然の一部になっている。[27]「塔からの眺め」の結末では、にわか雨が降って街から人の姿が消えるが、やがて青空がのぞき、天と地を結ぶ虹が出る。語り手は虹を「あの世の栄光とこの世の悩みと涙から生まれた」と形容して、聖なるものと俗なるもの、自然と都市の調和を祝福している。

ホーソーンもワーズワスも、つねにこのように高所から調和的に都市を見たわけではなかった。ホーソーンは「ウェイクフィールド」"Wakefield"や「わが親戚モリノー少佐」"My Kinsman, Major Molineux"などの短編で、迷路のような暗い街をさまよう人物を描いている。ワーズワスは『序曲』第七巻で、自らのロンドン放浪体験を描いている。これらの作品では、都市を見る視点は地上に移っている。その時、都市は迷路の趣きを呈し、都市の迷路はそこをさまよう人の心の迷路に対応するのである。

3

ホフマンの短編小説「隅の窓」の主人公は、足萎えで動くことのできないベルリンの小説家である。彼は、マーケットの立ち並ぶ広場に面した建物の、「天井の低い屋根裏部屋、作家や詩人におなじみの住居」に住んでいる。屋根裏部屋であるから、街路面よりは高いが、もちろん塔よりはずっと低い。しかも天井が低いということは、空へ、天上へ向かう傾向、アレクサンダーのいわゆる「高所衝動」が抑圧されていることを示すであろう。事実彼は「塔からの眺め」の語り手と違って、天上を見上げることはない。広場には教会（聖なるもの）が建っているが、前景の市場（俗なるもの）に対して、背景にある一つの添え物でしかない。主人公の小説家は、動けないため一日中家にいて、「のぞきめがね」（Glas）を手にして、屋根裏という世俗の場所から、混雑する市場という世俗の場所を見ることに専念する。ついでながら、ホフマンの『砂男』*Der Sandmann* の結末近くで主人公ナタニエルと恋人のクララが、高い塔に登って「のぞきめがね」で地上を眺める場面があるが、この塔は市場に面した市庁舎の塔である。ヨーロッパの諸都市では、教会とともに、高くそびえたつ「市や町の庁舎」（city hall, town hall）がよく見られる。そういう塔は、宗教の力に比して、地上権力が増大してきたことを意味するが、さらに時代が下がると、世俗の街を見下ろすのが目的の塔、娯楽と消費のための塔（例えばエッフェル塔）が建てられることになる。

「隅の窓」には自然や田園の風景は全然見えない。というより、自然は主人公の関心の外にあって、彼が関心を示すのは、市場に集まる商人と買物客の雑踏である。彼は、多様な人物をひとりひとり観察するとともに、作家にふさわしく、さかんに想像を働かせて、見た光景からさまざまな物語を作りあげては語って聞かせる。聞き手である「私」は、従兄《いとこ》に向かって次のようにいう。

全部が全部、君の空想なんだろう。でたらめにちがいないさ。それは十分わかっているんだが、描写がこまかなせいもあって、あのご両人を眺めていると今の話のとおりのように思えてくるのが奇妙じゃないか。[28]

主人公の心の中には「たえず想像がうごめいていて」、彼は、同じ一つの光景から、異なる二つの物語を作りあげることもある。

よく言われるようにこの世は人さまざまであって、人間ほど変化に富んで面白いものはないもんだ。もし今の仮定が気に入らないとすれば、こんなのはどうだろう、四人のフランス人がいた。そろいもそろってパリっ子。フランス語教師とフェンシング教師とダンス教師と菓子職人の四人がそろってベルリンにやってきた。みんな若かった。……[29]

つまり、観察することにももちろん興味はあるが、観察したことを材料にして想像を働かせ、物語を作ることのほうにもっと興味がある。このことは、ボードレールの散文詩「窓」における、つまらない現実よりも感動的なフィクションのほうが貴重であるという考え方に通じるだろう。都市文学は、都市の中の人物や事物のありのままの姿をとらえるリアリズムに向かう傾向と、想像や幻想にのめりこんでゆく傾向の両面がある。ただし「隅の窓」には、幻想物語の作家ホフマンにしてはめずらしく、幻想的な要素はない。先の引用の「こんな話はどうだろう」と前置きして語られる架空の話にしても、四人のフランス人（フランス語教師とフェンシング教師とダンス教師と菓子職人）についての、ごく日常的な身上話にすぎない。言語、戦い（あるいはゲーム）、ダンス、食欲といったテーマは日常次元に属するが、日常次元を越えて想像力を発揮することを可能にするテーマでもある。しかし、そういう方向に話が発展してゆくわけでもない。「隅の窓」という作品が日常性を離れない理由の一つは、作家である従兄の空想が飛躍しそうになると、日常意識を代弁する語り手の「私」が、それを現実にひき戻そうとするためであろう。それでいて、皮相の観察しかできぬ常識人の「私」は、ときどき従兄の家を訪れて、想像豊かな話に耳を傾けずにおれないのである。「私」の意識と従兄の意識は、対立するとともに共鳴しあい、あい補っている。これは、日常的な自我と夢想する自我という、一種の分身関係にあると考えてもよいだろう。

ホフマンのこの短編の結末では、マーケットが終わって群衆が去ったあと、「塔からの眺め」の、にわか雨に降られた街路のように、ものさびしい荒涼たる光景が広がる。しかしホーソーンに思う。

の短編とは違って、希望を暗示するものは何もない。人気《ひとけ》のとだえた寒々とした広場と、主人公の肉体的苦痛でこの作品は終わる。都市の持つ荒涼たる気配が、この作品の最後に見られるように思う。

「隅の窓」は、ベルリンの市場に集まる群衆を観察する物語であるが、このことに関連して二つのことを指摘しておきたい。ドイツは近代化の点では後進国であったとはいえ、ベルリンは古い都市であり、ホーソーンの描いたアメリカの新興の town よりは、はるかに都市化が進んでいた。ホーソーンの短編に見られたような自然と都市の調和はここにはなく、大都市の持つ苛酷さが現れている。文筆業にたずさわる根なし草的な主人公の不幸がそうである。作中「ホガースが描くにふさわしい」と述べられているように、庶民の姿は活写されてはいるがそこには酷薄な人生が感じられる。無名の人間たちのすべてに、本人たちが意識しない場合にも、もの哀しさがつきまとっている。さらに、「塔からの眺め」には見えなかった貧者、盲人、乞食にかなりの描写が費やされている。とくに、野菜売りの女にこきつかわれて、野菜籠を背負わされている盲人の姿は、二十世紀初頭のパリにおける都市生活の酷薄さを描いた、リルケの『マルテの手記』*Die Aufzeichnungen des Malte Laurids Brigge* の、醜い野菜売りの女に野菜車を引かされる盲人を思い出させる。また「顔を天に向け、はるかかなたを眺めているような盲人」の姿は、十八世紀末、ワーズワスがロンドン放浪中に出会って、「他界からの警告」のように衝撃を受けたという「盲目の乞食」や、「彼らは天に何を探すのか」とボードレールが歌ったパリの「盲人たち」を思わせる。

もう一つ指摘しておくべきことは、当時のベルリンは、ロンドンやパリとならんで、そこに流れついた貧しい作家たちが、市街をさまようのにふさわしかったであろうということである。「隅の窓」の従兄は、脊椎カリエスのため歩くことができず、住居の窓から市場の雑踏を眺めるしかなかった。(これは晩年病床にあったホフマンの姿そのままである)。しかし彼は、「塔からの眺め」の語り手よりは、はるかに対象に密着した描き方、細部への執着を示している。もし彼が歩けたなら、屋根裏部屋から群衆を観察するだけでは満足できず、街の雑踏の中へ出かけたにちがいない。ベンヤミンの引用する伝記作家は、ホフマンの次のような習慣を記している。

ホフマンはあまり自然を好まなかった。彼には人間が重要だった。人間との交流、人間観察、ただ単に人間を眺めることが、何より重要だった。彼は夏の夕方頃、よい天気なら、毎日散歩に出かけたものだが、彼が立ち寄ってみない酒場や喫茶店はほとんどなかった。彼は、そこに人々がいるか、どんな人々がいるかを見るのだった。[30]

ややのちのディケンズと同様、ホフマンの街路放浪癖は、抜きがたい習癖であったらしい。喫茶店にいて人間を観察する人、街路を放浪する人、そして都市にひそむ苛酷さ——これらはまさしく、ポーの「群衆の人」の特徴にほかならない。

4

ポーの「群衆の人」の語り手は、秋の夜、ロンドンの目抜き通りに面したコーヒー店に座って、通りすぎるおびただしく多様な群衆を眺めている。現在ならば、このような「マン・ウオッチング」の物語の舞台としては、ロンドン以上に、ニューヨークがふさわしいだろう。ポーがよく知らないロンドンをあえて舞台に選んだのは、作品中に書かれているとおり、この当時は、ニューヨーク第一の繁華街ブロードウェイといえども、まだ人通りがあまり多くなかったからである。

語り手は初め店内の人々を観察していたのだが、やがて外を通りすぎる群衆の観察に夢中になる。彼の位置は、路面と同じ高さか、もしくは路面よりやや高い所にある。コーヒー店という俗なる場所から、街路の群衆という俗なる人々を見ているのだから、彼には「高所衝動」など始めから起こりようがない。彼は病後の回復期の異様に鋭敏になった感覚で、群衆の「おびただしく多様な姿（the innumerable varieties）――服装、風采、足どり、顔かたち、顔の表情」を観察する。始めに目についたのは、貴族、商人、弁護士、小売商人、株式仲買人といった上層・中流階級であったが、語り手は、「こういう人々はあまり私の関心を引かなかった」という。彼が関心を引かれたのは下層の人々である。おびただしい種類の下層の群衆――店員、会社員、紳士を装ったスリ、賭博師、しゃれ男、軍人、ユダヤ人行商人、乞食、病人、夜の女、酔っぱらい、種々の大道芸人、労務者が、次々と目の前を通りすぎてゆく。その喧騒と活気の光景を見ていると、耳鳴りがし目が痛む。ポーには社会批判より好奇心のほうがまさっているが、ベンヤミンがポーとエンゲルスを並べて論じる理由もうなずける。[31]ここには、エンゲルスがロンドンの群衆について、「街路の雑踏そのものがすでに不快なもの、人間本性とあいいれないものをもっている[32]」という時のおぞましさが見られる

夜が深まるにつれ、この光景への私の興味も高まってきた。というのは、群衆の全般的性格が大きく変わってきただけでなく（まともな人間たちがしだいに退場してゆくと、群衆のおだやかな面は消えてゆき、夜がふけてあらゆる種類の悪行がその巣窟からのさばり出てくると、群衆の荒々しい面がはっきりと浮きぼりになってきた）、暮れゆく黄昏《たそがれ》とせりあって初め弱々しかったガス灯の光線が、今やついに優勢となり、あらゆるものの上に、痙攣するような、ぎらつく光を投げかけるのだった。[33]

夜がふけるにつれ、群衆の種類は下層階級へと下りてゆく。夜の時間の経過とともに違った種類の人間たちが現れるのは、時間帯によって違った種類の夜行性動物が出没する、夜のジャングルのようである。大都会の闇が原始の闇になり、ぎらつくガス灯が、かえって闇の中にうごめくものの不気味さを増幅する。一見はなやかな都市の、荒涼たる裏面が暴露され、ここに、ホーソーンやホフマンの短編には見えなかった、都市の中の闇と原始が現れたといえよう。ホテル、

喫茶店、劇場、マーケットの集合する、一見はなやかな近代都市が、その背後におそるべき貧困と悲惨を隠していることを、この短編は示している。都市の惨状を描く次の一節では、エンゲルスと同様、ポーも最上級表現をつみ重ねている。

そこはロンドンでも最も騒々しい地区で、あらゆるものが、最も忌まわしい貧窮と最も凶悪な犯罪という最悪の刻印を帯びていた。たまたま灯っている街灯の薄明かりで見たところでは、高い古い虫食いの木造家屋が、崩れそうにガタガタになって、あらゆる方向に気まぐれに建っていて、通路らしきものもほとんど見わけられないくらいだった。……つまった溝に、ものすごい汚物が腐って淀んでいた。あたり一面、荒廃の気配に満ちていた。[34]（強調引用者）

エンゲルスもこれと同様の惨状をくり返し報告している。ロンドンのみならず、エディンバラ、グラスゴー、ハダズフィールドといった都市も、当時同じ状態にあった。エディンバラについての次の報告書の一節は、「群衆の人」からの引用と完全に符号する。

家は何階にも高くつみかさなっているので、そのあいだの裏小路や横町にはほとんど日が入らない。町のこの部分には下水溝も、その他、家に属する排水口や便所もない。そのため、少なくとも五万人から出るごみくずや排泄物がすべて毎晩側溝に放りこまれる。[35]

ムンク「カール・ヨハン街の夕暮れ」（1892年）
「さまよう老人のあとをつける語り手もまた『さまよう人』となる。」

このような光景は、街をさまよう歩行者の視点からのみ見えるのであり、塔の上や屋根裏部屋といった高所からは見えない。「群衆の人」の語り手は歩むにつれ、スラム街の荒廃、群衆のおぞましい姿、悪の殿堂のようなジン酒場を目の当たりにする。歩行者の視点から描かれた都市は、地獄の様相を示し始める。

この物語前半では、語り手は、ホーソーンやホフマンの短編の語り手と同じく、静止した一地点からひたすら観察する「目の人」であった。彼は初め群衆を集団として眺めていたが、やがて個別的にひとりひとりを眺めて、一瞬窓の明かりに照らされる顔を一目見るだけで、その人の来歴が読みとれるという。これは、同じ頃書かれたディケンズの『骨董屋』*The Old Curiosity Shop* の語り手が、物語を語り始めるにあたって、「街灯やショーウインドーの明かりに、ふととらえられた、通行人の一瞬の表情」に心惹かれると言ったのを思わせる。「群衆の人」の後半では、「目の人」であった語り手は、一人の不思議な老人に好奇心をかきたてられ、彼を追跡し始める。語り手の視線は、集団よりも、一人の特定の個人に注がれる。静止していた視点は動く視点となり、語り手は老人のあとをつけて、大都会をさまよい歩く。ある特定の人物への好奇心、その人物の本性を知るために、相手にさとられぬよう、群衆のあいだをぬって追跡するという行為――これはやがて孤独な都会人の悪癖となるであろう。

他人のあとをつけて街をさまよう行為は、人をどこへ導くのだろう。語り手があとをつける謎の老人は「さまよう人」(the wanderer)であり、「さまざまの曲がりくねった道を通って」(through a variety of devious ways)さまよい歩く。あとをつける語り手もまた、同じ「さまよう人」となる。ド・クィンシーはロンドンを「大いなる迷宮」(the mighty Labyrinths)と呼んだ。ディケンズの小説の登場人物にとって、ロンドンは「暗い迷宮」(a dark labyrinth)であった。『オリヴァー・トゥイスト』には、labyrinth や maze という語がよく現れる。[36] ボードレールは、パリの街路を、「古い都の曲がりくねった襞」、「古い場末町、泥の迷宮」と呼んだ。迷路としての都市というイメージは、この頃から限りなく現れることになるが、重要なのは、都市の迷路と人間の心の迷路とが対応することであろう。「群衆の人」という作品は、人間の心は「解読を許さぬ」(er lasst sich nicht lesen)書物であるという命題から始まり、同じ命題で終わっている。このことは、最大の迷宮は都市というより人間の心であるということを示している。

ポーが「群衆の人」を書くに当たって、ヒントの一つにしたかもしれぬディケンズの『ボズのスケッチ集』*Sketches by Boz* の中の一編「酔っぱらいの死」"The Drunkard's Death"も、街路の放浪と人間の心の謎を重ねあわせるというパターンを示している。まず語り手は、群衆の中をさまよう行為が、読者にとっても当然の習性であるかのように、語り始める。

群衆の群がるロンドンの大通りを、毎日毎日歩きまわるのが習性となった人なら、道行くいわば「顔だけ見知っている」人々の中に、落ちぶれて惨めな風態になってしまった者がいるのを、思い出さぬことはまずほとんどないと言ってよかろう。昔はずっと違った暮らしをしていたのを見た記憶があるが、気づかぬほどじりじりと低く落ちこんできて、ついにはその零落したひどく貧窮した姿が、道ですれちがった時、はっと痛ましく感じられるのである。[37]

産業革命の進展とともに都市に人口と富が集中し、一方では、はなやかな消費生活が営まれたが、他方おびただしい数の貧民や無職者も生みだされた。街歩きはつきせぬ興味を与えるものになったが、それは、貧しい人々にとっては、他になすべきことがなかったせいでもある。『ボズのスケッチ集』の語り手は、「街を歩きながら、そこに住む人々の性格や活動を思いめぐらすのがとても好きだ[38]」という。ディケンズの小説作法は、レイモンド・ウィリアムズの言葉を借りれば、「街頭に属する男女（men and women that belong to the street）を見る方法[39]」というべきものである。「街頭に属する男女」とは「普通の人々」という意味でもあるが、普通の人の心に恐ろしい謎が秘められているというのが、「酔っぱらいの死」と「群衆の人」に共通するテーマである。「酔っぱらいの死」の結末には、次のような臨終の場面がある。

人の心の最奥の秘密が――何年も閉じこめられ隠されていた秘密が――目の前にいる無意識状態になった無力な人の口からほとばしり出るのを聞くのは血も凍る思いだ。熱にうなされて譫妄状態になると、ついに仮面がはがれてしまって、一生養ってきた慎みもぬけめなさも、なんと少ししか役に立たないことか。臨終の人のうわごとの中では、異様な話が語られるのだ。それはあまりにも悪と罪に満ちているので、病人の死の床にたたずんでいる人たちは、見聞きすることのあまりの恐ろしさに気が狂わないように、恐怖にかられて逃げてしまう。[40]

この人は、死の床でどんな恐ろしい呪いの言葉をわめいているのだろう。熱にうなされもうろうとした意識の中で、保ってきた体面も慎みも捨て去った時、人間はどんな思いをぶちまけるのだろう。それは恐ろしい「悪と罪」だと語り手はいう。この臨終の場面は、身をもちくずした飲んだくれの悲惨な家庭を背景に描かれているのだが、語り手は人間が死の床でわめきちらす呪いの言葉が何であったか、あきらかにしていない。読者は「人の心の最奥の秘密」が何であるかを想像するには、自分の心の深層をのぞきこまねばならない。

これに対し、ポーの「群衆の人」の冒頭には、次のような臨終の場面がある。

人々は夜ごとに死の床で息をひきとってゆく。告解聴聞僧の手を握りしめ、その眼をあわれっぽくのぞきこみながら——決してあきらかにすることの許されぬ恐ろしい秘密のために、絶望に心ふたぎ、喉をひきつらせながら死んでゆく。ああ、人間の良心は、ときにあまりに重い恐怖の重荷を背負いこむので、それは墓の中にしか下ろされないのである。[41]

ここには、死の床で、告解聴聞僧にさえ告白できぬ恐ろしい罪の重圧にあえいでいる人がいる。体面や慎みを捨てたあとでさえ告白できない罪、墓場まで持ってゆくしかない秘密とは何か。語り手はそれが具体的に何であるか述べていない。それは死の床にいる本人にもはっきりわかっていないのではないか。こうして、街を放浪し他人を追跡するという行為は、他人の心の不可解さ、さらには自分の心の不可解さに行きつくのである。

ところで、ポーにはアイロニストの一面があるといわれる。「決してあきらかにすることの許されぬ恐ろしい秘密」とは、心の空白のことで、つまり心の中は「がらんどう」で、告白すべき価値のあるものなどもともと存在しないのではないか、という疑いが生じるのである。もしそうなら、告白できないのは当然である。こういう疑いを生じさせる理由の一つは、「群衆の人」という作品が次の文で終わっているからである。

この世の最悪の心は『心の園』'Hortulus Animæ' よりもひどい書物（a grosser book）であり、それが解読を許さぬのは、神の大いなる慈悲の一つかもしれない。[42]

この書物が冒頭で言われた、あるドイツの「解読を許さぬ書物」なのだが、『心の園』という書物は十六世紀に印刷された宗教書で、綴字は不正確、内容は粗野、おまけに挿絵には、切り離された自分の首を捧げ持つ聖者や、やぶにらみの聖母が描かれているという奇書であった。ポーはこの書物の存在を、アイザック・ディズレイリの『奇書珍書』*Curiosities of Literature* から知ったらしい[43]。このことから判断して、ポーは、人間の心は『心の園』という本のように俗悪で、とても読めたしろものではない、深遠な秘密など存在しない、とほのめかしているとも解釈できる。人間の心はもしかすると、そこに何も存在しない暗い「がらんどう」ではないか、人間の魂は、そこに死体さえ存在しない空虚な納骨堂のごときものではないか、という疑いは、ハーマン・メルヴィルも根強く持っていた疑いである。「群衆の人」である老人は、「深い罪の典型、精髄」だと語り手はいうけれども、その罪が具体的に何であるか示していない。二六時中街を放浪するこの謎の老人は、深遠な謎など持たない、心がからっぽの、ただの酔っぱらいかもしれない[44]。街をさまよう習性を持った近代人の心は空虚そのものであることを、この作品は示しているのかもしれない。

*

以上三つの短編小説を順次読むと、視点は塔→屋根裏→路上としだいに下にさがり、それにつれて、天上と地上の調和的気分から、世俗の人間観察と哀感へ、そして地獄めいた迷路体験へ、さらに人間の心の謎へ移ってゆく感がある。近代都市発生期に書かれたこれらの作品は、都市と人間心理について、興味深い観察と考察を示しているといえるだろう。

第一章

都市生活と不安定な自我

ホーソーン、ポー、メルヴィルの短編小説

つまり、「私はあなたを愛しています」といって私自身を捧げようとしたのだが、
その時つらい思いをせずにおれなかったのは、
そもそも私は私自身なるものを、十分に所有していないと気づいたことだった。

——ラフォルグ（強調引用者）

1　ある失踪

ある新聞に実話として紹介された奇妙な男の話が、私の記憶に残っている。

東京で、一人の中年男性が五月に病死した。五年間連れ添っていた女性が死亡届を出そうとした。ところが本籍地には男性の名前もなく親類もいない。持っていた戸籍抄本の写し、大

学卒業証書の写し、身分証明書はどれも偽物とわかった。がんで死ぬ少し前に、彼が職員をしているという大学を女性は訪れた。そんな人物は在籍していない、と言われる。「あなたは一体だれなんですか」。死ぬ間際に「死ぬしかなかった。本当は生きていたかったんだ」と男性は言い残した。夫は本当はだれだったのか。女性は今も調べ続けているという。男性には何か事情があったのだろう。「決して彼にだまされたとは思わない」という女性の言葉に彼は救われるに違いない。少なくとも生身の人間としてありのままに受け入れてもらえたのだから。夫の過去を突きとめたい、との女性の気持ちも自然なものだろう。経歴、帰属、資格などは人間の全部を説明しないにしても一部を説明する。もっとも、学歴や肩書すなわち人間そのもの、と私たちは勘違いしがちだ。……[1]

人がそれまで生きてきた人生と訣別して、どこか別の場所で別人として生活するという事件は昔からある。とりわけ日本の高度経済成長期には、「蒸発」の話をよく耳にした。典型的なケースは次のようなものである——会社勤めをしていた平凡な男が、ある日ふと家出して姿をくらます。家族にも同僚にも、これといって思いあたるふしはない。そして家出した男は別の場所でささやかな職を見つけて、ひっそりとひとり暮らしを続ける……。このような「蒸発」は、本人が動機を明かさない場合、他人の目にはじつに不可解に映る。しかし本人にもはっきりと動機がわかっていないことが多いのではないだろうか。人間には、自分が何者であるか、ふとわからなくなる時がある。そんな時、人は「何もかもいやになった」、「何となく別な暮らしがしてみたい」という不明確な理由をつぶやいて、蒸発する。われわれは、蒸発などという愚行は自分には縁がないと思っているが、誰か他の人ならやりかねないと感じている。

新聞記事の筆者が記していたように、こういう事態は、「私は一体誰なのか」、「何が本当の私なのか」というアイデンティティーの問題に関わっている。そして、蒸発は大昔からあったとはいえ、大都市状況がそれを助長しやすいといえるだろう。つまり、無数の相互に無関心な人間たちが群がって住むという状況、人間の氏《うじ》や素性は重要ではなく、人間の個性さえたいして問題にならず、その人間がどんな役に立つのか機能のみが問われる状況が、蒸発の背景にある。

この新聞記事が報告した男の行為は、不可解で異様である。しかし反面、奇妙に親しく聞きなれた話のようでもある。その理由は、私が世間の蒸発の話をよく耳にしたせいである。それとともに、類似の状況を扱った推理小説を何編か読んだせいであり、ホーソーンの短編「ウェイクフィールド」"Wakefield"を読んだせいである。「ウェイクフィールド」は、ある日ふとした気まぐれから妻の許を去って、わが家のすぐ隣りの街路に隠れ住み、二十年間家に帰って来なかった中年男の話である。

「ウェイクフィールド」はアメリカに都市が発達し始めた頃、一八三五年に発表された。しかしその場面は、アメリカの都市ではなく、すでに大都市状況を呈していたロンドンに置かれている。ウェイクフィールドは、ロンドンの群衆にまぎれて隠れ住み、群衆のあいだをぬって放浪する。一八四〇年には、同じくロンドンを舞台にして、夜となく昼となく群衆を求めて放浪する不思議な老人を描いた、ポーの「群衆の人」"The Man of the Crowd"が書かれている。そして一八五〇年代になって、アメリカの諸都市はまだ規模が小さかったが、ニューヨークにはロンドンと似た状況が出現しかかっていたであろう。一八五三年には、ニューヨークのウォール街を舞台にして、前歴も素性も一切不明のまま、法律事務所で筆耕の仕事をする、絶望的に孤独な青年の不可解な行為を描いた、メルヴィルの「書記バートルビー――ウォール街の物語」"Bartleby the Scrivener: A Story of Wall Street" が発表されている。

　これら三つの作品には、いくつかの共通点がある。まず第一に、今述べた都市的状況が背景にある点が注目される。登場人物は都市の群衆の中にいながら、おそろしく孤立していて、他者と接触を持つことがない。ホーソーンの言葉を借りていうなら、彼らはみな「人間性という共通の絆」(the bond of a common humanity)[2] から切り離された、「宇宙の追放者」(the Outcast of the Universe)[3] ともいうべき特徴を示している。これに関連して「アイデンティティーの不明」という問題がある。地縁や血縁、宗教、地域共同体、職業共同体といった共通の絆から遊離し孤立した都会人間は、「自分とは何か」というアイデンティティーの問題にとらえられ、自己の存在がきわめて不確かになる。家出したウェイクフィールドは、存在感がおそろしく希薄になり、家に残った妻のゆったり落ちついた寡婦ぶりと対照的である。群衆のあいだをぬって放浪する老人、「群衆の人」が示す表情のおびただしい多様性は、都会人の限りない自己分裂を暗示している。バートルビーは非常に生活臭が乏しく、石壁を前にして、自らも石化したような存在になる。彼らの自我は、不明確になり、分裂、崩壊、消滅の危機に陥る。

　次の共通点は、これらの作品が謎の解明という形をとっていることである。ウェイクフィールド、群衆の人、バートルビーは、まったく、あるいはほとんど沈黙していて、その不可解な行動の動機を自ら明かすことはない。そこで語り手が、その謎の解明を試みることになる。語り手の作品への介入のしかたは濃淡さまざまであって、語り手は作品の中にいる場合も外にいる場合もある。「ウェイクフィールド」の語り手は作中人物とは関わらない物語作家、「群衆の人」では観察者・追跡者、「バートルビー」では事件に巻きこまれる当事者というように、それぞれ異なった役割を帯びる。しかし、一人称の語り手が謎の人物の心を解読しようとする試みのプロセスが、作品を形成するという点では共通している。だがこれらの作品において、人間の心の解明は十分に成功したとはいえない。むしろ謎が深まったとさえいえるのである。人の心は「解読を許さぬ書物」(it does not permit itself to be read)[4]であり、「配達不能の手紙」(dead letters)[5]である。人間の行動と心理について、さまざまな憶測は可能であっても、最終的な真相解明にはたどりつけない。こういう「解決のなさ」は、おそらく都市における人間の不確かな状況に対応しているであろう。ホーソーン、ポー、メルヴィルは、「書くこと」にきわめて意識的な作家で、その語り(あるいは騙り)の問題がよく論じられるが、一つの真実を選ぶことの不可能性、真実を確定することの不可能性も、都市に顕著に見られる人間の自我の不明確さと関連しているであろう。

以下、都市的状況における人間の自我という観点から、これら三つの作品について考えてみたい。

2　失踪、または自我の不明

ホーソーンの『緋文字』*The Scarlet Letter* には「人間の心の暗い迷宮」(the dark labyrinth of human mind)[6] という言葉が用いられている。ホーソーンの物語の多くは、人間の心の暗い迷宮を解明する試みといえるが、先程述べたように、心の迷路が解明されたのか、迷路が一層錯綜したのか、どちらともつかないのである。このことは「ウェイクフィールド」についてもあてはまるが、この作品では、心に迷路を抱えた人間が、都市の暗い迷路をさまようという事態になっている点がいっそう興味深い。

「ウェイクフィールド」では、必ずしも都市が前景に現れているとはいえないかもしれない。作者の意図は、主人公の理由のない失踪とその動機、主人公の性格などを想像(というより創造)することであって、都市は背景的な役割しかはたしていないと思われるかもしれない。しかしこの奇妙な失踪事件は、迷路のような街に密集して住む群衆という都市的状況がなければ起こりえないであろう。わずか十ページほどのこの短編の中で、作者は大都市ロンドンの街路と、そこに群がる群衆にたびたび言及している。

彼が個性をなくして、ロンドンの巨大な集団の生活の中に溶けこんでしまわぬうちに、急いで彼のあとを追って、街路をたどってゆかねばならない。群衆の中に入ってしまうと、彼を探そうとしてもむだだろう。だから彼のあとをぴったりくっついてゆこう。何回か余分に角を曲がったり、同じ所をあと戻りしてから、前もって予約してあった小さなアパートの暖炉のそばに、ゆったり身を落ちつけている彼の姿が見える。彼は自分の家とは隣り合わせの街路にいるのだが、そこが彼の旅の終点なのだ。誰にも見とがめられずにそこへたどりつけたことが、信じられないくらい幸運に思えるのだ。思い返せば、一度群衆にさえぎられて、カンテラの明かりをまともに浴びたことがあった。周囲の無数の足音とはあきらかに区別される、自分のすぐあとをつけてくる足音を聞いたことも再三あった。そしてほどなく遠くの叫び声を聞いて、それが自分の名を呼んでいるような気がした。おそらく大勢のおせっかいな連中が自分を見張っていて、妻に何もかも告げ口したのだ。あわれなウェイクフィールドよ。この大きな世界の中でおまえなどとるにたりぬことが、おまえにはわかっていない！　（一二三）

ここではまず都市の迷路性が示されている。彼はすぐ裏通りにあるアパートに身を落ちつけようとしているのだが、姿をくらますために、遠回りしたり、来た道をあと戻りしたりする。短い距離を行くだけなのに、彼の足どりは迷路を歩むように右往左往する。そしてすぐ目と鼻の先の「隣り合わせの街路」が「旅の終点」である。この作品の別の箇所にも出てくるように、大都市では、通り一つ違えば、そこはもう「別世界」である。一瞬のすれちがいが永遠の別離につながる。都市における距離は、物理的には近くても、心理的には無限に遠い。ウェイクフィールドは「すぐ隣りの通りじゃないか」とつぶやいているが、もとの世界には戻れないのである。

右の一節には、他人の目が自分を監視しているという強迫観念（実際は誰も見ていないが）についても述べられている。近代社会はいわば巨大な監視装置（パノプティコン）[7]という面を持つから、他者の目の強迫観念から逃れることが、蒸発の心理的理由になりうるし、一方では、他者から見られずに他者を見るという窃視願望を生じさせることにもなる。ウェイクフィールドは他人から身を隠しつつ、街を放浪し、ひそかに妻の反応をのぞき見る。

都市的状況のうちで最もめだつのは、やはり個人の自己喪失という事態であろう。右の引用の冒頭では、人間の「個性」を呑みこんで溶かしてしまう巨大な集団、大都市の群衆のことが述べられている。個人は一粒の泡、一個の原子（ウェイクフィールドを漂う一つの原子にたとえる表現もこの作品に出ている）のように無力に浮遊する。個人を呑みこんで消滅させる無名の群衆の中で、個人はともすれば、自分の正体、役割、動機を見失う。[8]ところが次に述べるように、ウェイクフィールドはもともと明確な個性のない男で、個性がないという頼りなさがおそらく家出の心理的理由となっている。そして奇妙なことに、彼は家出して、いっそう個性をなくす方向に向かう。おそらく、自分の正体、役割、動機などがわからなくなった時、それらを回復できぬ人間は、いっそう自己を消去させる方向に向かうのであろう。彼は、密集しながら孤立して住む無名の群衆の中にまぎれこむ。

作者はウェイクフィールドを、はっきりした特徴のない男として描いている。ウェイクフィールドは、自分が何者であるか、自分が何を望んでいるかよくわかっていない。

彼は知的ではあったが、活発な知性の持ち主ではなかった。彼の心は長い怠惰な物思いにふけるのだったが、とくに目標があるわけでもなく、あったとしてもそれを達成する気力はなかった。彼の思いは、言葉に表現を見いだすほどのエネルギーはなかった。想像力は、その本来の意味で、ウェイクフィールドの才能の一部をなしていなかった。彼の心は冷ややかであったが、堕落しているわけでもなく脱線するわけでもなく、精神は熱っぽいあるいは騒々しい思いにふけることもなく、奇矯な思いにとらわれることもないので、このわれらの友人が、奇行をしでかす人のうちでも最上位を占める資格があるなどと誰に想像できただろう。彼を知っている人たちが、ロンドンで、明日まで覚えてもらえることを今日何一つしそうにない男は誰かと聞かれたら、彼らはウェイクフィールドを思い出しただろう。（強調引用者）（一三二）

彼は「～である」というポジティヴな特徴がほとんどなく、「～でない」という否定表現でしか説明できない「特性のない男」である。知人の目から見れば、何の特徴もない、人の記憶に残ることを何一つしそうにない男である。ただ、妻の目から見れば少し違って見える。この引用に続く箇所に記されているところによれば、妻はウェイクフィールドを、自分本位の男、見栄っぱりで、「秘密にする値打ちもないことを秘密にしたがる男」だと思っている。しかしこういった特徴もまた、ほとんど特徴ともいえないようなことである。このような男は都会のどこにでもいそうである。

ウェイクフィールドは、自分の行為の意味をはっきり意識していない。家出する時点で「これから先どうなるのか何も気づいていない」。家出の動機や理由がはっきりしないから、いつでも理由なくまた家に戻れると思っている。蒸発事件の多くがそのようなものであろう。

家出したウェイクフィールドは、赤毛のかつらと古着を買って変装する。「ウェイクフィールドは今や別人である」と作者は述べている。変装して別人になろうとする変身願望は、自我が不安定であることを示している。それはまた自己を消去して、他者から見られることなく他者の生活をのぞき見るという透明人間願望であり、フラヌールの心理状態でもある。また、この作品に見られる失踪、尾行、変装、のぞき見などは、推理小説の常套テーマであり、のちに大衆的になるこのジャンルが、都市の発達とともに隆盛してきたことも思いあわされる。(ホーソーンはポーの「モルグ街の殺人」や「盗まれた手紙」に先立って、鮮やかな合理的解決を示す推理小説「ヒギンボザム氏の災難」"Mr. Higginbotham's Catastrophe" を書いている)。

すでに述べたように、もともと個性に乏しく自我が不安定であったウェイクフィールドは、姿をくらますことによって、いっそう不安定な状態になる。それと対照的に彼の妻は、物静かながらゆるぎない存在感を獲得してゆく。失踪してから十年後、彼と妻が偶然に街頭で出くわす場面を眺めてみよう。この場面にも、密集しながら相互に無関心な群衆が前面に現れている点に注意すべきである。

ロンドンのある通りの群衆の中に、一人の男が見える。今や初老のその男は、何気ない観察者の注意を引くに足るだけの特徴はほとんどないが、読みとる技のある人にとっては、常ならぬ運命の書きこんだ跡を姿全体にとどめているのがわかる。休はやせていて、低く狭いひたいには深いしわが刻まれている。眼は小さくて輝きがなく、ときどき不安気にあたりに視線をさまよわせるが、自分の心の中を見つめているように思えることが多い。彼は首うなだれているが、世間に真正面を見せまいとするかのように何ともいえぬゆがんだ足どりで歩いてゆく。……歩道を斜め歩きする彼をそのままにしておいて、今度は反対側に目を向けてみよう。そこには人生の凋落に向かってはいるが、堂々と落ちついた女性が、手に祈祷書を持って、かなたの教会めざして進んでゆく。寡婦の暮らしもしっくりと身について、落ちついた身のこなしだ。……やせた男と落ちついた女がまさにすれちがおうという時、人の流れに少し停滞が生じて、二人はまともに接触する。二人の手は触れあい、群衆に押されて彼女の胸は彼の肩に触れる。二人は顔と顔を見あわせてそこに立ち、お互いの眼を見つめあう。十年の別離ののち、このようにウェイクフィールドは妻に出会うのだ！

群衆は渦巻きながら流れ去り、二人を引き離す。冷静な寡婦は先程の足どりに戻って、教会めざして進んでゆくが、入口でたちどまって、通りのほうにいぶかしげな視線を投げる。しかし彼女は祈祷書を開きつつ中に入ってゆく。男のほうはどうか？　彼は、忙しくて利己的なロンドン人さえたちどまってあとを見送るほどものすごい顔つきで、下宿へ飛んで帰って、ドアにかんぬきをかけ、ベッドに身を投げる。（一三七―三八）

ウェイクフィールドは「注意を引くに足るだけの特徴はほとんどない」が、その「ゆがんだ足どり」は迷路を歩むがごとくである。「不安気にあたりに視線をさまよわせるが、自分の心の中を見つめているように思えることが多い」。彼の足どりが都市の迷路をたどっているのみならず、彼の心もまた迷路をさまよっている。ウェイクフィールドと妻が、群衆に押されて偶然出会い、眼を見交わす瞬間は、閃光のひらめきのように印象的である。この出会いにウェイクフィールドが大変なショックを受けるのに反し、妻はけげんな一瞥を送るだけである。妻は今や静かに自足しているが、夫のほうはますます不安定で希薄な存在になっている。

この出会いからさらに十年後、家出の時から二十年後、思いがけないことに、ウェイクフィールドは家に戻ってくる。しかし彼の帰宅は、失踪の時と同様、気まぐれによるものでしかない。もとのわが家のほうへいつものように散歩に出かけて、雨まじりの冷たい秋風に吹かれて、あたかも枯れ葉が舞いこむような帰還である。帰還後のウェイクフィールドはどうなったか、作者は述べていない。冒頭のストーリー要約部分には「彼は死ぬまで情愛深い伴侶となった」とある。しかし結末における「ウェイクフィールドよ、おまえは残された唯一の家へ帰るつもりなのか？　それなら墓の中へ歩み入るがよい」という作者の呼びかけ、さらに、人間は世の秩序から逸脱すると「永久に自らの位置を失うという恐ろしい危険に身をさらす」という作者の警告から見て、ウェイクフィールドが帰宅によってアイデンティティーを回復したとは思えない。彼の失踪も帰宅も明確な動機のない気まぐれによるものであり、彼の自我は不安定のままである。

ホーソーンは都会を舞台にして、自我の不明あるいは不在をテーマにした作品を他にも書いている。寓意的色彩の濃い「案内事務所」"The Intelligence Office"では、自分自身を紛失して、

"I want my place."とくり返す人物が登場する。これは、「ウェイクフィールド」における「永久に自らの位置を失う」(losing his place forever)という事態を思わせる。また「りんご売りの老人」"The Old Apple-Dealer"では、鉄道の駅舎の旅行客の雑踏を背景にして、ほとんど動かず、意識せず、存在してさえいないかのような物売りの老人が描かれている。これらの作品も、自我の不明という点で興味深いが、心の迷路を描いた作品として、「ウェイクフィールド」はいっそう現代的といえるだろう。迷宮の作家ボルヘスがこの作品をホーソーンの作品中第一に推すのもうなずける。[9] 私にとっては、本章の始めに引用した一九九一年のわが国の新聞記事からこの作品が想起され、この作品自体、作者が十九世紀に読んだ新聞か雑誌の実話記事から触発されて創作されたという迷路的な事情も、興味深い。それはまた、十九世紀初めの都市的状況とともにめだってきたアイデンティティー不明という事態が、現代もなお問題であり続けていることを示している。

3　放浪、または自我の分裂

ポーの「群衆の人」の冒頭で、人間の心は「解読を許さぬ書物」にたとえられている。これは、『緋文字』の「人間の心の暗い迷宮」という表現と似ていないこともない。「群衆の人」は、一昼夜にわたって、街路から街路へ、群衆を求めてさまよう不思議な人物の謎を解読しようとする物語である。

ボルヘスは、もしカフカが「ウェイクフィールド」を書いたとしたら、ウェイクフィールドは決して家へ帰ることはなかったであろうと言った。[10] カフカの作品の人物は決してもとの状態へ戻れない。ボルヘスにならって仮定するとして、ウェイクフィールドがもし家へ帰らないまま、年老いて落ちぶれたならどうなったであろうか。一つのきわめて高い可能性は、彼が永遠に街をさまよう「群衆の人」になっただろう、ということである。ウェイクフィールドは、妻の姿をひそかにのぞき見る観察者であり、街路をさまよう放浪者であった。「群衆の人」においても、群衆のあいだを永遠にさまよう謎の老人と、彼のあとをつけてさまよう語り手は、観察者であり、かつ放浪者である。

「ウェイクフィールド」において、語り手は作品の外にいて、主人公について想像をめぐらせつつ物語を構成してゆく作者であった。「群衆の人」においては、語り手は作品の中にいて、ロンドンの街と群衆を観察する登場人物である。この作品は、内容的にも分量的にも、前半と後半にはっきり二分される。前半は、語り手がコーヒー店という静止した地点から克明に観察する群衆の描写である。後半は、語り手が老人のあとをつけて路上を動きまわり、移動の視点から見た都市、群衆、人物の描写である。

まず、語り手がコーヒー店のガラス窓越しに都市を観察している時の心理状態を眺めてみよう。

少し前のことだが、秋の夕暮れが迫る頃、私はロンドンのD——コーヒー店の大きな張出し窓に向かって座っていた。私は二、三ヵ月間病気をしていたのだが、今や回復期にあって、生気が戻ってくると、倦怠とは正反対の幸福な気分にいる自分に気づいた。その気分というのは、鋭い意欲があって、心の眼から膜がとれて――今までかかっていたもやが晴れ、知力は電気を流されたみたいに、ふだんの状態よりまさっている。それはちょうど、ライプニッツの生き生きとした公正な理性が、ゴルギアスの調子外れで薄弱な修辞にまさっているようなものだ。ただ呼吸するだけでも楽しくて、当然苦痛を感じるはずのものからさえ、まぎれもない喜びが得られるのだ。私はあらゆるものに、しみじみと好奇に満ちた興味を感じた。私は葉巻を口にくわえ、新聞を膝に置いて、広告をしげしげ眺めたり、店内の雑多な人々を観察したり、あるいは煙でくもったガラス窓越しに通りをのぞき見たりして、午後の大半を愉快に過ごしたのだった。
（一八八）

語り手の視点は、都市のさまざまな事物を観察するフラヌールの視点である。フラヌールは生活人としての役割をいわば「おりた」立場から、都市の人物や事物を享受し、それらをイメージとして消費する。[11] フラヌールは十八世紀後半頃からヨーロッパの都市に出現した。そして、十八世紀のイギリスの新聞・雑誌記事にはフラヌールの立場から書かれたものが多かった。そういう新聞・雑誌の読者であったポーやホーソーンは、フラヌールの視点をとり入れている。[12]「ウェイクフィールド」にフラヌール的要素が現れていることは少し触れたが、「群衆の人」の語り手にはそれが顕著に見られる。彼はフラヌールにとってなじみ深いコーヒー店に座って、新聞記事を読み、広告を読み、室内を眺め、街路を眺める。それは実用的価値のためではなく、イメージと情報を消費すること自体が目的なのである。語り手は、広告、店内の客、通行人といった平凡でささいなものを、非常な興味と、回復期の病人の鋭敏な感覚によって享受する。都市のさまざまな事物を見続けるフラヌールは、倦怠に陥りやすいが、それだけに、感受性を鋭敏にして「当然苦痛を感じるはずのものからさえ、喜びを得る」のは、彼にとって望ましいことなのである。

右の引用は、人間の心を「解読できぬ書物」にたとえた冒頭の一節に続く第二パラグラフであるが、ここにも書物や新聞や広告を読むように都市の風景や人物を「読む」態度が現れている。哲学者、作家、画家への言及がよくなされるのも、書かれた物を読むように都市を見る(「見ること」=「読むこと」)という態度の一環だと理解できる。

語り手は、夕暮れから夜更けまで、次々と現れるおびただしい数とさまざまの種類の群衆(貴族、商人、弁護士、小売商人、株屋、下級事務員、掏摸《すり》、賭博《ばくち》打ち、伊達者、軍人、行商人、乞食、病人、売春婦、酔っぱらい、大道芸人など)に興味を引かれ、観察する。群衆の描写は、リアルでありながら幻想的な気配が漂っていて、ここには、都市の大群衆が人間の目にまだ異様なものとして映った時代の驚きが反映している。

語り手は、上層階級よりも、夜の闇から出現したかのような下層階級に、とりわけ好奇心をつのらせる。しかし彼自身はどの階層に属するか明示しない。また群衆のどれか一つのタイプにアイデンティファイするわけでもない。群衆をタイプとして観察していた語り手は、やがて、ガス灯に照らされた個々の顔を観察し、それを一瞥するだけで、その人の個人的な経歴が一瞬に読みとれるという。しかし、それを具体的に実行してみせることはない。

あらゆる群衆が出現した最後に、不気味な老人が登場する。どんな人間の来歴をも一瞬のうちに読みとれると誇らしげに述べた語り手も、この老人だけは理解することができない。彼は激しく好奇心をかきたてられ、コーヒー店の窓際という静止した位置を捨てて、老人のあとを追跡し始める。老人の目的はつねに群衆の中にまぎれこむことであるという事実が、語り手にわかってくる。老人は群衆の中にいる時だけ生気をおびる。

もう夜明けに近かったが、惨めな酔っぱらいたちが、まだ何人も大勢そのけばけばしい入口から出入りしていた。叫ぶような歓声をあげて、老人はその人込みの中に割って入り、たちまちまたもとのあの態度に戻って、これといった目的もなしに、群衆の中を往きつ戻りつするのだった。（一九三）

朝が来ると、老人は出発点となったD―ホテルのある大通りの雑踏の中に戻って、前日と同じ放浪をやめることがない。一昼夜休みなく追跡を続けた語り手は、ついに疲労困憊し「この老人は深い罪の典型でありその精髄なのだ。彼はひとりでいることを拒む。彼は群衆の人なのだ。(*He is the man of the crowd.*)（強調原文のまま）あとをつけたところでむだだろう。彼についても彼の行為についてもこれ以上何もわからないだろう」と判断して、謎の解明をあきらめる。

老人が出発点の大通りに戻ったように、この作品は、人間の心が結局は「解読を許さぬ書物」であるという冒頭のテーマに戻って終わる。

作者は語り手に謎の老人の正体解明を断念させているが、老人が何者であるかの手がかりは残しているように思われる。老人は強迫観念的に群衆に執着しているが、群衆のうちの誰とも心を通わすことはおろか、接触することも口をきくこともない。マーケットの中をさまよっても、商品に手を触れることも値段を聞くこともなく、ただ眺めるのみである。

私が観察していることを、彼はいかなる時にも気づかなかった。彼は次々に店に入っていって、値段も聞かず、一言も話さず、すべての品物を狂おしいうつろな表情で見つめるのだった。私は今や老人の行動にまったく仰天してしまい、ある程度彼について満足のゆくことがわかるまで決して離れるまい、と固く決心した。

大きな音で時計が十一時を告げ、人の群れは急いで市場をたち去り始めた。一人の店主がシャッターを閉めようとして、老人を押し出した。私は、その瞬間激しい身ぶるいが老人の体を走るのを見た。（一九二）

語り手がフラヌール的特徴を顕著に示していることはすでに見た。次々に店へ入って品物を狂おしく見つめる老人もまた、ベンヤミンのいう「商品という物神《フェティッシュ》[13]」に憑かれたフラヌールの様相を帯びている。彼は完全に孤立していて、他者と接触を持たない。店主に押されて老人が身ぶるいするのは、群衆のいる場所を立ち去らねばならない恐怖のせいであろうが、人の手にさわられるのを恐れているとも解釈できる。他者と関係を持たない孤立した観察者という点においても、この老人と語り手は同質である。[14]老人は群衆に執着し、群衆を求めてさまよう。語り手も群衆に異常な関心を示し、群衆を追い求める老人を追い求める。この意味で、語り手と老人はともに「群衆の人」であり、彼らは分身の関係にあると言ってよい。語り手は自分の分身・鏡像を追跡している、語り手は将来老いて落ちぶれた時の自らの姿をそれと気づかず幻視しているという解釈も、牽強付会とはいえないだろう。語り手の意識の深層を下降し、その底の無意識の中にあるものを形象化すれば、この老人になるともいえるだろう。[15]

ところで、語り手は老人の表情から強烈な印象を受けるのだが、その表情がどのようなものであるか、明確に分析することができない。

その表情に少しでも似たものを、私は今まで見たことがなかった。今でもよく覚えているが、その表情を見て最初に思ったことは、レッチュがもしそれを見たとしたら、自分の描いた悪鬼の画像よりずっとこちらのほうを好んだろうということだった。最初見た一瞬のあいだ、伝えるべき意味を何とか分析しようと努力している時、私の心の中に混乱し矛盾に満ちて浮かんできたのは、非常な知力、警戒心、吝嗇、貪欲、冷静、悪意、残忍、勝利感、陽気、極度の恐怖、激しい極端な絶望といったもろもろの観念であった。私は奇妙に興味をかきたてられ、驚き、かつ魅了された。「あの胸のうちにはどんなに狂おしい歴史が書きこまれているのだろう」と私は心の中でつぶやいた。するとあの男を見失いたくない、あの男についてもっと多くを知りたいという渇望がわいてきた。（一九一）

ここに列挙されている特徴はあまりにも雑多であり、語り手自身述べているように、矛盾・対立する形容も含まれている。例えば「勝利感、陽気」は「極度の恐怖、激しい極端な絶望」と両立しない。これらの特徴は多様すぎて、かえって明確な特徴を思い浮かべることができない。それらは一人の人間が一瞬のうちに浮かべる表情とはとうてい思えない。それらは一人の老人の特徴というより、老人が追い求めている雑多な群衆の特徴であり、それらが老人に反映しているのではないだろうか。つまり老人の自我は限りなく分裂していて統一的な人格はなく、追い求める群衆の刻々の特徴が彼に反映しているにすぎないのではないだろうか。だとすれば、語り手は「群衆の人」の中に群衆を発見したことになる。[16] これは群衆＝群衆というトートロジーである。語り手は、作品の前半で、多様なタイプの群衆を観察して、その差異を記述し、またガス灯に照らされるひとりひとりの表情からその来歴を読みとれると主張していた。しかしどのタイプにもどの個人にも関わろうとしなかった。彼がコミットする唯一の個人がこの老人というわけであるが、この老人は「群衆の人」であり、群衆そのものである。語り手の自我も老人の自我も限りなく分裂している。鏡が次々と違った映像を映すように、万華鏡が刻々と模様を変えるように、語り手の意識の中には、おびただしい群衆の映像が映っては消えるにすぎない。

街を放浪するフラヌールは、明確なアイデンティティーを持たない。彼の意識は、無数に分裂した自我の破片となって浮遊する。こういう事態は、「群衆の人」の語り手にとっては不安あるいは恐怖でさえあったが、少しのちの時代のボードレールは、それを愉悦に変容させた。ボードレールは画家コンスタンタン・ギィスを論じた時、ポーの「群衆の人」を借りて、それを生命力豊かな人、「群集を深く愛しお忍び《インコグニト》に執着する」[17]老人、「群集と結婚する人」といった積極的なイメージに変えてしまった。そういう人間は「意識をそなえた万華鏡《カレイドコープ》、ひと動きごとに、複雑な人生のあらゆる要素の形づくる動的な魅力を再現するような万華鏡」、「飽きることなく非我を求める自我」(強調原文のまま)である。いわば歩く万華鏡である。ボードレールの詩「七人の老人」'Les sept Vieillards' や「小さな老婆たち」'Les petites Vieilles' は「群衆の人」と同じく、街の放浪と尾行という視点から書かれている。「七人の老人」では、詩人にとりつく恐ろしい老人の亡霊は七つに分裂し、「小さな老婆たち」[18]では、詩人の自我は「無限に分裂したわが心(群衆の心をもつ私の心)」(mon cœur multiplié) となる。「小さな老婆たち」の最後三連には、一人称と二人称(自己と他者)、明暗、美醜、快不快を表す語が交錯している。ボードレールにとって、このような自我の分裂は、恐怖よりも豊饒や愉悦の要素が強く、場合によっては、詩人の特権、芸術家の特性にさえなる。

しかしポーの「群衆の人」には愉悦や豊饒の要素はない。群衆はその不気味さが強調されていて、「群衆の人」は呪われた存在、「この世の最悪の心」(the worst heart of the world) とみなされている。ポーのこの感じ方には、ロマン主義に通例の反都市的態度と、新大陸アメリカにおける急速な都市化への不安が反映していると思われる。

4　壁、または自我の消滅

「群衆の人」には、ラ・ブリュイエールの「ひとりでいることができぬというこの大きな不幸」というエピグラフがつけられている。メルヴィルの「バートルビー」の主人公の不幸は、これをもじっていえば「ひとりでしかいることのできぬという大きな不幸」である。人はこの世では、多かれ少なかれ他者と関係を持たずには生きてゆけないが、バートルビーは他者との関係を一切絶とうとする。

大都市に住む人々は、密集してはいるが孤立していて、バートルビーのように自閉症的傾向を示す者も少なくない。思えば、「群衆の人」の語り手は、コーヒー店の窓際で座っている時も、老人のあとをつけて街をさまよっている時も限りなく孤独であった。ウェイクフィールドも、下宿に身をひそめている時はもちろん、街をさまよっている時も孤独であった。バートルビーの孤独の形はやや違っている。ニューヨークのウォール街で筆耕として働くバートルビーは、法律事務所という人間くさい環境にいるのだが、街を出歩くことさえしない。彼の孤独は、静止・不動の点できわだっている。この作品にも群衆・雑踏のイメージが出てこないわけではない。しかし、それは本筋と直接関係のない、「街路の喧騒」、「正午のどよめく往来の騒音と熱気」といった断片的な言及にとどまる。

この物語にくり返し出てくるイメージは、最初発表された時につけられた副題「ウォール街の物語」に見られるように、「壁」のイメージである。この作品が、文字通りの壁、シンボリックな壁、壁の等価物で満ちていることは、以前から指摘されてきた。[19] ここでは都市との関連から、壁のイメージと意味を私なりに考えてみたい。

都市において、そこに住む人間よりもさらにおびただしいものは何か。それは建物の壁、部屋の壁である。壁は個人の存在とプライヴァシーを保護するために不可欠のものである。しかしその反面、壁は抑圧し妨害するもの、人間どうしの交流を遮断し人間を疎外するものである。壁を人間どうしの隔絶という心理的意味にとるなら、ウェイクフィールドも、「群衆の人」の語り手も、ともに壁の中の住人であるといえる。バートルビーは壁に囲まれた事務所で仕事をし、やがて自らが壁そのものになったように、壁に対面したまま動かなくなる。そもそもバートルビーが登場して法律事務所で与えられる位置が、彼の状況を明示している。

私は彼の机を、部屋の私のいる側の小さな脇窓にくっつけて置いた。その窓からもとはむさくるしい裏庭と煉瓦の建物の側面の眺めが得られたのだったが、その後次々と建て増しがあったので、少し光は入ってくるものの、今ではもう何も見えなかった。窓ガラスから三フィート以内に壁が迫っていて、光はずっと上から、二つのビルのあいだから、ドームのごく小さな明かりとりからのように、射しこんできた。仕事を円滑に運ぶため、私は背の高い緑色の折りたたみ式衝立《ついたて》を手にいれた。それはバートルビーを私の視野から完全にさえぎり、声だけ聞こえるようにした。こうして、いわばプライヴァシーを保ちながらも彼と一緒にいることができた。

（一五）

バートルビーが割り当てられた部屋の窓からは、壁しか見えない。この引用の少し前に述べられているところによれば、この法律事務所の両側は、他の建物の壁に面している。バートルビーは「壁の街」（Wall Street）にあるビルの壁の中、窓から見えるのも壁ばかりという場所に、さらに衝立で遮断されて座っている。彼は幾重にも壁に囲まれているのである。

ところで、この衝立の色が緑色であると本文中で二度述べられているのは、何か意味があるのだろうか[20]。この作品の終わり近いところで、監獄（壁に囲まれている点で事務所の等価物）の中心の中庭の石畳の割れ目から、小鳥たちが落とした草の種が、青々といっせいに芽を吹いているという鮮烈な光景にも、緑色のイメージが現れている。（それは青草さえない石壁の事務所は、監獄よりさらにひどいということを含意する）。また、「石」を意味する名の青年を主人公とする作品『ピエール、曖昧なるもの』*Pierre, or the Ambiguities* の世界は、輝く田園の「緑と黄金《きん》の忘我の境地」、「緑の恍惚」から、都市の石畳と監獄の石壁へ失墜してゆく。ロバート・フロストの、萌えでた瞬間の若葉を歌った詩にあるように、「自然の最初の緑は黄金《きん》、最も保ちにくい色。……かくて楽園は苦悩へと失墜した」。こういう点を考え、またメルヴィルのカラー・シンボリズムを思いあわせるなら、衝立が緑色であるというのは、語り手のせめてもの善意と希望を表しているのかもしれない。同時に、自然の緑でなく、壁と同じく人をへだてる衝立という人工物が緑であるのは、偽善とむなしさを表しているのかもしれない。

バートルビーは初めは猛烈な勢いで代書の仕事にとりかかるが、三日後から拒絶的な態度をとって、筆記を拒否する。やがて一切何もしなくなり、壁に向き合って静止したまま、語り手のいう「盲壁の夢想」(dead wall reveries)にふけるようになる。この不可解なバートルビーの行為(というより行為のなさ)について、語り手は次のようにいう。

私は今、この男に感づいていた、ひそかな謎めいたところをすべて思い出した。彼は返事をする以外口をきいたことがないこと。仕事のあいまに自分のために使える時間がかなりあるのに、彼が何か読んでいるところを見たことがないこと。そう、新聞ひとつ読まないのだ。衝立の背後の、採光の悪い彼の窓辺で、長いあいだ立ちつくしてのっぺらぼうの煉瓦壁を眺めていたこと。彼は料理屋や食堂へも行かないことはたしかで、血の気のない顔を見れば、ターキーのようにビールを飲まないことはあきらかで、他の同僚のようにお茶やコーヒーさえ飲まないのだ。私の知る限り、特にどこへ行くでもなく、今出かけているのがそうでないなら、散歩に出かけることもない。自分が何者で、どこの出身で、この世に親戚がいるのかどうかさえ話そうとしなかった。こんなにやせて青白いのに、体の不調を訴えることもなかった。

(強調引用者)(二一八)

前に引用した、ウェイクフィールドの特徴のない性格を述べた一節(五三頁参照)に似て、右の一節も否定表現のみから成り立っている。経歴も素性も明かさず、生存に必要な最少限度のことしかせず、人目を避けてひっそり住んでいる人間は都市に数多くいる。しかしバートルビーのような「ないないづくし」は異常である。彼は自分の存在を抹消しようとしているとしか思えない。

　壁はバートルビーにとって、初めは強いられたものであったかもしれないが、今や彼のほうが進んで壁を求めているといえる。壁に直面した時、その壁に打ちかかっていくという挑戦的態度が一方にある。『白鯨』*Moby-Dick* のエイハブ船長は、「私にとって、白い鯨が壁なのだ」といって巨大な白い壁に打ちかかってゆく。彼は攻撃的・熱狂的な人間であった。エイハブは壁の向こう側には何もない、無限の虚無があるばかりと感づきながら、無益な受難（情熱）《パッション》に命を賭けた。しかしこのような情熱の行為は容易ではない。とくに都市にあっては容易でない。バートルビーは壁の向こうの虚無を直観している点でエイハブと同じであるが、エイハブと違って壁の前で凝然と立ちつくす。バートルビーのニヒリズムのほうが、エイハブのニヒリズムより悪質であり、また都市的であるといえる。彼の思考は、壁がある限り人間のすべての営みは無益であるという方向に進む。彼は人間の一切の行為に意味が発見できず、他者との関係を一切断って、自閉する。[21] 彼の有名な返事、**'I would prefer not to.'**（しないでおくほうがいいのですが）は、おだやかであるが消極的・中性的な否定表現であり、拒絶・反対によって他者と関わりあいになる可能性さえ避けようとしている。

　都市の機械的な仕事の影響は、バートルビー以外の同僚にも及んでいる。彼らは、現在ならコピー機が一瞬のうちに仕上げることを、何日もかけて行なっている。彼らが神経に不調をきたすのも無理はない。多血質のターキーは、癇癪持ちでアル中気味である。消化不良でいらだちやすいニッパーズは、机の高さを自分に合わせられなくていつも悪戦苦闘している。二人とも単調な仕事から来るいらだちをまぎらすため、たえずしょうが入りクッキーやりんごを口にしている。しかしこの二人は、どんなに神経に変調をきたしていても、タイプとしては類型的であり、来歴や素性の知れた俗世間的人間である。これに反し、見たところ端正、正気、冷静なバートルビーは、神経を病んでいるのではなく、語り手自身が見抜いているように、「魂を病んでいる」。彼は、どのタイプにも属さない、いわば壁の向こう側の反世界、虚無の世界の人間である。彼は、隠者のように世を捨てることによって世に受け入れられる、ということもない。彼の形容として幽霊や死人のイメージが何度か用いられるように、壁のこちら側、世間の側から見れば、彼は死者に近い。

人間の通常の営みを拒否し、他者との関係を断ち、壁に向きあって瞑想するというのは、自我の純粋性を保つために、ときに若者が示す自己防衛反応と見えないこともない。そういう面もあるだろう。しかし自我なるものは、さまざまな他者との関係の「網の目」、自己が社会においてはたすもろもろの役割の「束」として、初めて具体性を帯びる。対他意識を欠いた純粋自我は、とりとめもない自意識のふるえのごときものでしかない。心理学者R・D・レインは「母親である人のアイデンティティーのためには、子供が必要である。すべてのアイデンティティーには他者の存在が必要である」[22]と述べた。サルトルも同じ趣旨のことを述べていた。ホーソーンは「自己中心主義、または腹心の蛇」"Egotism; or, The Bosom-Serpent"という短編小説で、自分を救うためには「他者のことを考えて、あなた自身を忘れなさい」と登場人物に語らせた。人と人とのあいだに生きる人間にとって、他者が消滅すると、自我もまた消滅する。「蒸発」という現象は、他者との関係の網の目を断ち切ることによって、自己をも消そうとする試みという一面を持つであろう。バートルビーは最終的には、自我の消滅を願っている。彼はどこからか蒸発してきて、広告によって雇われるという、きわめて都市的な雇われ方をした。そして蒸発した人間の通例として、過去の経歴を明かそうとしない。しかし通例でないのは、彼が仕事も会話も読書も外出も食事も拒み、その結果、生を拒むことである。

バートルビーはなぜ生を拒否するのか。「ウェイクフィールド」や「群衆の人」の場合と同じく、主人公の動機は最後まで謎のままである。しかし語り手は、不確かな噂であると断った上で、最後に動機らしいものをつけ加えている。

伝え聞いたところでは、バートルビーはワシントンの配達不能郵便物の事務所の下級係員であったが、政権交代のため突然解雇されたという。この噂を思いめぐらすたびに、私はいいようのない感情に襲われる。配達不能郵便（dead letters）！　それは死人（dead men）のように聞こえないだろうか。生まれつき、あるいは不運のため、ともすれば青ざめた絶望に陥りがちな人間がいるとするなら、配達不能郵便をたえまなく処理し、炎にくべるため選り分ける仕事ほど、そういう人間の絶望を強めるものがまたとあろうか。そういう郵便物は毎年、荷車で計って何杯分も焼却されるのだ。青ざめた係員は、時には折りたたんだ手紙のあいだから指輪をつまみあげることもあろう——それをはめるはずだった指は、おそらく墓の中で朽ちている。救済のため急いで送られた紙幣のこともあろう——それで救われるはずだった人は、もはや食事もいらず飢えることもない。絶望して死んでいった人には許しの手紙。あきらめて死んでいった人には希望の手紙。救いのない災厄に押しつぶされて死んだ人にはよい報せ。これらの手紙は、生の使いに出て死へ急ぐ。ああ、バートルビー！　ああ、人間！　（四五）

語り手の伝え聞いたことが本当なら、バートルビーの自閉の原因は、人生の（とりわけ都市生活の）恐ろしい不条理ということになる。彼は存在の根を奪われた人間の苛酷な運命を代表している。世界の不条理な構造が存在する限り、世界全体を否定せずにはおれぬという、純粋で性急な思考にとりつかれる青年が、いつの時代にもいる。少しのちのドストエフスキーの小説には、そういう青年がよく登場する。そのうちの一人は、煉瓦壁を前にして、人間を「蠅のごとく押しつぶせと命令した（なんのためともわからない）暗黒な、陰惨な運命」について瞑想し、「壁の前の夢想」という手記をしたためる。また別の一人は、質素この上ない生活をしているおだやかな青年だが、人間と世界に対する関心を完全に欠いている。饒舌の傾向のあるドストエフスキーの人物たちは、黙して語らぬバートルビーを理解するのに参考になるかもしれない。

バートルビーは、「墓」（Tombs）と称されるニューヨーク市刑務所の最も奥まった場所で、都市を跋扈《ばっこ》している殺人犯や窃盗犯の眼光にさらされて、壁を前にして、「膝を折り曲げ、横向きに寝て、頭を冷たい石につけて」死ぬ。ピエールと同様、大都市で迎える苛酷な死である。死の時も、この世を拒絶する胎児の姿勢をとっているが、胎児と違ってこの世の構造を見ているかのように、薄目をあいている。それは、「のっぺらぼうの壁」(dead walls)＝「配達不能郵便」(dead letters)＝「死人たち」(dead men)、そして都市＝事務所＝刑務所＝墓という、この世の構造である。

*

十九世紀前半のアメリカでは都市化が進んだが、近代都市はアメリカ人にとって、まだ新しい現象であった。それが人間の内面にもたらす作用を、早くも敏感に感じとったこれら三人の作家は、現代にも通じる、都市における個のアイデンティティーの問題を提起したといえる。

第二章

変容する都市風景

ド・クィンシーの夢

トマス・ド・クィンシーは、英文学史上、チャールズ・ラムやハズリットとともに、ロマン派エッセイストに数えられているが、わが国では、ポーやオスカー・ワイルドと並んで審美的な作家ということになっているようである。谷崎潤一郎の短編「秘密」の語り手は、大都会の「雑沓する巷《ちまた》と巷の間《あわい》」に隠れ住んで、夕暮れになると女装して人込みの中へ出歩くような男であるが、彼の愛読書の一つが、ド・クィンシーのエッセイ「芸術の一形式としての殺人について」"On Murder Considered as One of the Fine Arts" である。三島由紀夫の短編「真夏の死」は、エピグラフにボードレールの『人工楽園』*Les Paradis artificiels* から「夏の豪華な真盛の間には、われらはより深く死に動かされる」が引用されている。これはド・クィンシーの有名な幼時の原体験を記したものである。フランスの批評家たちは、ボードレール経由のため、ド・クィンシーにデカダンの先駆を見がちであるが、わが国の文学者たちも、フランス文学経由のため、ド・クィンシーを象徴派やデカダン派との関連から見がちであった。

たしかに、ボードレールや三島由紀夫を魅惑した「苦痛愛」(algolagnia)の傾向が、ド・クィンシーにある。[1] 殺人をさえ芸術のために利用するという発想もある。彼に対する現代の興味は、苦痛や殺人をさえ美に変える傾向や、彼の作品のシュールレアリスティックなイメージにあるだろう。しかし一方では彼は、王族への拝謁をうやうやしく語り、家族の愛情や炉端の幸福を賛美し、フランス文学に見られる「はしたない告白」を非難し、『ヴィルヘルム・マイスター』におけるコルセットやスカートへの罪のない言及を不道徳だと非難する、などの点で、マリオ・プラーツのいうように、ヴィクトリア朝ブルジョワ道徳の先駆けでもあった。[2] 彼の作品には随所に、センチメンタル・ヒューマニズムあるいはセンチメンタル・ヒューマーの口調が聞かれる。ド・クィンシーは、ロマン派、ゴシック、象徴派、デカダン派、ヴィクトリア朝モラリストなどの多様な面を持った過渡期の作家だったのだろう。

文学史上の位置づけはさておき、本章では主としてド・クィンシーの自伝的作品をとりあげて、そこに現れた都市のイメージ、都市の意味を考えてみたい。彼は一七八五年マンチェスター近郊に生まれたが、彼の生きた時代は近代都市の発展期にあたっていた。やがて一八四五年、エンゲルスが、この工業都市、英国第二の都市での観察をもとに『イギリスにおける労働者階級の状態』を著して、この世でかつて見たことのない大規模な集団的・組織的悲惨を告発することになる。[3]ド・クィンシーは若くしてマンチェスターの学校から脱走したため、彼の都市体験はロンドンを舞台とすることになったが、彼にとっても都市の悲惨は原体験の一つであった。彼が都市で見たものは記憶の中に刻まれて、夢の中で再現し変容し、作品に定着された。その様相を眺めることにより、ド・クィンシーという作家の特質がかなりあきらかになるであろう。

1　群衆の中へ

ド・クィンシーはロマン派の例にもれず、自然と田園の賛美者であった。彼が生まれたマンチェスター郊外のグリーンヘイ（Greenhay）は、その名の示すとおり、当時はまだ牧歌的な自然環境にあった。彼は幼児期を隔絶した田園で過ごしたことを、粗野な兄弟でなくやさしい姉妹に囲まれて育ったことともに、魂の形成のために幸運であったと感謝している。[4]成長してロンドンにいた時にも、彼の思いはつねにかなたの野と森に向かった。一八〇九年ワーズワスを慕って湖水地方に移り住んだのちは、二四年間その地の自然につつまれて暮らした。

しかし彼の自伝的作品を鮮やかにいろどっている光景は、田園よりむしろ都市の光景である。彼は十五才のとき初めてロンドンに出かける機会があったが、その時のロンドンの光景を、のちに『自伝』*Autobiography* 第八章で次のように描写している。

見知らぬロンドンの街路に初めて置き去りにされた人は、必ずや、この状態につきものの、見捨てられた気持ち、まったくの孤立感に、悲哀と苦痛と恐怖を感じるにちがいない。決してとぎれることのない、自分に声一つかけてくれない、おびただしい顔、そのまっただ中にいるとき、心にのしかかる孤独感はたとえようがない。他人には理解できぬ思いを瞳にうかべた無数の目。よそ者にはこれといった目的もなさそうに思えるのに、あちこち忙しく動きまわる男女の姿。それは偏執狂の仮面舞踏会、あるいは幽霊たちの行進のように見えるのだ。ロンドン各地に見られる非常に長い街路。たえまなく開ける、他の街路のつかのまの眺望。それも横切るごとに直角に、同じように遠くまでのびている。長い街路はすべて、遠い端は陰気にかすみ、暗い不安な雰囲気につつまれている。こういったことのために、ロンドンの中心部の様相には、つねに広大さと無限の奥行きの感じがとりつくのである。

（『自伝』一八二一）

これはド・クィンシー十五才の時の体験を、三十四年後に回想して書いたものであるから、作者の後年のロンドン体験や、その後の記憶の変化のため、本来の姿からやや遠ざかっているかもしれない。しかし若者の目に初めて映った大都市の光景が、どのようなものであったかは十分に伝わってくる。それは、基本的には、ワーズワスが『序曲』*The Prelude* 第七巻「ロンドン滞在」で描いた体験と同じである。ワーズワスもまた、群衆の中の孤独を感じながら雑踏する街を歩き、傍らを通りすぎるどの顔も神秘であり、それを見つめていると夢の中の幻のように消えてゆくという幻想にとらわれた。[5] まったくのよるべなさ、身を切られるような孤独感は、都市生活が常態となった現代ではありふれた感情であるが、近代都市の発生期にあっては、異様なものであっただろう。ド・クィンシーは、ロンドンを「この大いなる荒野」(this mighty wilderness)[6]と呼び、孤絶感・無力感を表すのに「大西洋全体の中の一つの波」、「アメリカの森林のやどり木」[7]などの新世界の比喩を用いている。当時、大都市における人間のあり方は、新しい未知のものだったのである。

しかしワーズワスとド・クィンシーの反応にはかなりの違いがある。ワーズワスが都市のありようを、結局は「空疎な混乱」(blank confusion)[8]と呼んで退けてしまうのに反し、ド・クィンシーがロンドンの群衆を「偏執狂の仮面舞踏会、あるいは幽霊たちの行進」にたとえる時、もちろん不気味さが伴っているが、'mask' や 'pageant' などの語にはいくぶん魅惑のひびきが感じられないだろうか。ロンドンの街路を「広大さと無限の奥行き」と表現する場合も同様である。事実、『自伝』第八章の後半では、王室の舞踏会の光景が、審美家の筆致によって描かれていて、ド・クィンシーは、都市に見られる華美なもの、変化するもの、つかのまのもの、流れるもの、もつれあうもの、に魅せられているのがわかる。

……音楽が高らかに鳴りひびく下を、複雑なダンスの迷路をぬって流れてゆく若い男女の姿。裕福な人たちの広間に見られるそういう光景につきものの付属物——照明と宝石のきらめき、生気、動き、人間の頭の海のようなうねり、もつれあう人物たち、「決して終わることなくつねに新たに始まる」ダンスと音楽の自己回転、まさに混乱に達せんとするきわどい運動からたえまなく再生される秩序……(強調原文のまま)

(『自伝』一九八)

このような光景の背後には、何かしらメランコリーの感情が流れていると作者はいうけれども、この一節を読むと、彼が都市生活に見られるはなやかなもの、パーティ、ダンス、音楽、照明、宝石といったものに魅惑されているのを否定できない。また文章が審美家の文体を示していて、描かれている内容は凡庸であるが、原文で読むと、文章そのものが鳴りひびき、流れ、きらめき、うねり、もつれているのが感じられる。

ド・クィンシーには美的陶酔を求める傾向と、それを抑圧する傾向が共存していて、その葛藤から彼の罪悪感が生じるのであろう。阿片に手をそめたきっかけについても、彼は歯痛や胃痛をやわらげるためであったと弁解しているが、それはモラリストの表向きの理由である。『英国阿片吸飲者の告白』*Confessions of an English Opium-Eater*（以下『告白』と略記）で「阿片の快楽」を語るにあたってもらした「わが地球が、ロンドンの日曜の雨の午後ほど味気ない光景を示したことがあったろうか」[9]という言葉が、阿片を求めた本当の理由を語っているだろう。一般に都会人種は、都会生活の砂をかむような味気なさを逃れるために、都会の卑小な事物を享楽の対象に変容させようとする衝動を持つものである。ド・クィンシーも例外ではないが、彼はそれを意識したがらない。彼の群衆に対する態度もこの点から理解できるだろう。彼には、ボードレールのいわゆる「群衆で浴《ゆあ》みする」[10]傾向がたしかにある。その傾向は『告白』の「阿片の快楽」の箇所に述べられている。

だから、私が心から共感を寄せている光景をできるだけ大規模に目撃しようと、私は土曜の晩になると、阿片を飲んでから、方角や距離にはたいして気にとめず、貧しい者たちが土曜の夜に賃金を消費するために集まる、ロンドンのあらゆる市場やその他の場所へ、たびたびさまよって出たものだった。[11]

（『告白』六九）

彼は土曜日の晩、阿片を飲んだあと、市場かオペラ劇場へ出かける。市場とオペラ劇場は妙なとりあわせだが、その共通点はもちろん「群衆の中に浴みする」ことである。ボードレールは、そこから「独自の陶酔[12]」を感じとると述べている。ド・クィンシーにとってもそれは陶酔にちがいないのだが、今述べたように、彼はそれをはっきり認めたがらない。彼は、阿片の作用が、よくいわれるような自閉症的孤独を生みだすのではなく、かえって「人間みな兄弟という共通のきずな」(a common link of brotherhood)[13]の感情を生みだすのだという弁解をしている。阿片を飲んで感覚をより鋭敏にして群衆の中へ出かけるという習癖は、谷崎潤一郎の「秘密」の「ウイスキーの角壜を呻《あお》って酔いを買った後」街の雑踏の中に出かける語り手の姿にこだましているが、谷崎の場合には、新奇な感覚を追求すること自体が目的であるから、ド・クィンシーのように、弁解の必要など感じない。

群衆に陶酔するこの傾向、自我というせまい殻を破って多様な他者と交感するという傾向は、「自己中心的崇高」の人ワーズワスには見られないものであった。この傾向は、ド・クィンシーからボードレールに引き継がれてゆく都市文学の一つの特徴と言ってよいだろう。都会人種のある者たちは、自我の貧しさを償うかのように、おびただしい他者を求める衝動を持っている。

ド・クィンシーのめぐらす次のような想いも、この衝動の一種であろう。

ある晩、私は長い街路に入ってゆきながら、「このたった一つの通りに住んでいる人々の、千分の一にさえ会うことはないだろう」と自分につぶやいた時、男も女もそのひとりひとりが、いかに読むかを心得ていさえすればきわめて興味深い一冊の書物のようなものだという考えが私に浮かんだ。ここに新たな悲哀の世界が開けてきた。というのも、本や芸術作品は何百万と存在しているが、人間は何億と存在しているからだ。（『ある若者への手紙』三九）

人間ひとりひとりの心を、秘密を秘めた書物とみなすのは、ディケンズの『二都物語』*A Tale of Two Cities*「夜の影」の章にも見られる感じ方である。そこでは、秘密を秘めたおびただしい心と、それを読むことができぬという絶望が、死の恐怖と同質のおののきをもって描かれている。しかし、おびただしい人間と交感するという肥大した欲望には、何か不健康な要素がある。ボードレールは、群衆の中へ入ってゆくのは「電流の巨大な貯蔵器に入って行くよう」[14]な強烈な刺激であり、その時「自我は、各瞬間ごとに、非我を、いつも不安定で逃げ去ってゆく人生そのものより一段と生気ある形象に変えて、再現し、表現する」[15]（強調原文のまま）という。たしかにこのような自我と非我の交感は独特の魅惑であろう。だがその一方で、おびただしい非我に同化しようとする自我は、中心的支柱を失って分裂する危険性がある。群衆に陶酔したド・クィンシーは、やがて恐ろしい自我の分裂あるいは崩壊にみまわれることになるだろう。

2　顔の暴虐

ロンドンはド・クィンシーにとって「この大いなる荒野」(this mighty wilderness) であり、ロンドンの街路は「大いなる迷宮」(the mighty labyrinths) であった。'mighty' は彼が最も頻繁に用いる形容詞であり、[16] 'labyrinth' も 'maze' とならんで彼の愛用語である。だから 'the mighty labyrinths' は彼にとってかなり重要な意味を持つ語句であろう。「大いなる迷宮」は『告白』の次の箇所で用いられている。

もし彼女が生きていたら、私たちはきっと、まったく同じ瞬間にお互いを探しながら、ロンドンというこの「大いなる迷宮」をさまよっていたにちがいない。たぶんお互いにほんの数フィート離れた場所を通っていたのだろう。そんな短い距離をすれちがっただけで、ロンドンの通りでは、結局は永遠の別離になってしまうのだ。数年間、私は彼女はまだ生きていると思っていた。だからロンドンへ行くたびごとに、彼女に会えるという希望をもって、私は、比喩ではなく文字通り何万回も、何万人もの女の顔をのぞきこんだのだった。(『告白』五六)

ここで彼が群衆の中をさまようのは、「群衆の中に浴みする」ためではない。以前彼が路上で行き倒れになりかけた時、気つけのぶどう酒を与えて助けてくれた若い売春婦のアンを探し出して、救いの手をさしのべるためである。この場合、群衆は彼女の発見を妨げる障壁となっている。群衆の群れる都市という迷宮では、一瞬のすれちがいが永遠の別離になる。『自伝』第十三章においても、再会を望んでいる弟との出会いが、触れあうほど近くにいながら、一瞬後に「おそらく三インチの差または三秒の差で、再び離れ、接近しあったのにも気づかず永遠の別れとなる」[17]運命が描かれている。これはド・クィンシーにくり返し現れる「永遠の別離」(a separation for eternity; everlasting farewells)[18]のテーマ、「もうとり返しがつかない」(All is lost.)[19]という悲哀である。ボードレールの詩「通り過ぎた女に」'A une Passante' のテーマ、喧騒の街で通りすがりに出会った美しい女にもう二度と会うすべがないという悲哀も、これと同様である。このテーマは時としてセンチメンタリズムに流れるおそれがあるが、実際に経験する者には痛切な感情を伴うであろう。そしてこのテーマに最もふさわしい舞台は、雑踏する大都市の迷路である。

このように、ド・クィンシーは貧しい人々に同化するため、あるいは命の恩人アンを探し出すため、群衆の中をさまよったのだが、その時見た群衆の顔の記憶が、のちに彼の夢にとりつくことになる。

……私は長い年月がたってから高い代価を支払ったのだ。その時人間の顔が私の夢に暴虐をふるい、ロンドンを途方にくれて歩いた時の足どりが戻ってきて、道徳的、知的困惑の感情となって私の眠りにとりついた。それは理性に混乱をもたらし、良心に苦しみと後悔をもたらしたのだ。(強調引用者)

(『告白』七〇)

これはかつて街路をさまよい、「群衆に浴みした」ことの反動である。ド・クィンシー自身も大都市で極貧の生活を送ったのだが、貧しい人々の生活を陶酔の対象としたため、彼らが夢の中で復讐し始めたといえるだろう。おびただしい人の顔はしだいに強迫的となり、彼は罪悪感にとりつかれる。

> これまで人の顔がしばしば私の夢に混じっていたが、それが専制をふるうことはなかったし、とくに苦痛を与えるほど強力でもなかった。しかし今や、私が人間の顔の暴虐と名づけたものが展開し始めた。おそらく私のロンドン生活のある部分がこの原因なのであろう。とにかく今や、大海のゆれ動く波の上に人間の顔が現れ始めた。海は天を仰いだ無数の人々の顔で敷きつめられたようだった。哀願し怒り絶望しているそれらの顔は、何千何万何世代何世紀もの顔となって、上にうねり高まった。私の動揺は限りなく、私の心は大洋とともに高く投げ上げられ波うつのだった。（強調引用者）　（『告白』九四）

海上にびっしり敷きつめられた顔。波とともにうねる人の顔。彼の心そのものが顔の敷きつめられた海となって波うつ——これは『告白』の中でもとりわけ有名なイメージである。「人間の顔の暴虐」（the tyranny of the human face）という表現は、ボードレールの散文詩「午前一時に」'A une heure du matin' にそのまま借用されている。ボードレールもまた群衆に陶酔したことの反動として、おびただしい他者の視線に強迫を感じたのであった。

夢という現象は自己の心の状態を変形して示すものであり、夢に現れるものはすべて、いわば自我の断片だといえる。夢が多かれ少なかれ不安の気配を伴っているのは、夢の中では自我が分裂していろいろな人物・事物・状況に変容し、自我はあいまいな形でいたるところに遍在する、と同時に、明確にはどこにも存在しないという事態のためではないだろうか。無数の人間の顔にさいなまれる夢では、自我の分裂はいっそうはなはだしく、自我の崩壊と言ってもよいくらいである。そういう夢に恐怖の感情が伴うのは当然だろう。

ところで、おびただしい人間の顔が、大海のゆれ動く波の上に現れるのはなぜだろうか。夢は不思議な変容と意識されぬ奸計に満ちているので決定的なことはいえないが、人の顔と海（あるいは波）が結びつくのは、ごく自然である。日本語でも「人波」とか「人海」という表現がある。すでに十八世紀において、ロンドンを描くことは、群衆を描くことであり、群衆を「流れ」(stream) や「満潮の海」(full tide) として描くのは常套であった。[20] ド・クィンシー自身も、そういう描き方をしている。前に引用した箇所では、「決してとぎれることのない顔」(faces never-ending) や「迷路をぬって流れてゆく若い男女」(young men and women *flowing* through the maze)、「人間の頭の海のようなうねり」(the sea-like undulation of heads) といった表現が見られる。またロンドンの群衆を「全大西洋」(a total Atlantic)、ロンドンの通りを「オックスフォード街という大きな地中海」(the great Mediterranean of Oxford Street)[21] などと形容している。群衆を海や潮流の比喩で捉える習慣が、夢にも影響しているのであろう。それにしても、波の上にびっしり敷きつめられた無数の顔、哀願し怒り絶望している、何世紀もの人間の顔、という強迫的なイメージには、常套的表現などに還元できない、夢の力と神秘が感じられる。

3　アジア的風景

ド・クィンシーの住む山岳地方へ迷いこんできた一人のマレー人が、「顔の暴虐」の夢をいっそう錯綜させる。ド・クィンシーは、東洋人なら阿片に親しんでいるはずだと考えて、旅の苦労をねぎらうため、この東洋人に東洋の霊薬を与えたが、彼は「三頭の竜を倒せるほど」の量を一気に飲んでしまった。こののちしばらくド・クィンシーはマレー人の死体発見の報におびえ、マレー人の夢に脅かされる。しかし夢は単なるマレー人の反復にとどまらない。おびただしい人の顔の夢と結合して、「アジア的風景」(Asiatic scenes)[22]へ変容してゆく。

一般的に言って、南アジアは恐ろしいイメージや連想の巣窟である。人類発祥の地というだけでも、漠然たる畏怖の感情がまとわりついている。……　アジアの事物の古さ、その制度・歴史・信仰様式等々の古さは、あまりにも印象的で、その人種と名称のとほうもない古さが、個人の若さという感じをおし殺してしまうように思われる。若い中国人は、私には大洪水以前の人間が生き返ってきたかのように思えるのだ。……　南アジアは何千年ものあいだ、地球上で人間の生命が最も密集する地域、すなわち諸民族の製造所であったたし、今もそうだ。

そういう地域では人間は雑草なのだ。広大な諸帝国もまた、そこでアジアの巨大な人口が鋳造されているため、東洋の名称やイメージにまつわる感情に、いっそうの畏怖を与えるのである。

（『告白』九五）

都市――群衆――人の顔――マレー人――阿片――アジア――人類の発祥――太古、と連想の糸はつながって、ド・クィンシーの想念は、人類発生のプロセスをさかのぼっていくかのようである。「人類発祥の地」、「人間の生命の密集」(most swarming with life)「人間は雑草」、「アジアの巨大な人口」などの表現は、その出所をたどれば、夢に現れた「哀願し怒り絶望している何千何万何世代何世紀もの顔」に由来し、さらにそれは、彼がロンドンの街路で見た何万もの人の顔に由来するだろう。それらの顔はまだ西洋人であったが、今や人類の発生史をさかのぼって、かつて地上に存在し無意味に死んでいった、雑草のごとき全人類が集約的に現れたのである。彼の夢に現れた「アジア的風景」の原始は、はからずも近代都市ロンドンの中の原始と通底する。それはエンゲルスが述べたのとは違った意味での、都市の中の原始である。[23]

「オリエントの夢」(Oriental dreams)[24]の変容はさらに続く。夢はいっそう不気味で狂暴になり、「東洋のイメージと神話的拷問」[25]が圧倒する。

私は猿やインコやオウムににらまれ、嘲笑され、にやりと笑われ、ぎゃーぎゃー鳴きたてられた。私はパゴダに逃げこみ、その頂上あるいは秘密の部屋で、数世紀のあいだ監禁された。

私は偶像であり僧侶であった。私は崇拝され犠牲にされた。私はブラーマの怒りを逃れてアジアの密林を逃げまわった。ヴィシュヌが私を憎み、シヴァが私を待ちぶせした。私は突然イシスとオシリスに出くわした。彼らは私がトキやワニが身ぶるいするような行為をしたのだという。私は千年間、永遠のピラミッドの奥のせまい部屋で、ミイラやスフィンクスと一緒に石棺の中に埋められた。私はワニたちに癌性の接吻をされ、表現を絶するぬらぬらした生き物とごたまぜになって、葦とナイルの泥の中に横たえられた。

（『告白』九五－六）

「私は偶像であり僧侶であった」、「私は崇拝され犠牲にされた」という箇所には、夢に現れるものすべてが、多かれ少なかれ自分の分身であることが暗示されている。夢という現象は、自己が演出し、自己が出演し、自己が観客となる芝居のようなものである。あるいは、被害者も加害者も、事態を解明しようとする探偵も、すべてが自己であるところの推理小説のようなものである。それでいて、夢見る人は夢の世界を統御することはできず、夢は悪夢として、外部から襲いかかるように感じられることがしばしばである。この矛盾をド・クィンシーは、「夢においては（必然的にわれわれ自身があらゆる動きの中心を占めているのだから）私は力を持っている、それでいてその動きを決定する力を持っていない」[26]と述べている。

右に引用した夢に顕著なのは、何者かに追跡され迫害され処罰されるという、悪夢の気配である。彼につきまとって苦しめる気味悪い生き物たちの正体は何だろうか。それらの生き物たちは、人類──→猿──→鳥（インコ、オウム、トキ）──→爬虫類（ワニ）──→軟体動物（ぬらぬらした生き物）──→原始のカオス（ナイルの泥）というように、またも太古へ向かって、生命発生のプロセスをさかのぼるかのようである。個体の夢が、人類発生のみならず、生命体全体の系統発生をくり返している。

ド・クィンシーには、昇華されぬ生命のエネルギーに対する、深い恐怖があったのだろう。ワニは盲目的な生のエネルギーの不気味な象徴として、彼の夢によく現れるイメージである。「すべてのテーブルやソファの足がたちまち生命力を帯び、ぞっとするワニの頭と、じろりとした横目が、増殖し千度も反復して私をにらんだ。私は嫌悪し、呪縛されて立ちすくんだ[27]」。蛇やワニなどの気味悪い爬虫類は、多くの人の夢に出現する。ド・クィンシーと同じく阿片中毒であったコールリッジのノートブックや手紙には、蛇、怪物、矮人の夢の症例がたくさん記録されている[28]。またそういったイメージが、コールリッジの代表的な詩の重要な素材になっている。蛇身の女ジェラルダイン、悪魔の恋人を求めて泣く女、癩のように白い「夢魔、死中の生」という名の恐ろしい魔女、海蛇、ぬらぬらした海の上を脚で這うぬらぬらした生き物、といったなまましい形象をコールリッジは用いた。これらは昇華されぬ生（または性）のエネルギーを表すのであろう。そしてド・クィンシーの「癌性の接吻」や、コールリッジの「死中の生」から感じとれるように、無目的で充溢する生のエネルギーの破壊力はかえって死に接近する。

人間が雑草のように繁茂するアジア、不気味な神々・儀式・動物が混在するアジア、というド・クィンシーの東洋の捉え方は、当時の偏狭なオリエンタリズムを脱していない。しかし、不気味な「アジア的風景」は、西洋人、文明人たる彼の心の深奥に出現したのである。コールリッジの夢の記録では、ごく身近の親しい人たちが蛇や怪物に変身する。ド・クィンシー自身も『英国郵便馬車』*The English Mail Coach* で、夢見る人は自分自身の内部に、何か恐ろしい得体のしれぬ性質、怪物のようなものを発見すると述べている。[29]「アジア的風景」は、外部にではなく自己の内部に存在する。フロイトによれば、不気味なものとは、自分がよく知っていて今は忘れてしまったものが、形を変えて現れたものにほかならない。おびただしい「表現を絶するぬらぬらした生き物」の遠い起源は、ロンドンで彼の周囲に群がったおびただしい群衆であることを思えば、アジアの闇と近代都市ロンドンの闇は通じているといえる。

4　建築――閉じられた無限

ロンドンの街路をさまよう人は、群衆の顔に圧倒されるとともに、延々と連なる建築群の威容にも圧倒されたにちがいない。大建築がド・クィンシーの夢にくり返し現れ、ときに壮麗な姿を示す。彼は「私の病気の初期の段階には、私の夢の輝きは、主として建築的なものであった。醒めた人の目が、雲の中ででもなければ見たことのないような壮大な都市や宮殿を、私は見たのだ」[30]と述べて、彼の夢の光景をよく伝えるものとして、ワーズワスの『逍遥』*The Excursion* 第一巻から、雲の上に見えた都市の眺めを引用している。ワーズワスの「大いなる都市」(a mighty city) は「密集する建築群」(a wilderness of building) から成り「素材はダイアモンドと黄金のように見え、白亜の円屋根、銀の尖塔、累々と高く積み重なる輝く屋根……」[31]という壮麗な姿を示している。
しかし群衆に一体化する喜びが、夢の中で「顔の暴虐」に変容したように、壮麗な建築の夢もしばしば不吉な姿に変わるのである。その典型的な例が、ド・クィンシーを論じる人が必ずといってよいほど言及するピラネージの描いた建築である[32]。

何年も前、私がピラネージの『ローマ遺跡集』を眺めていると、そばに立っていたコールリッジ氏が、その画家の『夢』と題する版画集のことを話してくれた。それはピラネージ自身が熱病の幻覚の中で見たヴィジョンを記録したものである。その何枚かは（私はコールリッジ氏の説明を思い出して書いているにすぎないのだが）巨大なゴシック風の広間を描いていて、その床にはあらゆる種類の兵器類、機械類、つまり車輪・太綱・滑車・梃子・石弓などがあって、発揮された大きな力、甲斐なくついえた抵抗の跡、を物語っていた。壁ぎわを這うように進んでゆくと、階段があるのに気づく。その階段を手さぐりしながら登ってゆくのは、ピラネージ自身である。少し先までゆくと、階段は不意に唐突に、手すりもなく終わっている。だから先端まで来た人は、一歩も前進できない。前進すれば下の奈落へ落ちるばかりだ。……ところが目を上げると、二つめの階段がさらに高くのびている。そこにもまたピラネージがいて、今度は奈落の縁に立っている。さらに目を上げると、またも空中を渡る階段が見え、そこにもあわれなピラネージがいて、懸命に上に登ろうとしている。こんなくり返しがあって、はてしない階段もピラネージもともに、ついに広間の上方の闇の中に消えてしまう。これと同じ限りない成長と自己再生産の力を帯びて、私の建築は夢の中で続いたのであった。

（『告白』九二一―九三）

ここで述べられているのは、イタリアの画家ピラネージが一七四五年頃制作した銅版画集『幻

ピラネージ「幻想の牢獄」（1745年頃）
「通路や階段がどこに通じているのか、そこを歩くと上がるのか下がるのかもわからない。」

想の牢獄』*Carceri d'invenzione* のことである。右の引用に描写されたゴシックふうの巨大な広間は、多くの階段が上へ上へとのびているのだから、当然、高くそびえているはずである。だがそれは牢獄であり、決して脱出できぬ閉ざされた空間でもある。ド・クィンシーはピラネージのこの銅版画集を実際には見なかったらしいが、右の描写に最も該当しそうなピラネージの画を眺めてみると、空間は上方に高まっているが、混沌とした暗い画面は、見ようによっては地下に埋められた土牢のようにも見えてくる。いたるところに陥穽がしかけられているようで、墜落の可能性はつねにある。[33] 今世紀のオランダの画家M・C・エッシャーのだまし絵のように、遠近法が混乱していて、通路や階段がどこに通じているか、そこを歩くと上がるのか下がるのかもわからない。上方へ、天へ向かっての逃走が、「埋没した建物へ向かう下降の旅[34]」である。

建築の夢、閉じられた空間の中での無限反復――この淵源がどこにあるのか、ド・クィンシーは明示していない。その原風景もまたロンドンの街路にあるのではないだろうか。先に引用した『自伝』第八章で「たえまなく開ける、他の街路のつかのまの眺望……どの街路も遠い端は陰気にかすみ、暗い不安な雰囲気に包まれている……とほうもない広大さと無限の奥行き」（七八頁参照）と描かれた街路の風景が、閉じられた無限空間、迷路のような広間のイメージのもとになったのではないか。『告白』における次の記述は、建築の夢の起源がどこにあるかを、もっと明確に指し示しているだろう。

……私は突然、複雑にもつれた路地、謎めいた入口、通りぬけのできぬスフィンクスの謎のような道路に出くわした。それらは大胆な運搬人をも途方にくれさせ、手慣れた馬車の馭者の知恵をも混乱させるにちがいないと思う。

（『告白』六九―七〇）

ここでは迷路を連想させる knotty, enigmatical, sphinx といった語が用いられている。ロンドンはまさしく「大いなる迷宮」（the mighty labyrinths）、閉塞した無限空間である。街路をさまよう人は、無数の通りを歩き、無数の角を曲がるのだが、牢獄内のピラネージのように、閉じられた圏内から脱出できない。そして絵の中のピラネージがいくつもの分身に分裂しているように、街路をさまよう人の自我もまた分裂するだろう。[35] 夢（それが生じる頭蓋の内部空間）＝ピラネージの牢獄＝ロンドンの迷路、は等号で結ばれる。その共通項は、閉じられた無限空間ということである。そして、どれほど逃亡の試みをくり返してもそこから脱出できないが、その試みを反復するしかない。人の顔にしろ、建築にしろ、ド・クィンシーの夢のイメージの多くは、無限に反復する。フロイトを借用すれば、反復衝迫は快楽原則よりも根源的なのである。

かつてジョンソン博士が、ロンドンの偉大さを知るためには、「はなやかに連なる建築群」のみならず、「無数の小さな横町や路地」、「密集して住む多種多様な住民たち」をも観察すべきだと述べたのは、一七六三年であった。[36] ジョンソンにとって都市の偉大さと豊かさの象徴であった建築、街路、群衆、のすべてが、ド・クィンシーにとって、閉塞と無限反復の悪夢に変貌した。その理由は、一つには阿片の影響であろうが、都市についての人間の感受性が変化したためでもあるだろう。

建築のヴィジョンの一種として、晩年の作品『英国郵便馬車』に印象深い例がある。この作品は、郵便馬車の上から見た都市の情景を描いているので、建築のイメージがきわめて多い。しかし今とりあげたいのは、本当の建築ではなく、第二部「急死のヴィジョン」"The Vision of Sudden Death"に現れる、街路の両側の並木が頭上高くで合体して、「巨大な寺院の側廊のようになったもの」(the character of a cathedral aile)[37]である。その中で、疾走する郵便馬車が、恋人たちの乗った葦のようにもろい二輪馬車と、正面衝突しそうになる。この側廊の内部には、逃れることのできぬ運命的な死の気配があり、ピラネージの描いた建築と同様、巨大でありながら閉じられた空間、という特徴を示している。それはまた「もうとり返しがつかぬ」というテーマの変奏でもある。巨大な側廊のイメージは、第三部「夢のフーガ——前章の急死のテーマに基づく」"Dream Fugue: Founded on the Preceding Theme of Sudden Death"にひき継がれて、天までそそり立つ「大いなる聖堂」(a mighty minster)[38]になる。この幻想の大伽藍の中を郵便馬車は疾駆するが、いつまでたっても外に出ることがない。内部には、空中にかかる桟敷があり、高い天井には透かし彫りや網目模様が見える。そういう点では、この巨大な側廊もまたピラネージの描いた巨大な広間と似ている。しかし、ランプの光がゆらめき、白衣の聖歌隊が賛美歌を歌っている点でまったく違っており、この光景は、調和と救いのヴィジョンへと導かれるのである。

5　調和のヴィジョン

近代文学において、語り手あるいは登場人物が、都市を観察・考察する場面がよく出てくる。[39] 都市を観察する時の視点は、大別すると、高所（above）、路上（street level）、地下（below）の三つになるだろう。路上で多様な群衆を観察したり、迷路の中をさまようような体験をするのは、典型的な「路上の視点」である。では「地下の視点」とは何か。「地下の視点」がわかりにくいのは、自明のことながら、地下からは街の景観が見えないからである。ユーゴーの『レ・ミゼラブル』において、下水道の光景が都市のある一面をあきらかにしたり、ドストエフキーの『地下室の手記』の語り手が、低所から自虐的な考察をめぐらしたりするのは、「地下の視点」と考えられる。ド・クィンシーの場合、「亀裂、陽のささぬ奈落に、夜ごと、比喩でなく文字通りに下りてゆき」その果ての無意識の闇に、何やらうごめくものを見出し、その闇の世界が近代都市に通底しているという事態を、「地下の視点」の一つと考えてよいだろう。

ではド・クィンシーにとって、高所から眺めた都市はどういう姿を示すのだろうか。「高所の視点」に相当するものとして、夏の夜、阿片を服用して、窓辺ではるか下方に都市と海を眺めながら、神秘的な調和の感覚を味わう場面が挙げられる。

L――〔リヴァプール〕の町は、この現世を表していた。その悲哀と墓は遠くに置き去られていたが、見えないわけではなく、完全に忘れ去られているわけでもなかった。海は、永久にやさしく波立ち、鳩のような静けさに覆われていて、私の精神とそれを支配している気分を象徴していると言ってよかった。そのとき初めて、私は人生の喧騒から遠く離れて立っているように思った。騒乱・熱病・闘争は一時休止し、心の秘密の重荷からの休息、おだやかな安息、人間の労苦からの休息が、与えられたようだった。ここに、人生行路に花咲く希望が墓の中の平和と調和し、知力の活動は天上のように疲れを知らず、悩める者すべてにとっておだやかな慰めがあり、静謐があった。それは惰性の産物ではなく、相等しい二つの強い力が拮抗するため生じるものであった。それは、無限の活動であり、無限の休息であった。(『告白』七一)

作者は高みから、都市と海を見下ろしているのだが、ここに述べられているのは、観察というより、作者自身いうように、「夢想」(reverie)[40]である。街や海の眺めよりも、もっぱら精神状態が語られている。しかしこの霊妙な調和の感覚が得られるためには、一方の極に、都市の悲哀・喧騒・騒乱・熱病・闘争が存在している必要がある。ただし、路上をさまよう時のように、都市の悲哀や喧騒のまっただ中にいるのではなく、それから遠ざかっている必要がある。距離を置いて高所から都市を見る時には、調和の気分が伴うことが多いが、その特徴がここにも現れている。[41]

この調和的な気分は、しかしながら、つかのま得られたものにすぎない。人生の騒乱・熱病・闘争は永遠に終わったのではなく、「一時休止した」(suspended)にすぎない。「おだやかな安息」(a sabbath of repose) のあとには、再び騒乱・熱病・闘争が待っている。事実、この調和のヴィジョンは、阿片の苦痛、恐ろしい悪夢についての長い記述の直前に、一時休止のような形で置かれているにすぎない。

調和のヴィジョンは、しかしながら、長い悪夢のあとで、あるいはその最中にさえ、間歇的によみがえってくる。「アジア的風景」の中で気味悪い生き物たちに苦しめられたあと、その悪夢からめざめたド・クィンシーは、「真夏の死」のヴィジョンについて述べている。これは筆者六才の時の原体験である。最愛の姉エリザベスを失ったド・クィンシーは、六歳にして「人生は終わった」(*Life is finished.*)[42](強調原文のまま)と感じたのであった。彼はエリザベスの遺体の置かれた部屋の窓から、真夏の陽の輝きと、雲一つない無限に深い青空を見た。天の栄光と死の冷たさ、生命の輝きと心の暗闇――この痛切な対照は生涯彼を呪縛することになった。ところで今注目したいのは、真夏の生命力を表す「あふれかえり、たち騒ぐ生命の放縦さ」(the exuberant and riotous prodigality of life)[43]とか「夏には生命が熱帯のように過剰なほど充溢する」(the tropical redundancy of life in summer)[44]といった表現である。これらは過剰な生命力、盲目的な生命のエネルギーを連想させる語句である。『告白』においては、例の「アジア的風景」、雑草のようにはびこる人間や、不気味に跳梁する爬虫類の直後に述べられているのでなおさらである。しかし「真夏の死」というこのコンテキストにおいては、過剰な生命力は昇華されている。それはもう一方の極である「死の不毛の冷たさ」と対置されていて、恐ろしい「アジア的風景」のように、生命のエネルギーの狂暴性を感じさせることはない。

そのせいであろうか、「真夏の死」に続いて現れる「アジア的風景」は、調和の風景に変容している。

> その光景は東洋風の光景だった。やはりイースターの日曜日で、早朝だった。そしてはるか遠くに地平線の染みのように、大きな都市のドームや丸屋根《キューポラ》が見えた。……そして私から少し離れた所、石の上、シュロの木陰に、一人の女が座っていた。見ると——それはアンだった！　彼女はじっと私に目を据えていた。私はついに言った「とうとう君を見つけたんだね」。私は待っていたが彼女は一言も答えなかった。……彼女はあの頃よりずっと美しく見えたが、他の点では同じであり、少しも年をとっていなかった。彼女の顔はおだやかだったが、荘重な表情を浮かべていた。……
>
> （『告白』九八）

「その光景は東洋風の光景だった」(The scene was an Oriental one.) といわれているけれども、例の「アジア的風景」(Asiatic scenes) とは、まったく違っている。[45]都市ははるかに遠望されるだけであり、人生の「古い悲哀」(old griefs) や「熱病」(the fever) を逃れた安息日の雰囲気をたたえている点で、前述の、街と海を眺めながら得られた調和のヴィジョンと似かよっている。そしてこの光景は、ド・クィンシーに特有のいろいろなテーマが集まって、それらが救出または克服されているという意味においても、調和のヴィジョンと言ってよいだろう。この光景は東洋風といっても、以前に現れた原始のアジアではなく、作者が子供時代に見た絵本の中のエルサレムの景色に影響されていて、精神性・宗教性を帯びている。イースターの日曜日は「復活」(resurrection)[46]を祝う日であるが、作者にとっては記憶の復活の日でもある。作者は永遠に見失ったはずのアンを再びとり戻す。こうして夢の中とはいえ、「永遠の別離」(everlasting farewells)、「すべては失われた」(All was lost.)というテーマは克服されるのである。

しかしながら、いったん得られた救いと調和のヴィジョンは失われる。夢の中で、作者は一瞬に二十年の歳月をさかのぼって、オックスフォード街を街灯に照らされながら再びアンと歩いている。やがて眠りは重圧となり、「顔の暴虐」が再現し、「永遠の別離」のテーマが鳴りひびく。記憶のよみがえりが、今度は逆に恐怖となる。苦しんだ末目覚めた彼は、「もう眠るまい！」[47]と叫ぶ。

しかしながら、救いのヴィジョンはまた復活する。絶望と救いとは逆転をくり返す。かいまみられた調和のヴィジョンは、強迫的な風景が長く苦しいだけに、いっそう忘れがたいものである。調和と救いのヴィジョンは、ド・クィンシーの夢と幻想の中にたびたび出現して、作品に定着される。『英国郵便馬車』第三部「夢のフーガ」は、馬車の衝突事故を主題としたフーガあるいは変奏曲というべきものであるが、作者はそれを救いのヴィジョンでしめくくっている。この光景においても、ド・クィンシーにおなじみのテーマが勢ぞろいしていて、それらが救出されるのが見られるのである。地平線のかなたに染みのように見えた「ネクロポリス」、「墓の街」(a city of sepulchers)[48]は、近づくにつれ、巨大な階段や塔を持つ建築となってそそり立つ。これは例の「建築の夢」を思わせるかもしれない。だがこの都市に埋葬された、戦死した兵士たちが、いやかつて地上に生きた全人類が、復活のラッパとともによみがえる。「顔の暴虐」は克服され、「雑草のような人間」も救出される。そして狂乱と絶望の身振りを示した若い女——それは衝突する馬車に乗っていた女であるが、同時にアンでありエリザベスであり、ド・クィンシーが愛し失ったすべての女である——が、天使に伴われて、黄金の夜明けの中に入ってゆく。このようにして、「すべては失われた」というテーマも克服される。

眠りの幻影の中で、私は千度も、あなたが黄金の暁の門に入ってゆくのを見た——秘密の言葉はあなたの前を駆け、墓の大群は背後に残された——私はあなたが座り、立ちあがり、狂乱と絶望の身振りを示すのを見た。眠りの世界で私は千度も、あなたが神の使いに伴われて、嵐の中、荒涼たる海、流砂の闇、夢の中、夢の恐ろしい啓示の中を通ってゆくのを見た。それというのもただ、最後に神が勝利の腕を振り上げて、あなたを破滅から救いだし、あなたの救済のうちに、神の愛の永遠の復活を示さんがためなのだ！（『英国郵便馬車』二七四－七五）

同じように天使が登場する救いのヴィジョンは、『深淵からのため息』*Suspiria de Profundis* の異稿にもある。

空高く、輝く顔の大群が浮かび、翼で顔を覆って、死にゆく子供たちの枕辺をさまよった。この者たちは、地に伏す悲しみにも、天に舞い上がる悲しみにも同情を寄せる。この者たちは、苦しんで死んでゆく子供たちをも、苦しんで泣くためだけに生き残る子供たちをも、ともに憐れむのである。[49]

（『自伝』五〇）

この引用の直前で、「今やすべてが結びついて統一に変わったのだ」（And now all was bound into unity.）[50]と述べているように、ここでは、「顔の暴虐」「永遠の別離」「真夏の死」「幼児の苦悩」といったド・クィンシーに特有のテーマが、渾然と融合して調和に転じている。

しかし現代のわれわれにとって、このような救いのヴィジョンはリアルであるとはいいがたい。ド・クィンシーの最大のテーマの一つは、人間の苦悩、とくに幼児の苦悩は、無意味であってはならないということだった。[51]神不在の時代に、このことを証明するのは容易ではない。J・ヒリス・ミラーによれば、ド・クィンシーにとって、神は無限のかなたのどこかわからぬ地点に退いてしまったという。[52]そうであるならば、神を求める彼の足どりは、直線的ではなく紆余曲折し、迷路の中をさまようごとくであり、調和のヴィジョンは確信に満ちたものではなく、夢にかいまみられた、つかのまのものでしかないのも、やむをえないだろう。神は死んだとはいえないが、神がどこかへ姿を隠してしまった彼の時代において、調和と救済のヴィジョンが、恐怖と不気味さのヴィジョンほど迫力がないのは、やむをえないだろう。むしろ、反復される恐怖と不気味さを、救いの方向へ変容させようとした彼の想像力の働きを、評価すべきであろう。

以上において、都市に触発されたド・クィンシーのイメージが、反復し変容するさまを眺めてきた。それらのイメージは、ただ反復するのみならず、多様な変容をとげるものであった。彼自身の表現を借りれば、「単なる再生産では満足せず、完全に創造または変容する力[53]」を持ったものであった。

*

また、ド・クィンシーの場合、イメージそのもの、あるいはイメージが表す意味内容も興味深いが、イメージが反復し変容する時のプロセス、イメージが互いに相関しもつれあう時のパターンもめざましい。その点で、彼の作品の魅力は音楽に似ているといえるかもしれない。彼のいわゆる「高揚した散文」(impassioned prose)が音楽的であるという指摘はよくなされる。例えば、「音楽が高らかに鳴りひびく下を…」という一節(七九頁参照)などは、内容的には何ほどのこともないが、その文体ははなばなしい効果を持っている。この点についてはすでに述べた。このように文章がなめらかに流れ、鳴りひびくといった点にとどまらず、意味内容よりプロセスやパターンのほうがめざましいという点でも、音楽とのアナロジーは首肯できよう。ド・クィンシー自身、『深淵からのため息』で「ヘルメスの杖」(caduceus)のたとえを用いて、次のように述べている。

『阿片の告白』における真の目的は、裸形の骨格としての主題ではない。そんなものは見苦しい支柱、人殺しの槍、斧槍にすぎない。真の目的は、主題をめぐってさまよう音楽的変奏、すなわち、不毛の杖のまわりを、鐘や花々とともにまつわり這いのぼる思想・感情・脱線なのである……

（『深淵からのため息』一一〇）

こう述べる彼にとっては、装飾と見えるものこそ本体である。主題そのものにもまして、数々の音楽的変奏のほうが重要なのである。（そして右の文章そのものも、内容よりも文体を読むべきような文章である）。

また、ド・クィンシーは音楽を聴くと、アラス織りの図柄のように、過去の記憶が眼前に展開すると述べたこともあった。[54] 彼の作品は織物の図柄のアナロジーで語ることもできるかもしれない。先程引用した「夢のフーガ」の末尾の一節（一〇二頁参照）で「神の愛の永遠の復活を示す」という表現は、原文では 'emblazon…the endless resurrections of his love!' となっている。'emblazon'という動詞は、元来「紋章などで飾る」という意味である。この一節もまた、内容そのものよりレトリックが優勢であり、極端ないい方をすれば、「神の愛」さえ、作品という紋章の図柄の配置を形づくる一要素でしかない。ド・クィンシー研究家、V・A・ディ・ルーカは宗教的意味が空白化してしまってそれが美的価値に転じたロマン主義の特徴を指摘し、その点にモダニズムにつながる、ヴィジョンの「自己目的性」(autotelic)[55] を見ている。同じように都市の悲惨を描いても、ブレイクの詩「ロンドン」'London' に見られるような、都市の抑圧の機構を撃つ力がド・クィンシーに乏しい理由も、このあたりにあるのかもしれない。

音楽＝織物＝過去の記憶（夢）は、意味内容より反復と変容のパターンにこそ注目すべきであり、文学作品もこれらとのアナロジーで語ることができるという見方は、ロマン派以降現代にかけて有力になったといえよう。しかし「神の愛」や「幼児の苦悩」を単なるパターンに還元してしまうことはできないであろう。文学作品が言葉でできている以上、意味が完全に空無になることはありえない。彼の作品における都市のイメージが、音楽のアナロジーでいえばテーマあるいはモチーフ、織物のアナロジーでいえば図柄を、構成しているというい方はできるかもしれない。しかしそのイメージには意味が満ちていることも、これまで論じてきたところからあきらかであろう。

第三章

さまざまな群衆の姿

ホーソーンの想像力の形

群衆の中に浴《ゆあ》みすることは、誰にでも許されているわけではない。群衆を楽しむことは一つの芸術である。人類を犠牲にして活力の饗宴を楽しむことができるのは、ゆりかごの時代に、妖精が仮面と仮装への愛好を授けてくれた者のみである……。

群衆、孤独（Multitude, solitude）。生き生きと想像力豊かな詩人にとっては、群衆と孤独は同じ言葉であり、交換可能な言葉である。自らの孤独を群衆で満たすことのできない者は、雑踏する群衆の中にあって孤独であることもできない。

——ボードレール「群衆」（強調引用者）

1 孤独と群衆

作家は多かれ少なかれ孤独にひきこもりがちな人種であるが、ナサニエル・ホーソーンの孤独は少々度を越している。ホーソーンは大学卒業後の十二年間（一八二五—三七年）、故郷の町セイレムにひきこもった。この時期は「孤独の歳月」(the years of solitude)[1] または「長い隠遁」(the long seclusion)[2] と呼ばれている。彼自身その時期をふり返って「私はすでに墓の中にいるように思えることがあった」と述懐している。彼の母も、夫の死後部屋に閉じこもりがちであり、母も姉もナサニエルもめいめいの部屋で食事をとり、顔を会わすこともまれだった。家族には、心の奥の一番の関心事はお互いに話しあわないという暗黙のきまりがあったらしい。この時期のホーソーンは、外出するとすれば夕方一時間ほど散歩に出かけるくらいで、人通りの少ない街を歩いたり、わびしい海岸で水遊びをする少女たちを眺めたりした。家族さえ避けて内面にひきこもる性癖は青年時代に限らなかった。後年彼は婚約者ソフィアのことを家族になかなか話さなかった。ホーソーンの死後、ソフィアの回想によると、彼女は夫の神聖な心に侵入するのが恐くて、夫の目蓋がおりている時以外は、夫をじっと見つめることは決してなかったという。彼のフィクションに出てきそうな、このようなエピソードがたくさん伝えられている。

しかしながら、自己の内面にひきこもりがちな傾向とは一見相反する興味深いエピソードを、伝記作者は伝えている。それはホーソーンの姉エリザベスの回想になるものである。

消防団の市中パレード（ニューヨーク、1858年）
「軍事訓練、消防演習があると、彼はいつも出かけていった。」

エリザベス・ホーソーンは、セイレムでの弟の孤独の歳月について語った時、弟が陰気な隠遁者であったという印象に反駁しようとした。その結果、彼女はホーソーンの想像力のひそかな源泉に光をあてることになったのである。公衆が集まることがあると、ホーソーンはいつも出かけていったのを、エリザベスは覚えていた。「彼は群衆が好きだったのです」（He liked a crowd.）と彼女は述べている。政治集会、軍事訓練、消防演習があると、彼はじっとしておれないのだった。……セイレムのきまりきった生活で、ホーソーンを孤独な部屋からひきずり出さずにおかぬ出来事が他にもあった。「奇妙なことに火事が彼を魅了したものでした」とエリザベスは回想している。警鐘が鳴りひびくと、ホーソーンは必ず火事の現場にいて「どこかの暗がりから荒れ狂う炎をじっと見ているのでした」[3]。

こういう現実の経験の裏打ちがあるから、ホーソーンの「原稿の中の悪魔」"The Devil in Manuscript"や「地球の全燔祭」"Earth's Holocaust"といったフィクションの、火災や燔祭に興奮する人々の描写に迫真力が感じられるのであろう。火事は人間の原始本能に訴え、人間の営為を無に帰するその破壊力は、暗い想像力をかきたてる。しかし火事がホーソーンを引きつけたまず第一の理由は、そこに駆けつけ興奮し恐怖する群衆にあっただろう。

群衆に対する彼の愛着は晩年にも発揮される。彼は大学時代の友人であった大統領ピアスに、リヴァプール領事に任命されてイギリスに赴き、一八五五年ロンドンを訪れた。その年の九月のノートブックには「昨日の昼前私はひとりで外出し、ロンドンにまっさかさまに飛びこんで、これという目的もなく、自分を見失うためだけに、一日中さまよった」[4]という記述がある。そのようなホーソーンを、息子のジュリアンが次のように伝えている。彼も父と同様、ロンドンを水の流れにたとえているのが印象的である。

父は、大通りにあふれ、広場や路地に渦巻く人間の大海の中にいるのを喜んだ。彼は大きな教会、河、橋、ロンドン塔、宿屋、法学院、横町、食堂などに、旧知の友であるかのように挨拶した。——それらは初めて見るものなのに、見覚えがあるような気がするのだった。……父はこの大都市に身を任せて漂い、その流れのままにどこへでも流れていった。…そして次の朝また新たに探検を始めるのだった。ロンドンに対する彼の欲望は増大してゆき、今やロンドン自体と同じくらい巨大になって、満足することを知らなかった。[5]

このようなホーソーンの姿は、ほとんどポー描くところの「群衆の人」である。生涯孤独でひっこみ思案であった作家が、つねに群衆に関心を寄せていたというのは、一見意外に思えるが、ここにホーソーンという作家の特徴の一つがうかがえるだろう。ホーソーンの孤独は、他者なしで自己充足しているような孤独ではない。例えば、キーツがワーズワスについて述べた「ワーズワス的、つまり自己中心的崇高、それはそれ自体であり、ひとりで存在する」[6]という時の孤独とは違った性質のものである。部屋に閉じこもって文学修業に努めた孤独な彼の頭脳には、おびただしい人間があふれていたのではないだろうか。例えば、「孤独の歳月」の一八三五年に書かれた短編「ウェイクフィールド」"Wakefield"で、ホーソーンはすでにロンドンの雑踏を想像して描いていた。この作品のクライマックスというべき場面では、のちに彼が実際にロンドンで見た、渦巻き流れる群衆が現れている。

孤独にひきこもる傾向は、彼のほとんどの作品に反映している。ほとんどの登場人物が、自ら招いたものであれ、強いられたものであれ、孤独の中に生きている。と同時に、人間集団、群衆もじつに多くの作品に現れている。そういう群衆のあふれる作品を、彼は白い壁に向かって執筆した。ホーソーンは一時コンコードの、エマソンの祖父が建てた牧師館、The Old Manse に住んだが、エマソンが窓から自然豊かな戸外の景色（独立革命発端の戦闘地がすぐ近く）を見ながら執筆したのに対し、ホーソーンは窓に背を向け壁に向かって立ったまま書いたという。

ホーソーンの作品における、孤独と群衆は密接に関係している。ふとした気まぐれから妻の許を去って、すぐ隣の通りにひとりで孤独に住んで、二十年間帰って来なかったウェイクフィールド。彼の不可解な行為が可能になるのは、まわりにロンドンの無関心な群衆がいるためである。ある日突然顔に黒いヴェールをつけ始め、顔を隠したまま孤独に暮らし、信徒にも許嫁にも心をうちあけなかったフーパー牧師。この物語を成立させるのは、牧師の行為に反応を示しあらゆる憶測を逞しくする大勢の会衆たちである。ほとんど存在しないかのように、他者から孤立して座っているりんご売りの老人。彼の孤立をきわだたせるのは、駅の雑踏、旅行者の喧騒である。一夜にして人間不信におちいり、死ぬまで他人とはおろか妻子とも心を通わすことのなかった若いグッドマン・ブラウン。彼を陰気な人間嫌いにしたのは、あらゆる人々の参加する黒ミサの大集会を見たからである。

孤独・孤立と群衆・集団がコントラストをなし緊張する図式は、長編ロマンスでも変わらない。断罪され社会の周辺で孤立して生き、社会と自己の関係を見つめる『緋文字』*The Scarlet Letter* の主人公ヘスタ。この作品は十七世紀のアメリカ植民地時代の群衆が、ヘスタの処罰を見るために集まる場面から始まり、ディムズデイル牧師が群衆を前に罪を告白する場面で終わる。ある研究者のいうように、「『緋文字』において、ヘスタの処罰を社会ドラマに変貌させるのは、陰気なピューリタンの群衆なのである」[7]。呪われた暗い屋敷の中で世間から孤立して生きる『七破風の家』*The House of the Seven Gables* の兄妹、クリフォードとヘプジバ。この作品では群衆はそれほど大きな要素になってはいないが、窓の外の群衆に魅了されるクリフォードの姿が描かれている。内にひきこもりがちな自分を励まして、理想社会の建設に身を投じるが、疑問を抱き挫折して再び孤独に戻る、『ブライズデイル物語』*The Blithedale Romance* の語り手カヴァデイル。この作品では群衆のイメージは、街の雑踏、公民館に集まった観客、仮装舞踏会の集団などの形で現れている。

一見それとわからない形で群衆のイメージが現れる場合もある。最初期の短編「三つの丘の窪地」"The Hollow of the Three Hills"では、場面は三つの小さな丘に囲まれた窪地の底の、矮小な松の木のはえた池のほとり。時は秋の夕暮れ。登場人物は、醜い魔女と悲しみにうちひしがれた若い女だけ。時も所も人物もいかにもわびしげであり、群衆の介入する余地などないように思える。だが、魔女が若い女に示してみせる幻影の中では、大勢の人の叫び声、笑い声、悲鳴、すすり泣きが聞こえ、葬列の群れが通って行くのが見え、無数の男女の非難する声が聞こえる。このような、夢うつつの中に現れる群衆の例も多くみられる。

このようにホーソーンの作品には群衆のイメージが満ち満ちているのであるが、それはなぜだろうか。作者が孤独な自らの心を群衆で満たすのはなぜだろうか。ボードレールがいうように、それが近代の芸術家の特徴の一つだからである。また外面的な理由としては、①ホーソーンが文学修業に励んだ「孤独な歳月」に、アメリカの歴史に関心を持ち、植民地時代の群衆や革命期の群衆に思いをはせる機会が多かった、②時代的にホーソーンはアメリカにおける都市の創成期に立ち会っていた、③彼がよく読んだイギリスの書物や雑誌には都市観察者、都市放浪者であるフラヌールの視点から書かれた作品が多かった、といった理由が挙げられよう。ホーソーンの作品における群衆は多様な姿をとり、その意味や役割もさまざまである。以下、いくつかの短編と長編ロマンスを例に、群衆のさまざまの相を見ることにしよう。

2　革命的群衆

『トワイス・トールド・テールズ』*Twice-Told Tales* の巻頭を飾る「白髪の戦士」"The Gray Champion"は、基本的には愛国の物語である。ここに現れる群衆は「革命的群衆」であり、自由と独立を主張する勢力として捉えられている。ホーソーンは民衆の力が独立革命を達成したと考えていて、圧政に抵抗する植民地の民衆を、たとえ時には暴徒に近い様相を帯びることがあっても、その反逆精神のゆえに賞揚した。[8]

「白髪の戦士」は、アメリカ独立の時より約百年前、英国王ジェイムズ二世の圧政に反抗して、ボストンの民衆が立ちあがった一六八九年の出来事を扱っている。行進する軍隊のとどろきにつれ、危機感をつのらせた群衆があちこちの道路から集まってくるのであるが、その群衆は次のように説明されている。

巡礼始祖たちが来てからすでに六十年以上たっていたけれども、彼らの子孫のこの群衆は、幸せな時よりもこのような重大な非常時にこそ、その性格の力強い陰気な面を、いっそう顕著に示すのだった。地味な衣服、概して厳めしい物腰、陰気であるがものおじしない表情、聖書からの引用の多い話しぶり、正義には必ず神の祝福があるはずだという確信。この確信は、元来、清教徒たちが荒野で危機に出会った時、彼らの集団の特徴となっていたものだといえよう。

（Ⅸ　一〇─一一）

ホーソーンのピューリタンの描き方は、ほとんどの場合アンビヴァレントであるが、この作品においても、彼らの道徳的堅固さを讃えている反面、彼らの頑迷さ、抑圧的態度も見逃していない。「幸せな時より非常時」に似つかわしい彼らの性格を述べるあたりには、かすかな皮肉が読みとれるだろう。

陰気で頑迷で信仰深いピューリタンの群衆が「革命的群衆」に変貌しうるのは、彼らのあいだに、ジョルジュ・ルフェーヴルのいう「集合心性」(mentalité collective)[9]が形成されているからであろう。つまり、圧政に関する情報が伝わり、危機感が彼らの心理を一つにまとめあげるのである。(実際に独立革命が起きたのはずっとあとのことであるが、革命後まもない時代に生まれたホーソーンは、独立革命期の群衆の姿をここに投影していると思われる)。群衆の共有するこのような心理状態を象徴するのが、忽然と現れる「白髪の戦士」である。

「おお神様、あなたの民のために戦士をお授け下さい」と群衆の中で、一つの声が叫んだ。この声は声高に発せられ、偉大な人物の到来を告げる伝令の叫びの役目をした。兵士たちが街路をまだ三分の一も進んでこないうちに、群衆のほうはすでに後ろに追いやられ、ほとんど街路の一方の端で、押しあい重なりあっていた。兵士たちと群衆にはさまれたあいだの空間は空虚であった——ほとんど夕暮れのような影を投げかけている、高い建築物にはさまれた舗道の孤独。突然、老いた男の姿が目に入った。彼は、群衆の中から出現したようだった。彼は武装した一団に刃向かうために、街路のまん中をたったひとりで歩いていた。彼は五十年も前の恰好で、昔のピューリタンの衣服、黒い外套、尖塔のような形の帽子を身につけていた。腰には重い剣を下げ、老齢のふるえる足どりを助けるため手には杖を持っていた。

(IX 一三一一四)

この老戦士は群衆の「集合心性」の形象化であるといえよう。それは、老戦士が群衆の中から出現したこと、彼が「ものすごい怒りで燃えている」群衆によって背後から支えられていることから察せられる。この人物は八十年後にも再び出現し、さらに五年後(つまり一七七五年、独立戦争の年)にも現れたという。この作品の最後で作者は、老戦士の正体が、危機に臨んで出現する「代々受けつがれたニューイングランド精神の象徴」であると種明かししている。ニューイングランドの精神の象徴が、若いさっそうたる戦士ではなく「老齢のふるえる足どり」を支える杖が必要な老人であるという点には、アイロニーが読みとれる。しかし基本的には、この老戦士、それが表すニューイングランド精神、その精神を体現する群衆に、作者は価値を置いている。

「白髪の戦士」に multitude, crowd, people といった「群衆」を意味する語が多く出ているのは、内容から見て当然である。また、右の引用箇所には「舗道の孤独（舗装された孤独）」（a paved solitude）という魅力的な表現が出ている。「そのあいだの空間は空虚であった――ほとんど夕暮れのような影を投げかけている、高い建築物にはさまれた舗道の孤独」。この文だけを切り離して読めば、街角の不思議な空虚を描いたデ・キリコの絵にでもありそうな、幻想的な光景が目に浮かぶ。この作品の文脈に照らして読めば、人々（multitude）が満たしているべき舗道（pavement）に、人間のいない空虚な空間（solitude）が生じていて、それをもたらしたのは、民衆と軍隊の対峙であり、ここに一触即発の緊迫感が感じられるという意味であろう。

　奇妙にモダンなこの paved solitude という表現に注目して、ある研究者は一種の都市論を展開した。それによると「街路はその自然な機能をはたせなくなっているので、街路に沿って建つ建物が、生気を帯びて脅迫感を与える存在となっている。それは高い建築物（lofty edifices）であり、単なる建物よりは高い感じがする。この否定的空間において、兵士たちは攻撃本能を表し、おびえた群衆は憎しみと恐怖の本能を表す。街路のこの空虚な空間は、共同社会、都市の形をとった文明が、原始的な本能の噴出によって簡単に破壊されてしまうことを、はっきり物語っている[10]」。これはきわめて興味深い説だが、全面的には賛成しがたい。というのは paved solitude という表現を考えてみると、舗道を満たして散策したり談笑したりしているべき群衆（multitude）の欠如、つまり都市という共同社会の中に生じた空隙・断絶という意味を強く訴えかけるからである。それはまた都市住民の孤立、共同体の分裂を暗示する。いずれにしても、

solitude（孤独）対 multitude（群衆）というテーマの一つの変形とみなすことはできよう。

ところで、ホーソーンの作品における革命志向の群衆はまた別の特徴を示すことがあり、それを理解するためには、有名な短編「わが親戚モリノー少佐」"My Kinsman, Major Molineux"を見なければならない。

3　仮装舞踏会の群衆

ピューリタンの群衆に対するホーソーンの評価が、両義的であることはすでに述べた。彼らをアメリカ精神の根幹をなすものとして評価する半面、『緋文字』や「やさしい少年」"The Gentle Boy"などでは、ピューリタンの偏狭さ、残酷さを描いている。「わが親戚モリノー少佐」においては、革命的群衆のダークサイドが色濃く現れている。それは一歩まちがうと凶暴な暴徒と化する群衆であり、政治に対して無知・無防備な個人の目には異様な混乱と映り、そういう個人に破壊本能を感染させる、不気味な群衆である。

「わが親戚モリノー少佐」は、田舎の若者ロビンが出世を夢見て都会に出てきた第一日目の体験を描いている。この可憐で無垢な名前を持つ若者が、頼みの親戚モリノー少佐を探しあてることができず、迷路のような夜の街をさまよって、住民たちに次々と翻弄されるのは、カフカ的な悪夢体験である。（ただし読者には当時の政治状況が説明されていて、住民たちがなぜそういう態度をとるのかわかるから、カフカの場合とは根本的に違うが、状況がまったく理解できない主人公の視点から書かれているので、作品の手ざわりはカフカ的になる）。この作品の終わり近く、蜂起した群衆が集合する場面は、月光とぎらつく松明《たいまつ》の光の下での不気味な仮装行列の様相を呈している。

一人だけ馬に乗った男は、軍服に身を固め、抜き身の剣を握って、指導者然と進んでいった。獰猛なまだら顔のため、彼は戦争の化身のように見えた。赤い片頬は火と剣の象徴であり、黒い片頬は、火と剣に伴う喪の象徴であった。彼につき従う者の中には、インディアンの服を着た野蛮な人物や、何を形どったかわからぬ異様な人物が大勢いて、行列全体に幻のような感じを与えていた。まるで熱にうかされた頭脳から夢が飛びだして、目に見える姿となって、夜の街を行進してゆくようだった。人々の集団は、観客となって喝采する時以外は、じっと動かず行列を囲むようにして立っていた。女が幾人か街路を走って、歓喜か恐怖か、かん高い叫び声をあげ、その声が行列の混沌とした重々しい音をぬって聞こえた。（XI 二二七—二二八）

指導者である男の仮面（顔の半分は赤、半分は黒）は、炎・血・革命の赤と、闇・死の黒を示している。この男をはじめ不気味な風体の人物たちは、ロビンの親戚モリノー少佐に集団リンチを加え、それを見た全群衆、ロビンを嘲笑・翻弄した全市民が、気ちがいじみた笑い声をたてる。そして驚いたことに、群衆の笑いに感染したロビンは誰よりも高い笑い声をあげる。ホーソーンの作品において、笑いはたいていの場合、破壊的で不気味な気配を伴っている。革命集団の狂気じみた不気味な笑いに対し、リンチにかけられる王党派のモリノー少佐は、ストイックに屈辱に耐えている。悪と破壊の要素なしには革命はありえないという認識、「白髪の戦士」には見えていなかった認識が、ここに現れているのであろう。ただひとり暴徒の熱狂に加わらず、静かにロビンを見守る一人の紳士がいるが、彼は都会に愛想をつかして田舎に帰ろうとするロビンに、都会にいても、親戚の引き立てがなくても、やっていけるだろうと忠告する。この紳士の愛情ある視線が、おそらく作者の視線に近いであろう。よく指摘されるように、「わが親戚モリノー少佐」は、成人に達する若者個人と「成人に達するアメリカ」[11]という国の両方の、無垢の喪失とイニシエーションのテーマを扱っている。ここに現れる仮装行列のような群衆は、不気味な破壊力を備えているが、作者は革命のためにそれを避けるわけにはゆかないと考えているようである。

次に、仮装舞踏会の群衆が作品の中心となっている「ハウの仮装舞踏会――総督邸伝説一」"Howe's Masquerade: Legends of the Province-House I"を見ておこう。この作品や「エドワード・ランドルフの肖像――総督邸伝説二」"Edward Randolph's Portrait: Legends of the Province-House II"は、群衆と超自然のイメージが現れる歴史物語という点で、手法の点では「白髪の戦士」と同巧異曲と言ってよい。時は革命軍によるボストン包囲がかなり進んだ頃、サー・ウィリアム・ハウ総督邸で、華やかな仮装舞踏会が開かれる。周囲に革命軍の脅威が迫っている館の中での舞踏会は、ポーの「赤死病の仮装舞踏会」"The Masque of the Red Death"で、恐ろしい流行病の恐怖をまぎらすために、密閉した城館の中で開かれる妖しい舞踏会を思わせる。「赤死病の仮装舞踏会」の「狂人の思いつくような錯乱した空想、美しいもの、きまぐれなもの、奇怪なもの（*bizarre*）、恐ろしいもの、嫌悪を催すようなもの」[12]が群れつどう光景は、先程の「わが親戚モリノー少佐」の群衆の光景や、次に挙げる「ハウの仮装舞踏会」からの光景と同質である。

当夜の光景は、植民地古参のお偉方たちの話を信じるとすれば、政府の記録にもかつてないほど陽気で豪華なものだった。こうこうと明かりの輝く部屋部屋には、由緒ある肖像画の暗い画面から歩み出てきたような人物や、物語のページから魔法で飛び出てきたような人物、少なくとも、ロンドンの劇場から衣裳も変えず飛んできたような人物が群れつどっていた。ノルマン征服時代の鋼鉄の鎧をつけた騎士、エリザベス女王時代の立派なひげの政治家、高い襞襟の宮廷婦人、これらに混じって、鈴のついた帽子をチリンチリンと鳴らしているまだら服の道化師、本物にも負けないほど笑いを誘うフォルスタッフ、槍のかわりに豆の支柱、楯のかわりに鍋ぶたを持ったドン・キホーテといった喜劇的人物もいた。（Ⅸ 二四三―四四）

続いて、ジョージ・ワシントン将軍を始めアメリカ軍指導者たちを茶化した、案山子のような仮装人物が現れて人々を笑わせるが、やがて葬送行進曲が鳴り、その音楽に送られて、昔のマサチューセッツの指導者たち、次いで王党派の総督たちの行列が進んでゆく。最後に現れたのは、何となく見覚えのある人物である。ハウ総督はこの人物に向かって勇をふるって「悪党め、覆面をとれ！」と叫ぶ。仮面の下に現れたのはハウ総督自身の敗北の顔であった。このクライマックスの場面は、ポーの「赤死病の仮装舞踏会」と「ウィリアム・ウィルソン」"William Wilson"の結末を連想させずにおかない。

「ハウの仮装舞踏会」では「白髪の戦士」と状況が逆になっている。つまり、後者ではアメリカ民衆の集団幻想が一つの希望の幻を生みだしたのに対し、前者では敗北まぢかの王党派が恐怖の幻影を生みだしたのである。描かれているのは、仮装舞踏会に参加した王党派の人々であり、幻影たちの行列であるが、背景には現実の群衆が潜在している。（館をとり囲んでいるはずの革命的群衆は直接表面には出てこないが）。なお、この作品の枠組みを見ると、語り手の繁華街散策という導入部から始まり、最後は「アーチの下のせまい道を進むと二、三歩でワシントン街の一番繁華な人込みの中に入った」で終わっていて、群衆のイメージで始まりかつ終わる点も興味深い。

以上に見たように、ホーソーンの作品の仮装舞踏会の光景は、幻想的で不気味な雰囲気を漂わせている。仮装舞踏会（mask, masquerade）は、カーニヴァルとくらべると人工的・都市的で、時には頽廃的であるが、仮装という点ではカーニヴァルと共通するものがある。それは日常のきまった役割からの解放、変身願望の充足、個の意識の消滅と集団への溶解である。仮装は自己の正体をくらます、あるいは今ある状態から他の状態に変身することを意味し、従って革命のテーマとも欺瞞のテーマとも関連してくる。ホーソーンの仮装舞踏会の場面には、deception（欺瞞、正体の隠蔽、幻覚）の要素が支配的であると思われる。『ブライズデイル物語』にも、おびただしく雑多な人物から成る森の中の仮装舞踏会の光景が見られる。集団農場でのこのカーニヴァル的狂燥は、祝祭的というより「奇怪な幻想」(chimera) として、真実の隠蔽とアイデンティティーの混乱を暗示する。仮装舞踏会はこのようにさまざまな意味を含み、また小説手法の面から見れば、幻想的な雰囲気のため、そこに超自然や怪異を容易にまぎれこませることができる。このような点で、ホーソーンの想像力に強く訴えたのであろう。

4　抑圧的群衆

群衆は一方では、「わが親戚モリノー少佐」に見られたような狂乱のエネルギーを示すが、他方では付和雷同的、順応主義的、権威主義的な側面を示す。彼らは政治権力に支配され抑圧されながら、自らも権力の方向を先取りして、為政者以上に圧政的、抑圧的になる。『緋文字』で大きくクローズアップされる群衆は、こういう意味での抑圧的群衆である。

『緋文字』は、最初の三章が群衆のシーンであり、最後の三章が再び群衆のシーンである。ドラマの発端の目撃者、最後のクライマックスの目撃者が群衆であるという構造になっている。当然これらの章において、crowd, multitude, people, mass といった語がさかんに使用され、第一章は「群衆が…集まっていた」(A throng...was assembled....) という文で始まる。

権威主義的、順応主義的なピューリタンの群衆は、例外者、単独者の存在を許さない。姦淫の烙印Aをつけられたヘスタに対し、彼らは遠くから非難の視線を送るだけで近よろうとしないから、ヘスタの周囲には禁忌の空白が生じる。群衆は為政者の決定に追従するのみならず、その方向を先取りし拡大する。だから為政者以上に残酷になることがある。『緋文字』の群衆のあいだからまず聞こえてくる声は、ヘスタにもっと重罰を望む女たちの声である。暗くくすんだ群衆に対し、単独者、例外者のヘスタは、輝くばかりの美と生命力と品位を備えた女性として描かれている。「彼女の美しさが輝き出て、彼女を包む不幸と恥辱を後光に変えてしまっているのを見て」群衆は恐れたじろぐ。

一般的に考えても、群衆は抑圧的で残酷な性質を示すといえるが、きびしい倫理を持つピューリタンの集団はいっそうその傾向が強いであろう。『緋文字』の群衆がヘスタの個性と美と生命力を押しつぶそうとするように、他の作品においても、群衆は残酷な行為をする。「やさしい少年」において、クェーカー教徒を容赦なく迫害するピューリタンの群衆は、荒野に住むインディアンより残酷だといわれる。「エンディコットと赤十字」"Endicott and the Red Cross"は「白髪の戦士」と同じく愛国の物語であるが、エンディコットと彼の率いる集団は、賞賛すべき反逆精神を備えている半面、罪人の耳を切り落とし、頬に罪状を示す文字を焼きごてで押し、鼻の穴を切り裂き、首に綱をつけ、不義の女の服の胸に緋色のAの文字をつけるなどの処罰を行なう。「メリー・マウントの五月柱」"The May-Pole of Merry Mount"では、エンディコットとその一隊が、春と生命力を謳歌する祝祭をけちらす。こういった作品は、単純に読めば、超自我が生の本能（リビドー）を抑圧し、現実原則（ピューリタンの勤労倫理）が快楽原則を抑圧する物語だといえる。『緋文字』において大きな役割をはたす群衆も、基本的にはこういう抑圧的群衆であり、彼らを背景にして単独者ヘスタの罪と愛のドラマが演じられるのである。

しかしながら、『緋文字』における群衆の性質や役割はかなり複雑である。作者の群衆の描き方にはかなり曖昧なところがある。この曖昧さのため、「『緋文字』における民衆は、個々離ればなれになっている時のみやさしい顔を示し[13]」、全体としては残酷であるという意見もあれば、他方「『緋文字』におけるほど、ホーソーンが民衆の大きな暖かい心によせる信頼をくり返し主張したことはない[14]」という意見もある。

ホーソーンの叙述の特徴として、微妙に前言を取り消したり、保留をつけたり、前言を修正、再修正したりする、という傾向があるが、群衆の性質や役割を述べるにあたっても、その傾向が見られるようである。第二章「市の開かれる広場」における、ヘスタの処罰を見に集まった群衆の姿を眺めてみよう。当時、死刑や処罰は群衆にとって一大スペクタクルだったのであり、ヘスタの恥辱はおびただしい人の視線にさらされて増幅される。その様子を作者は次のように述べる。

彼女の態度は毅然としていたが、彼女を見に集まった群衆が一歩あゆむごとに、あたかも彼女の心臓が道路に投げつけられて、彼らみなに足蹴にされ踏みつけられるかのような苦しみを彼女は受けていたのだ。（N 一一六―一一七）

このように群衆の残酷さと、ヘスタの激しい苦痛、屈辱が述べられたあと、群衆については、次のような保留がつけられている。

ヘスタ・プリンの恥辱の目撃者たちは、まだその純朴さをなくしてはいなかった。彼らは厳格な人々であり、たとえ死刑の判決がおりたとしても、何もいわずに受け入れただろう。しかし、他の社会なら示したであろうような、こういう見せしめに物笑いの種しか見ないような冷酷さは、まったく持っていなかった。（N 一一七）

この文は、すぐ次の「たとえこういうことを物笑いにする傾向が見られたとしても……」という仮定法の文によって少し修正を受けるが、この時代の民衆が素朴で厳格だったことは信じてよい。十七世紀のピューリタンは、シニカルで嘲笑的な態度とは縁がなかったという点では、きわめて好ましい。だがヘスタにとっては、それによって苦痛が軽減されるわけではない。群衆の嘲笑に対しては軽蔑を以てすればよいが、その表情が真剣できびしい時には、ヘスタの恐怖はいっそうつのるのである。

しかし、彼女が耐えしのぶ定めにあるこの鉛のように重い刑罰の下で、彼女はたびたび、肺臓がはり裂けるほど絶叫するか、処刑台から身投げするかしないではおれない、さもないとただちに発狂する、という気がしたのだった。（N 一一八）

しかし彼女は身投げも絶叫も発狂もしない。群衆の恐ろしい視線にさらされるこの場の光景は、やがて彼女の眼前から薄れてゆき、かわりに、まるで臨終の時のように、ヘスタの今までの全生涯のおびただしい記憶の群れが押しよせてくる。「たぶんそれは、彼女の精神が本能的にとった仕掛けであり、彼女は雑多な幻の姿を出現させることによって、現実の残酷な重圧の苦しさから救われようとしたのだ」と作者は説明している。ヘスタは、いわば、人間の大群の恐ろしさに対処するのに、記憶の大群で以てしようとする。しかし全生涯の記憶を見終わった果てに、今現在の広場の光景がまた戻ってきて、彼女は再び群衆のきびしい視線に直面する。しかし次章では、残酷な夫チリングワースの視線に対して、「これら無数の目撃者」である群衆は、「避難所」(a shelter) の役目をしてくれると述べられている。このように群衆の持つ意味と作用は、二転三転する。

『緋文字』の「結末」の前の最後の三章(第二一―二三章)は、目撃者あるいは観客である群衆の前で、ディムズデイルの告白がなされる。この場の群衆も、悪意と同情、拒絶と感動、愚昧と洞察力といった相反する性質を示し、その意味や役割は一義的に決めがたい。その他の章においても、「同情が期待できるとすれば、広くて暖かな民衆の心の中である、とヘスタはいいたいようだった」(第三章)とか、「民衆がその広く暖かな心の直観に基づいて判断する時には、決して誤ることがない」(第九章)という民衆への信頼を語る文章がはさまれている。『緋文字』における抑圧的群衆にはさまざまな限定、修正がつけ加えられて、ホーソーン的曖昧さを示している。

5　観察の対象としての群衆

窓などの高い所から、人々の日々の営みを観察して物思いにふけるというシーンが、ホーソーンの作品にしきりに出てくる。「日曜日家にいて」"Sunday at Home"「塔からの眺め」"Sights from a Steeple"「料金徴収係の一日」"The Toll-Gatherer's Day"などのスケッチは、早くいえば、孤独な語り手がただ群衆を観察するというだけの話である。しかし少しくわしく見れば、これらの作品にはいくつかの共通点がある。①観察される内容以上に観察する行為自体がテーマになっている、②観察の対象は特定の人間というより群衆全体である、③語り手は群衆に魅惑されるがその中に入ってゆくことはない、④語り手は人々と接触せず観察するだけなので、にぎやかな情景にもかかわらず、何となくむなしさ、とりとめのなさの感じが残る。このような群衆の観察は、人生のすべてをスペクタクルに変えてしまうという心理状態の表れであり、都市の発展とともに出現してきた、街をさまよい街を観察するフラヌールがとる態度である。フラヌールは経験するすべてをイメージとして消費する。[15] フラヌールは「自らの経験をスペクタクルとみなし、経験を統一したり総合化する手段を持たない」。[16] ホーソーンは「孤独の歳月」の時代にはもっぱら想像上のフラヌールであったし、後年にはロンドンその他の都市でフラヌールを実行した。

「日曜日家にいて」の語り手は、教会の尖塔が見える所に住んでいて、「群衆がその根元を押しあいながら進んでいく」のを見ている。日曜日に教会にやってくる信者たちの姿をカーテンの陰から眺めるが、自分はそれに参加しない。彼は教会へ行かないことの「いいわけ」を用意している。

私の身体は教会を欠席しているが、私の内部の人間はいつだって教会に行っているのだ。それに反し多くの人は、身体は教会のいつもの席に落ちつけているが、魂は家に置いてきてしまっている、といえば十分だろう。（IX 二一）

語り手は、教会に集まるあらゆる人たち——子供たち、老婆、中年男、金持ち、娘たち、牧師——を熱心に観察するのだが、その中へ混じろうとはしない。それは本当は群衆が恐ろしいからかもしれない。実際、人と視線を合わせることへの不安を暗示する箇所があり、窓のカーテンの陰への言及が、この短いスケッチに三度も出ている。

「塔からの眺め」の語り手は、高い教会の尖塔から人々の暮らしをパノラマのように俯瞰している。彼はたくさんの人々や家々を眺めながら、次のように思いめぐらす。

最も望ましい生き方は、精神化されたポール・プライ〔詮索好きの人《プライ》〕の生き方かもしれない。見えない姿となって男や女のまわりをうろついて、彼らの行為を目撃し、彼らの心を探って、彼らの幸せからは輝きを借り、彼らの悲しみからは影を借りて、自分に特有の情緒は何も持たずにおくのだ。しかしこんなことはすべて不可能だ。煉瓦の壁の内部、人間の胸の奥の神秘を私が知るとしたら、それはただ想像によるしかないのだ。（Ⅸ　一九二）

この語り手もただ眺めているだけで、群衆の中へ入ってゆくことはしない。透明人間のように見えない姿になって、大勢の人の生活をのぞいてまわりたいというのは、典型的なフラヌールの心情である。

「料金徴収係の一日」の語り手は、河口近くにかかった橋の「人通りのはげしい道路」の通行料金徴収所に、自分が勤めていると想定して、その心境を語る。彼もまた橋の上を通ってゆく群衆に非常な関心をよせているが、群衆と混じろうとはせず、いわば人込みの中に身を隠している。

そういう人にとって、隠れ家の戸口の所で、人生がその多彩な巻物を展開して見せてくれ、偉大なる地球が、いわば、その回転とともに無数の光景を眼前に次々とくり広げてくれるが、しかし自分はそこに投げこまれることがないとするなら、何と愉快な奇跡だろう。（Ⅸ　二〇五）

人生を多彩な巻物のように見る、この世の無数の光景をパノラマのように見る、というのは、すべてをイメージとして消費するフラヌールの心情にほかならない。この語り手もまたすべてを眺めたいという肥大した欲望を持ちながら、自分自身を「人生の騒がしい波に飛びこむよりは、人生の流れをよく考察するよう本能によって命じられている人」と自己規定している。

詩人や作家は他者の「心を探って、彼らの幸せからは輝きを借り、彼らの悲しみからは影を借りて、自分に特有の情緒は何も持たずにおく」ような人種であろう。キーツのいう「カメレオン詩人」(the camelion Poet)、すなわち自らはアイデンティティーを持たず、他者の光と影、美と醜、高尚と低劣といった相反する性質を楽しむ詩人の特性[17]は、このことを述べている。ボードレールのいう「わが群衆の心(増殖したわが心)(mon cœur multiplié)、すなわち他者の幸と不幸、明と暗、美徳と悪徳をすべてわがものにする詩人の心[18]というのも同様である。ただホーソーンの場合、高らかな主張や断定ではなく、無邪気を装ってユーモラスに述べるという、口調の違いはある。

窓から群衆を眺めるシーンは長編ロマンスにも見られ、かなり重要な役割をはたしている。『ブライズデイル物語』の語り手カヴァデイルは、自らの傍観者的人生を克服するため、理想主義的な集団農場へ参加するが、フラヌールの心情を捨てることができない。第十二章「カヴァデイルの隠れ家」で、彼は木の上の秘密の場所からブライズデイルの人々の生活を観察する。

私は社会主義者の一人に自分を数えてはいたが、この隠れ家は私の私有財産だった。それは私の個性の象徴であり、私の個性を侵害されないよう保つのにも役立った。ここにいると誰にも見つからなかった。もっとも栗鼠に一回見られてしまったが。(N 四九七)

先に見た三つのスケッチの語り手と同様カヴァデイルも、他者に見られることなく、他者の生活をのぞき見るのを好む。そして「塔からの眺め」の語り手と同じく、自分は現実そのものを見ているというより、現実に対して「空想の刺繍」(fancy-work) を施しているにすぎぬのではないかと疑っている。カヴァデイルは社会主義的共同体の中に、個人の視点と、スペクタクルの消費というフラヌール的心理を持ちこんだのである。集団農場の運営が挫折するのは当然だろう。

第十七章「ホテル」では、カヴァデイルのフラヌール的心理がさらにはっきり現れている。集団農場での人間関係に息苦しくなったカヴァデイルは、一時都会に戻ってホテルに部屋を借り、街のざわめきに耳を傾け、裏窓から人々の生活を眺め始める。そうすることで彼は一種の解放感を味わうが、街の中、人々の生活の中へ出かけてゆくことはない。

しかし私は人間たちの仕事や娯楽というこの濁った流れに飛びこむのには、ためらいを感じた。当分のあいだは、流れの縁にたたずむか、流れの上を鳥のように飛ぶかするほうが、私にはふさわしかった。(N 五二六)

カヴァデイルは終始、人生の傍観者、群衆の観察者にとどまる。しかしホーソーンの作中人物が、傍観者であることをやめて、群衆の流れの中に飛びこみたいという衝動を示すことがある。『七破風の家』の第十一章「アーチ形の窓」は、無実の罪で長い獄中生活を送ったため生命力をなくしたクリフォードが、部屋にひきこもりながらも、戸外の群衆に異常に引きつけられる様子を描いている。彼は窓辺にいて、庶民のあらゆる生活――大勢の人を乗り降りさせる乗合馬車、金物のとぎ屋、野菜売りの車、魚屋の車などを観察する。

世間の人と個人的に接触しなければならないと考えると、ぞっと身ぶるいしたものだったが、潮のような人間の流れとどよめきが聞こえる時にはいつも、力強い衝動がクリフォードをとらえたのである。（N　三四一）

彼は群衆を眺めることによって、自己の生命力を回復できそうな気持ちになる。ある時、にぎやかな政治的キャンペインの大行列が通りすぎてゆくのに刺激されて、クリフォードは衝動的に「人生という大海」、「人類という一つの巨大な生命体」に身投げしそうになる。まさに窓から飛びおりそうになった瞬間、彼は妹のヘプジバに抱きとめられた。しかし同胞との絆を回復したいという憧れは、つねに頭をもたげてくる。長い隠遁生活を送っていた兄妹は、ある日曜日の朝、勇気をふるって教会に出かける。「日曜日家にいて」の語り手が、カーテンの陰から眺めるだけで決してしなかったことを、二人は実行しようとする。

彼らは玄関の戸を引きあけ、敷居をまたいだ。二人は全世界に直面し、全人類の偉大な恐ろしい目が、彼らだけに注がれているように感じた。父なる神の目は姿を隠してしまって、彼らを助けてくれなかった。通りには暖かく日が照っていたが、その空気に二人は身ぶるいした。一歩踏み出すと思っただけで、胸の中で心臓が恐怖にふるえた。

「だめだ、ヘプジバ！　もう遅すぎる」とクリフォードは深い悲しみをこめて叫んだ。「私たちは亡霊なんだ、人間のあいだにまじわる権利はないんだ。この古屋敷の他のどこにも……」。

（N　三四四）

群衆に触れて生命力を回復する、別の人間に生まれ変わる、というクリフォードの願望は惨めに挫折する。彼は窓から少年少女の遊びを観察し、窓からシャボン玉を飛ばして、子供時代に退行したように生きる。彼のこの姿は退行現象を起こしたフラヌールとも見えてくる。ボードレールのいう、いわば活気ある群衆と孤独の弁証法、すなわち孤独を群衆で満たすという活力の饗宴はここにはなく、今や彼の孤独な意識を満たしているのは、子供の群やシャボン玉の群にすぎない。

ところでクリフォードが街のさまざまな人間たちを観察する場面で、イタリア人見世物師の小さな人形の移動舞台がかなりくわしく描写されているのに、注目しておきたい。

あらゆる種類の職業の人々――靴直し、鍛冶屋、兵士、扇を手にした貴婦人、ビンを持った飲んだくれ、牛のそばに座っている乳搾りの娘――この幸せな集団は、まことに調和ある生活を楽しみ、文字通り人生を踊りにしているといえよう。イタリア人がハンドルをまわすと、

ほら、小さな人物のひとつひとつが、じつに興味深く動き出すのだ。（N　三四〇）

この見世物の人形一座は、クリフォードが観察するさまざまの職業の人々とパラレルである。クリフォードが見る群衆の中に、さらにミニチュアの群衆があるという、入れ子構造になっている。このような見世物人形の舞台は、短編「七人の放浪者」"The Seven Vagabonds" にも出てくる。また『ブライズデイル物語』には、語り手がホテルの窓から街のざわめきを聞き、人々の生活を眺めている時に、「機械仕掛けのジオラマ」の音が聞こえてくるという箇所がある。このような人形舞台やジオラマは、群衆が観察の対象となり、群衆がスペクタクルになることの象徴だといえよう。しかし、人形たちがどんなに活発に動いても、人形舞台は実人生と違って何ら進展しない。靴直しの修繕は終わらず、鍛冶屋の鉄は形をなさず、飲んだくれのブランデーはへらず、守銭奴の金箱に金はふえず、乳搾りの娘の桶に牛乳は溜まらず、学者は書物を一ページも読み進まず、恋人は乙女にキスを許されるがそれ以上には進まない。フラヌールの目に映る人生のパノラマは、いかにめざましくとも、それは現実には何の実効もない、と作者は暗示しているように読める。

6　物語を成立させる群衆

群衆を観察の対象とするだけで、実際には群衆とまじわることがないところから、ホーソーンの作品に見られる一種の、うしろめたさの感覚が生じてくる。それは、他人の心をあれこれ詮索したり想像したりするのは罪深いことであり、そういうことをする作家は、まっとうな職業ではないという思いに行きつく。

すでに見たように、一方において、「日曜日家にいて」、「塔からの眺め」、「料金徴収係の一日」には、群衆の生活をのぞき見て彼らの状況を想像するのは、「望ましい生き方」だという思いがあった。そういう思いの最も陽気で無邪気な宣言は、「七人の放浪者」に見られるものであろう。

もしたいていの人より完全な能力が私にあるとするなら、それは、私自身とは違った状況に、精神的に私自身を投げこんで、それぞれの好ましい状況を快活なまなざしで見てとる能力だ。（IX 三五二）

他者の置かれた状況に同化するのが好ましいことだ、と考えるこの語り手が、作家志望の青年であることは意味深い。彼が本屋や人形の移動舞台やのぞきからくりの見世物師とともに、群衆の集まる所を求めて巡回するというのも意味深い。「七人の放浪者」はスペクタクルそのものをテーマにしているとも読める作品であり、作家の務めの一つは、人生をスペクタクルとして提出することだといえるからである。

しかしながら、他方において、ホーソーンには、他者の心に侵入する作家の仕事は罪深いものであるという思いがある。それは、他者の状況に同化する好ましさの陰画ともいうべきものである。「空想ののぞきからくり」"Fancy's Show Box" というスケッチの一節では、悪の心理を想像することは、半ば悪をなすことだという考えが語られている。

こういうわけで、物語の中で悪人を作りだして、彼らに悪いことを考えてやる小説作家あるいは劇作家と、これから犯罪をはたらこうと計画している、実生活上の悪人とは、現実と空想の中間地点で、お互いに出くわすことになるのかもしれない。（Ⅸ　二二五—二二六）

「原稿の中の悪魔」という短編は、ホーソーン自身を思わせる作家が、何の反響も呼ばない自分の作品に絶望して、それを全部火にくべると、火事が起こって大反響を起こすというにがいユーモアの漂う小品であるが、その作家は半ば自嘲的に、作家というものはこの世のまっとうな生き方を逸脱した異常な人間だと述べる。

私の身のまわりには影がまといついているが、その影は現実の人生のものまねをして私を当惑させる。そいつのおかげで、私は世の踏みならされた道から引き離されて、奇妙な種類の孤独に陥ってしまう。それは人々の中にいながらの孤独である。私のしていることを誰も望んでいないし、私のように考えたり感じたりする人も誰もいない。（Ⅹ　一七二）

ここにいう「群衆の中の孤独」は、ボードレールがいう近代人特有の心理を指すのではない。

作家というものが、実人生ではなくその影しか扱うことができないので、まっとうな人々から相手にされないという孤立状態を意味する。

また『ブライズデイル物語』の語り手カヴァデイルは、一方において、「心の奥にひきこもって自分自身とまじわり、命の洗濯をしなければ、私は自分のよい面をなくしてしまうだろう」と述べ、孤独こそ充実した生き方だと考えている。その半面、「他人たちの情熱や衝動をのぞきこんで、いろいろもの思いにふけるという、本能と知性のあいだに位置するあの冷やかな傾向のために、私の心はあまりにも非人間的になったようだ」と自己診断をしている。

他者を観察し他者の心をわがものにしたと思っても、それは作家の主観にとどまり、何の実効もない、それどころか、他人の心をのぞき見て、勝手な想像までつけ加えて作品に仕立てるのは、罪深い行為ではないか。こういう思いにとりつかれる人はホーソーンに限らないだろう。わが三島由紀夫も『小説とは何か』の第二章で、作家を、人間を採集する異様で背徳的な人間、現実につかまえるのではなく、言葉で相手の本質を盗みとってしまう人間、それを自分の不可解な目的のために勝手に使役しようとする人間[19]、などと規定して、作家のいかがわしさをあばいている。また三島は、作家と読者の敵対・共犯・分身の関係をテーマにした短編小説「荒野より」で、「彼（読者）の狂気を育くんだ彼の孤独を、私（作家）が自分ではそれと知らずに、支へてゐたことは多分疑ひがない[20]」と述べている。

ホーソーンの場合は、これにさらにピューリタン的心情へのアンビヴァレンスがつけ加わるだろう。ピューリタンは、罪を恐れるあまり、他人の心という神聖な場所に立ち入って、そこにある罪を容赦なくあばき、かえって罪深い結果をもたらす。ある意味で、作家のすることもこれと大差ないといえる。

しかしながら、ホーソーンの作品の魅力が、孤独な心を群衆で満たすという傾向から生じていることもまた疑えない。そういう傾向に伴う罪の意識さえ、作品の魅力の一部であるかもしれない。孤独な心を群衆で満たすこの傾向のため、今まで見てきたように、ホーソーンの作品には群衆のイメージが頻出し、群衆のさまざまな意味と役割が問題となるのであるが、それだけにとどまらない。彼の小説作法を考えた場合、ある状況、事件、人物がいろいろな視点から眺められ、いろいろな人の解釈が提出される、という特徴もまた、心を群衆で満たすということと関係があるだろう。すでに見たように、作家とは、さまざまな人々の状況に自分を投げこんで、多面的にものを見ることのできる人間である。

例えば短編「牧師の黒いヴェール」"The Minister's Black Veil"を魅力的な作品にしているのは、ある日突然牧師が顔につけたヴェールが何を表しているかという謎にもまして、黒いヴェールに対して信者たちの示す、いろいろな反応、意見、解釈、想像、妄想などである。もちろんそれらはすべてホーソーンという一人の作家が書いたものだから、ホーソーン特有の暗い色調に染まっている。しかし、作者はさまざまの老若男女の中に身を置いている、あるいはそれら老若男女がホーソーンの意識を分有している、という具合に「牧師の黒いヴェール」は書かれている。ボードレールの「芸術家の告白の祈り」の表現、「これらすべては私を通して考える、あるいは私がこれらを通して考える。(というのは夢想の壮大さのうちに自我はすばやく消え去るからだ！)」[21]をもじっていえば、「登場人物すべては作者を通して夢想している、あるいは作者が登場人物すべてを通して夢想している」ということになろうか。もっともこのような事態は、他の多くの作家と登場人物の関係についてもいえることだろう。ただホーソーンの場合は、群衆の登場する割合が高く、それだけ見方が多様になるように思えるのである。ここからホーソーンの曖昧さが生じるとともに、独特の魅力も生じるのであろう。

「牧師の黒いヴェール」は、『緋文字』に似て、群衆が集まってくるところから話が始まり、作品中には大勢の人間が登場する。フーパー牧師が顔に黒いヴェールをつけたことに対し、会衆たち、長老たち、若い娘たち、子供たち、寺男、信徒代表、フーパー師の婚約者などが、さまざまの反応を示し、意見を述べ、解釈をする。それらは平凡なもの、核心をついていそうなもの、的はずれのもの、幻想的なもの、とっぴなものなどさまざまであるが、すべてが興味深い。例えば一人の女性はいう――「なんて奇妙なんでしょう、女の人が帽子につけるただの黒いヴェールが、フーパーさんの顔の上では、こんなに恐ろしいものになるなんて」(IX 四一)。彼女の夫の村医者はいう――「フーパーさんはきっと頭がどうかしたんだ。しかし……黒いヴェールは牧師さんの顔しか隠していないのに、全身にその影響が及んで、彼は頭のてっぺんから足先まで幽霊みたいに見える」(IX 四一)。フーパー師がある娘の葬式に出かけてひつぎに身をかがめた時、黒いヴェールが彼のひたいからまっすぐ下に垂れ、牧師は急いでヴェールを押さえたが、その瞬間、ひつぎの中の死者がかすかにふるえたのを、一人の迷信深い老婆が見たという。その葬式の行列が歩み出した時、ひつぎの前を行く一人の女性は、「牧師さんと死んだ娘さんの霊が手をつないで歩いているような気がふとした」（IX　四三）と言って、後ろをふり返る。その夜フーパー師が、今度は婚礼に招かれて、黒いヴェールをつけたまま花嫁に祝福を与えようとした時、花嫁が死のように青ざめたのを見て、人々は、先程埋葬された娘が嫁ぐために墓から戻ってきたのだと、ささやきあう。ものまね好きのいたずら小僧は、自分の顔を古い黒いハンカチで覆って友達を恐がらせたあげく、自分の悪ふざけに自分が恐くなって気を失いそうになる。……

『緋文字』の第一章で、群衆の性質や役割が次々と変更・修正を受けるのはすでに見た。さらにめざましいのは、この作品の最後、第二四章「結末」において、人々の意見や解釈がじつにさまざまの様相を示すことである。ディムズデイル師は、群衆の前で罪の印を見せるため胸をはだけて見せたが、それに対する人々の意見はさまざまである。人々の意見は、①牧師の胸にはヘスタとまったく同じ烙印が押されていたという説と、②牧師の胸は生まれたばかりの嬰児のように無垢で、何の痕跡も見られなかったという説に分かれる。さらに前者の説は、なぜ牧師の胸に緋文字があったのかその理由の点でさらに三種類に分かれる。「読者はこれらの説の中から選ぶことができる」（N　二三七）と述べて、作者は読者に解答をあずけている。読者は作者が解釈してくれることを期待するものであるが、ここでホーソーンは読者に、「世界というテキストの最終的な解釈はありえない[22]」と告げている。しかしそのために『緋文字』というテキストが価値を減じるわけではなく、かえって読者を奇妙にテキストに巻きこむ作用をする。

牧師の胸に烙印があったか否かに関して、後者の説、つまり牧師の罪はもともと存在しなかったのだという説を支持する人も多く、そういう人たちは次のように主張する。すなわち、牧師はまったく汚れない人間であったが、死期が近いのを悟って、罪の女の腕の中で息をひきとることによって、人はみな本来罪びとなのだということを人々に悟らせようとしたのだ、彼は自分の死を一つの寓話にしたのだ、と。この主張は、精神化・高尚化を志し、深遠な意味を発見したがる善意の人々の説である。しかしこれは、ある人（またはある作品）を弁護しようとひとたび決心すると、全力をあげ、強弁さえ辞せずにその人（作品）に有利な解釈を発見しようとする、情熱的な読者や批評家に対する皮肉、ある事実を自分好みの寓意や象徴として解釈せずにおれぬ人々に対する皮肉にさえ見えてくる。しかし『緋文字』というテキストは、決定的な解釈を選ぶことを許さず、作者も読者も、一つの意味によって円満にテキストを閉じさせることはできない。[23]このようにさまざまの解釈を許すホーソーン特有の曖昧さは、彼が小説作法の点においても、群衆の視点をとったためである。ホーソーンの作品は、その内容上、手法上の大きな特徴を、**mon cœur multiplié**（無数に分割されたわが心、群衆の心）に負っているといえよう。

第四章

都市の解読〔不〕可能性

ロンドンをさまようワーズワス

群衆の中にいる時の快感は、数の増加を楽しむ気持の不思議な表れだ。
——ボードレール『火箭』

私のまわりのいたる所で
今日も、どなり、おびえ、人生を
恐ろしく、むなしく、ひどいものにしている
群衆の人々（the men of the crowd）……
——マシュー・アーノルド「ラグビー校礼拝堂」

序　suburbsという語

「郊外」という日本語には、近代化以後の比較的新しい響きがあるが、ルイス・マンフォードもいうように、[1]「郊外」の概念は都市とともに古いであろう。ラテン語から借用した suburbs は、英語としては十四世紀から使われている。それは「都市」(urbs) の「外、または下」(sub) という意味だから、suburbs は、ローマという「中心」に対して、その「境界、周辺」という下位を含意する。

一七八八年ワーズワスは、英国の周辺から、大都市ロンドンという中心に向かった。そこでの体験を、彼はのちに長編自伝詩『序曲』*The Prelude* の第七、八巻で回想しているが、[2]'suburbs' およびその派生語を三回使用している。彼は馬車に乗って「郊外の村々の迷宮 (the labyrinth of suburban villages) を通り抜け、ついに偉大なる都市に初めて入ったと思えた時」(Ⅷ六九一－九三) の気持ちを一生忘れないという。ロンドンの持つ圧倒的な力と、自分のとるにたりなさを痛感して、彼は次のように叫ぶ。「今や敷居を越えたのだ、ああ! 外面的なもの (aught *external*) が、生きた精神にとって、こんなにも強い支配力を持っているとは」(Ⅷ七〇〇－七〇二)。

ロンドンは郊外からしてすでに迷路の趣きを呈している。ロンドンは中心にはちがいないが、それは「迷宮」であり、だとすれば、その中心は空白をイメージさせる。あるいは、古代の伝説に倣えば、中心には怪物じみた「外的なもの」が猛威をふるっている。そして「思いは具体的な形をとらず、記憶も不確か、重圧感のみがある」（Ⅷ七〇四―七〇五）と述べているように、ロンドンは一つの理解しがたい異境でもある。

十八世紀の文人たちにはロンドンこそが、ローマに匹敵する中心、美徳・悪徳をともに備えた壮麗な中心であり、周囲や辺境はとるにたりなかった。しかし、ワーズワスにとっては、中心はむしろ湖水地方の自然と、そこに住む人間の「生きた精神」であって、ロンドンに代表される都会は、「外部」であり「外的なもの」ではなかっただろうか。

『序曲』第七巻に用いられた'suburbs'の他の例も検討してみよう。ロンドンの街路を歩き疲れた語り手が、人気《ひとけ》の少ない大通りにやって来ると、「郊外のはぐれたそよ風」(straggling breezes of suburban air)（二〇八）が吹いてくる。ノートン版の編者の注釈によれば、これは「町の外から来るさわやかな風、自然の送ってよこす風である。[3]『序曲』という作品の始まりを告げるあの創造的な風、「緑の野や雲から吹いてくるやさしい風」(Ⅰ一―一二)は、都会においては、弱々しい「はぐれ風」でしかない。

'suburbs'の三番目の例は、最も微妙なものである。ロンドン滞在中のワーズワスは、芝居に夢中になり、熱心に劇場通いをしたのだが、その時の感情を次のように回想している。

悲劇の苦悩に心揺さぶられ、
胸はいっぱいになり、すすり泣き涙しながら、青春時代のまっただ中にいたのに、想像力は眠っていた。
というのは、私は激しく感動し、
場面が変わるたびにまったく従順な気持ちで
それについてゆけたのだが、それでもこういう感動は
心の周辺を越えてゆくことはなかった。
(Passed not beyond the suburbs of the mind.)　（五〇一－五〇七）

語り手はいかに芝居に感動しても、それは「心の周辺をかすめるだけで、中心まで届かなかった」という。ここでの 'suburbs' は「周辺」を表すための比喩にすぎないが、彼はなぜわざわざこの語を使ったのだろうか。'Passed not beyond the suburbs of the mind' という表現はやや奇異でないだろうか[4]。都会にいては、心の思いは郊外を越えてその先の自然へ拡がってゆくことがない、といわんばかりではないか。

'suburbs/suburban' というキーワードともいえぬ語にこだわりすぎたようだが、私の論点は、『序曲』で都市を描くワーズワスの表現は多義的であり、それは都市の意味づけにとまどっている作者の心理の反映ではないかということである。'suburbs'という語はそれを暗示する小さな一例にすぎない。

1　路上の人、群衆の人

『序曲』第七巻「ロンドン滞在」は一つのアイロニーから始まっている。ワーズワスは第七巻を一八〇四年に書き始めるにあたって、五年前に書いた第一巻冒頭の「あの都市の壁、長らく捕らわれていた牢獄から開放されて」、生気を与える風に迎えられ、執筆開始した時の喜びを想起している（Ⅰ七–八、Ⅶ二–三）。詩人は駒鳥の声、土蛍の光、風にそよぐ森といった自然の事物にインスパイアされて、執筆を再開する気になったのだが、第七巻は、自然について歌うのではなく、喜びの気持ちをもって脱出した対象であるその都会、牢獄というべき都会、について書くという構造になっている。この始まり方も第七巻に微妙な影を投げかけているであろう。

第七巻の大部分を占めるのは、都市に見られるおびただしい事物の列挙である。子供時代に空想していたロンドン名所の列挙に始まり、現実にロンドンで見た事物——街の情景、建築、群衆、さまざまな人種・職業の人間、新奇な動物、見世物、舞台の上の人物。最後に、語り手がロンドンの「縮図」であると称するバーソロミューの市《いち》の喧騒、またまたそこで見た雑多なものの列挙。これらのものを列挙する語り手の心理状態は、不安と反感を混じえながらも、対象に魅惑され惑溺さえするという感がある。カタログ式列挙に高揚と陶酔感がないこともなく、ホイットマンの都市風景を思わせる場合もある。

まず、その場所の眺めと姿——
いつの時代でも慣れない人を圧倒する
広い大通りの景観、
色、光、形の目まぐるしい乱舞、バベルのような喧騒、
人間と乗り物は限りなく流れ、
何時間いつまで歩いていっても
やはり街中で、頭上には依然として雲と空があり、
豊かさ、雑踏、熱気があふれ、
堂々たる馬に引かれた金ピカの軽装馬車、
屋台、手押し車、運搬人、通りのまん中で
帽子をさしだして物乞いする屑拾い、
のろのろ進む貸馬車、遠出する大型馬車の猛スピード、
警笛を高々と鳴らして疾走する。
屈強な荷馬車の一団は、
テムズ川沿いの小路から上がってきて、
ストランド街の人込みを突っ切って突進し、
先頭馬は正確な手綱さばきで急に方向転換する。
ここかしこ、いたるところ、嫌になるほどの人の群れ、

リージェント街（1852年）
「いつの時代でも慣れない人を圧倒する広い大通りの景観。」

行く人と来る人、見あわせる顔と顔——
顔また顔——目のくらみそうな商品の列、
店また店、商標、紋章入りの商店名、
頭上には商人たちのあらゆる名誉の勲章……
（一五四—七五）

カタログ式羅列にふさわしく、右の引用のほとんどは名詞および名詞節である。外面的なものの目まぐるしい羅列に嫌気がさしたのか、馬車についての描写（一六二—七〇）を、ワーズワスは一八五〇年版ではカットしてしまった。同時に、この引用の直前にあった「強い活気ある喜び」、「青春の生き生きした喜び」という「喜び」を強調する表現もカットされた。一八〇五年版では 'pleasure,' 'pleased,''pleasure' が短い間隔で三度くり返されていた。

「私は毎日毎日空想をかきたてて楽しく外で暮らしていた、青春が愛するものはすべて戸外にあったので」(七八―八〇) と述べているように、路上のワーズワスは、都市をさまよういわゆるフラヌール（遊歩者）の一面を示している。彼のフラヌールぶりは次のような詩行に表れている。――「そこからのんびりと、人のあまり行かない所を通って、あいまにいろんなものを見たり聞いたりしながら道をたどる」(一八八―九〇)。「それからしばらくややこしい道に入って、知らずして迷路の中を通りぬける……」(二〇〇―二〇一)。

街を歩いてそこで見聞きしたものを、ガイドブックのように読者に情報として提供するというジャンルは、十八世紀に成立した。ジョン・ゲイの『トリヴィア―ロンドンの街の歩き方』*Trivia, or the Art of Walking the Streets of London* は、その典型である。「トリヴィア」は都会のさまざまな「些末事」を意味するとともに、「三叉路」をも意味するから、路上観察の作品の題名としてきわめてふさわしい。[5]『序曲』第七巻はこのジャンルに連なる面を持つとともに、十九、二十世紀のフラヌールの文学につながってゆく。

街中へ好んで出歩くフラヌールはまた、群衆の中へ赴き群衆を観察する、ポーのいわゆる「群衆の人」(the man of the crowd) でもある。ワーズワスの「群衆の人」ぶりを表す詩行も多い。――「そこから群衆の中へ戻って、徐々に減ってゆく人の流れのあとをついてゆく」(二〇五―二〇六)。「広くなってゆく大通りを進んでゆくと、一つの顔がこちらを見上げている」(二一五―二一六)。「今や高まってくる喧騒の中を通って帰途につく」(二二七)。「進んでゆくと、群衆の中には、多かれ少なかれめだつような、人間のあらゆる標本が見られる」(二三五―二三六)。

この「群衆の人」は、少しのちにボードレールが有名にした、群衆に魅惑され群衆の海で浴《ゆあ》みするタイプの面もあるが、それと同じではない。彼は一方で群衆に関心を示しそれに魅惑されるが、他方、群衆に対して反発をも感じているからである。ボードレール型に近い「群衆の人」としては、チャールズ・ラムとトマス・ド・クィンシーが挙げられるだろう。(この両者はワーズワスの友人で、ラムはワーズワス兄妹をバーソロミューの市に案内したことがあったし、ド・クィンシーはワーズワスのダヴ・コテッジを借りて住んだことがあった)。ラムは、羊の群れる牧歌的風景より、夜六時にドルリー・レーン劇場の平土間に群がる「群衆」(mob)の方にずっと愛着を感じた。ド・クィンシーも同じ感性の持ち主で、彼は阿片チンキを飲んで感覚を鋭敏にしてから、貧民の群れる夜の市場へ買い物客のお喋りを聞きに出かけた。彼らには人の群れる市(フェアー)や市場(マーケット)への断ちがたい愛着がある。ラムは感傷的な調子で、ロンドンの群衆への愛着を語っている。

> 群衆へのこの情熱がかくも完全に満たされる所は、ロンドンをおいて他にはない。フリート街にいて退屈だと感じる人は、よほどまれなる憂鬱症にかかっているにちがいない。私は生まれつき憂鬱症の気があるが、ロンドンにいると他の不機嫌とともに、それも消え去ってしまう。私は家にいて疲労を感じたり不愉快になった時など、よく外へ駆けだし、人の群れるストランド街へ出て、英気を養ったものだ。すると無数の心動かされる光景を見て、いいようのない同情に私の頬は涙でぬれる。そういう光景を、移り変わるパントマイムの光景のように、ロンドンは二六時中見せてくれるのだ。[6]

ワーズワスには、これほどの群衆への愛着はない。彼はロンドンで見たものをどう理解したのだろうか。彼は「今や私は現実の光景を眺めて、毎日毎日それを親しく熟読した（perused）」（一三九–四〇）と、読書の比喩を使っている。ロンドンの回想を述べた箇所には、「書かれたもの」、「読むこと」、「解読」といった表現がよく出てくる。[7] 語り手は都市を一つのテキストであるかのように語っている場合もあり、そういう捉え方は現代人の認識に近い。では彼は都市をどう「読んだ」のだろうか。

2 芝居の誘惑

フラヌールは街を出歩き、見聞きしたものを核にして想像をふくらませるタイプの人間であるから、芝居に心惹かれるのは当然の成りゆきである。ラムが路上で見た「移り変わるパントマイムの光景」（the scenes of a shifting pantomime）が舞台の上で演じられるのを見るために、ワーズワスはサドラーズ・ウェルズ劇場はじめ芝居小屋へ足しげく通った。彼は芝居の魅力をさまざまな形で述べている。

これら沈黙の静止した見世物の他に、
もっと大規模なものもあって、そこでは生身の人間と

音楽と、移り変わるパントマイムの光景が
一緒になって、さまざまな仕掛けも加わって、
いっそう魅力を増していた。　（二八一－八五）

「移り変わるパントマイムの光景」（shifting pantomimic scenes）という、ラムとほとんど同じ表現を用いているのが注目される。パントマイムとはもともと歌、踊り、寸劇の伴う道化芝居である。ここでの語り手は内面的な感動よりも、外面的な趣向やはなやかさに目を奪われている。

その頃人生は新鮮で、
感覚はすぐ喜びに反応した。シャンデリア、燭台、
彫刻、金箔、彩色、けばけばしい書き割り、
劇場のあらゆる安っぽい室内装飾が、
私の目に活気づいて見えて、
舞台の上の生きた人間たちはそれに劣らず生き生きして、
荘重あるいは陽気であった。　（四四〇－四六）

これに続いて、語り手は舞台の上で見たさまざまの人物――貴婦人、国王、宮廷人、捕虜、

衛兵、おてんば娘、老人など――を、例によってカタログ式に列挙している。だが、以上二つの引用でめだつのは、芝居の人工性・装飾性であり、芝居がいかに活気があっても、心からの感動をもたらさないということである。ワーズワスは芝居のはなやかさを述べるのに多くの言葉を費やしたあとで、結論としては、本章の序で引用したように、劇場では本当の意味での想像力は衰えるという。

しかしそういうものを考える時
私は想像力が私の中で衰えるような気がする。
悲劇の苦悩に心揺さぶられ、
胸はいっぱいになり、すすり泣き涙しながら、
青春時代のまっただ中にいたのに、想像力は眠っていた。(四九八—五〇三)

想像力の活発な働きを促すはずの劇場で、なぜ想像力が衰えるのだろうか。第七巻の最後で、語り手は、バーソロミュー大市の恐るべき活力と喧騒を見て、それが「人間の創造的な能力をすべて眠りこませてしまう!」(六五五)という。創造力(想像力)が眠りこむ理由は、都会では「手を加える必要のないほど完成された人工物」(六五二)に直面しているからである。[8] ワーズワスにとって、主体が対象から適度の距離を保っている時はよいが、主体が対象に呑みこまれる時、あるいは「外部のもの」(external things)が圧倒的な力をもって迫ってくる時には、想

像力がうまく働かないのである。
ワーズワスの想像力（創造力）が活発に作用するのは、主観と客観、想像と知覚が均衡を保っている時である。「ティンターン寺院の詩」'Lines Composed a Few Miles above Tintern Abbey' にある有名な詩句、「目と耳が半ば創造し、半ば知覚する、この偉大な耳目の世界」(all the mighty world / Of eye, and ear,—both what they half create, / And what perceive)（一〇五—〇七）は、この均衡を示している。この好ましい均衡・調和について、ワーズワスはさまざまの箇所でくり返し述べている。

彼の心は
一つの大いなる精神の代理として
創造し、創造者にして受容者であり、
自らが見る対象と協力してのみ作用する。
それがまさしく、われらが人生の
詩魂の最初の表れである。
（Ⅱ二七一—七六）

内部からと外部からの双方の作用の
均衡、崇高なる相互作用、
見られている対象と、見ている眼、双方の

卓越、純粋な精神、そして最善の力。

（XII 三七六―七九）

いかに精妙に個人の心は……
外の世界と適合していることか、
――そしてまたいかに精妙に……
外の世界も心に適合していることか、
そして創造とは（これ以下のいかなる名で
呼んでもならないが）この両者が力を合わせて
達成するものなのだ……

（『逍遙』*The Excursion*「趣意書」六三―七一）

このような均衡がワーズワスの理想であり、また彼の詩法でもある。だが、この均衡がうまく作用するのは、自然の中においてであって、都市の中では困難である。ワーズワスは、バーソロミューの市を、ロンドンという「強大な都市そのものの象徴としてふさわしい」（六九六―九七）と考えているが、その喧騒ぶりを、「目と耳にとって何たる地獄」（**What a hell / For eyes and ears**）（六五九―六〇）と嘆いている。そこでは、目と耳の、半ば創造し半ば知覚する、均衡のとれた働きは機能しない。喧騒にかき消されて、「静かで哀しい、人間性の音楽」（「ティンターン寺院の詩」九一）は聞こえてこない。バジル・ウィリーによれば、眼の欲望、視覚の専制は、ジョン・ロックの機械論的世界観から必然的に由来するものであり、ワーズワスは、それが人間の内なる声に耳傾けるのを妨げるとして警戒したという。[9] 芝居の「移り変わるパントマイムの光景」は「眼の欲望」を駆りたてるであろう。

芝居は虚偽であり不自然であって、自然とは両立しない。ここで、自然の中で育った乙女の悲劇が芝居の演《だ》し物としてとりあげられた、バタミアのメアリーの話を考えてみよう。メアリーは、作者と同じ湖水地方で育った純真な娘で、都会から来た悪党に誘惑されて子供を生んだが、その子は死んで、山の教会に眠っている。『抒情民謡集』*Lyrical Ballads* の題材の一つとしてふさわしいであろうような、自然を背景にしたそういう主題の芝居を見て、ワーズワスは興味をそそられたのだが、山育ちの純真な乙女の話を、都会の劇場が演し物にして享受すること自体、ワーズワスには不快である。「そんな劇場には向かない神聖なテーマで、最善の技巧をこらしているものの、あきらかに不敬の気持ちで扱われていた」(三一八―二〇)と、彼は不満をもらしている。

ところで、メアリーの話で気になるのは、その赤子が死んで自然の懐へ還ったのを、むしろ祝福しているような口ぶりである。赤子は「嵐が吹きすさぶ時、小さな岩陰で休んでいる、恐怖を知らぬ子羊」(三五八―五九)にたとえられている。この母と赤子から、語り手はすぐにもう一組の母子を連想する。それは劇場に出入りするふしだらな女とその子供である。この赤子は劇場内の控室のようなところに寝かされていて、みんなの人気者になっている。語り手は「田舎屋の三分咲きの薔薇」(三八〇―八一)というたとえを用いてその子を讃えている。愛らしく汚れないもののたとえとして、子羊や薔薇は平凡でセンチメンタルすぎる。しかしその純真さを愛するあまり、その発育停止を、さらには死を願うというのは、そう平凡なことではない。「田舎小屋であろうとどこであろうと、自然の恵みにこれほど祝福された赤ん坊を見たことがなかった」（三八一—八三）というその赤ん坊について、語り手は次のような思いを抱く。

あの子供はその時以来
あたかも自然によって香油を施されたかのように、
私には思えることがしばしばだった。
何かある特権によって発育が停止して
——子供として生き、子供としてやって来て去ってゆく定め。
まさに子供以外の何者でもなく、人間を困窮と罪、
苦痛と堕落へ運んでゆく歳月には、関わりあうことがなかった。
あんなに悲惨な場所にいたのに
美はかくも過剰に彼を飾ったのだ。（三九九—四〇七）

語り手はむしろ赤子の死を願っている、あるいは少なくとも、発育停止して永遠に幼児のままでいることを願っている。「自然によって香油を塗られた」（embalmed / By Nature）という発想は不気味である。'embalm'は、ミイラ作りの死体防腐処置を意味する語だからである。「何

かある特権によって、発育が停止してしまった」(through some special priviledge / Stopped at the growth he had)という考えも普通でない。さらに、作者が早世を願った世にも美しいこの赤ん坊が成長して、つまらない大人になって苦労の多い人生を送り、メアリの赤ん坊の早世を羨む(四〇九―一二)という想像まで、作者はしている。この成長拒否と早世への固執には異常なものがある。

ここでわれわれは、ルーシーを歌った詩や、「一人の少年がいた」'There was a Boy'(『序曲』第五巻)や「私たちは七人」'We Are Seven' などの詩を思い浮かべずにおれない。それらの詩に現れる人物はみな若死にするが、実際は死んではいない。自然の懐へ還って今なお生き続けている。「眠りが私の魂を閉ざした」'A slumber did my spirit seal' に歌われた少女は「今は、聞くことも見ることもなく、地球の「日毎の」(diurnal)運行の中で、岩や石や木々とともに回転して」(六―八)いると歌われている。この 'diurnal' という語の重々しい音の響きには、'embalmed' のイメージに似た不気味さがある。

不気味なまでの早世への執着は、ワーズワスが自然の持つ無垢に価値を置きすぎるからであろう。都市において、人は無垢を失い、存在の根源に触れることなく、表面的な生活を送っている。それは芝居のような生活である。「あまりにも表面的なことに気をとられ、目新しいが安っぽい色や形にふけっている」(XI 一五九―六一)ような生活である。それに反し、自然の中に生きる無垢な子供は、意識と存在の分裂を意識することなく、存在の根源において生きている。ワーズワスの詩には、そういう存在そのもののような人物がよく登場する。自然の中の生活は現実であり、都市生活は幻影のようなものであるという考えが、ワーズワスにはリアリティーがあったのである。じつはここにいう自然とは、人間によって仮構（加工）された自然にすぎないが、ロマン派の詩人たちにとって、自然と人工の価値の逆転に意味があった。『序曲』第七巻は、都市の魅力、芝居の魅惑に多くのページを費やしているが、語り手は、最終的にはそれらを自然に反するものとして拒絶せずにおれないのである。

3 解読不可能性

芝居をはじめとして、都市で見るものはすべて表層（外面）であり、その背後に意味が存在しない、あるいは表層が実体を反映していない、という思いがワーズワスにあったと思われる。都会は表層（表象）が支配する世界であり、表象が過剰で、実体はそれに対応しない。現代の批評用語を借りて、シニフィアンの過剰、あるいはシニフィアンとシニフィエの不一致と言ってもよい。都市＝市《いち》＝芝居＝見世物はすべて表象であり、実体のはっきりしない何ものかの模造（模像）であるとワーズワスは考えていた。第一節の引用（一四八―四九頁参照）に続く箇所には、ロンドンの群衆、商品の列、とりわけ商標や看板というシニフィアンを、解読できなくてとまどう詩人の姿が見られる。

行く人と来る人、見あわせる顔と顔――

顔また顔——目のくらみそうな商品の列、
店また店、商標、紋章入りの商店名、
頭上には商人たちのあらゆる名誉の勲章、
こちらでは家々の前に、本の表題のページのように
巨大な文字が上から下まで刻まれ、
あちらでは守護聖人のように、戸口の上に
男や女の寓意的な姿が掲げられている。
あるいは実在の人間の似姿もある。
陸軍軍人、国王、海軍提督、
ボイル、シェイクスピア、ニュートン、あるいは
当時有名だったインチキ医者の魅力的な顔。
（一七二一八三）

ここに描かれている広告、看板、商標は、ただ人目を引くことが目的であって、恣意的なものである。実在の人物も、それにふさわしい内容のために用いられているのではない。ボイルやシェイクスピアやニュートンの肖像は何かの寓意であるが、何を宣伝しているのか不明である。しかも、これら名声赫々たる人物が有名なニセ医者と同列に並べられることによって、ほとんど実体を失った表象に化している。家の前に書物のように文字が書かれているという点にも注目すべきである。『序曲』第七巻には、「書物」、「解読」、「読むこと」に関するテーマがよく出てくる

が、それは解読が困難、もしくは解読すべき内容がほとんどないことを表す場合が多い。
表象と実体の乖離は、インチキ医者の姿にあからさまに表れているが、それは芝居の世界に通例のものであった。「道化師、手品師、曲芸師、まだら衣裳のハーレクィンたち」(二九五)の演技は、そもそも現実を欺くのが目的である。芝居がいかに表層の世界であるかを最も象徴的に示すのは、『ジャックと豆の木』の舞台である。

勇者、巨人殺しのジャック。見よ、
彼は暗黒の上着を身につけ、舞台の上を闊歩し、
人間の目に見えぬ驚くべきことをやってのける、
「空虚な、月の隠れる洞窟に入った」月のように
誰にも見とがめられずに。
大胆な欺き(信じるのが気恥ずかしくなるような)、
どうしてそれができるのだろう――彼は黒装束で
胸には見えぬという文字が燃えるように浮き出ているのだ。　(三〇三―一〇)

ジャックは魔法のマントを持っていて、それを着ると透明人間になり、大胆不敵な策略をやってのける。これは舞台の上の話であって、映画の特撮ではないのだから、俳優が実際に透明人間になることはありえない。そこで、役者が胸に INVISIBLE という文字を書いた黒子の衣裳を身

につけて、観客はそれを透明人間とみなすのである。

この一節は、期せずして、表層あるいは表象の支配を物語っているのではないか。まず'interlunar cave'（月の隠れる洞窟）はミルトンの『闘技士サムソン』第八九行に出る語句であるが、もちろんこれは比喩であって、そんな洞窟は存在しない。言葉だけあって実際には存在しないという点で、『不思議の国のアリス』の'mock turtle'（ニセ海亀）のようなものである。また、ジャックがまとうまっ黒なマントには、目も鮮やかなINVISIBLEという文字がはっきり「見える」が、これは「見えない」という約束事を表す。[11] シニフィアンの支配！ シニフィエからの乖離！ まことに劇場は表象の支配する世界である。

さらに、語り手がくわしく紹介している芝居の演《だ》し物、ワーズワスとコールリッジが実際に見知っていたバタミアのメアリーの悲劇にしても、これは実話であるが、都会の男が田舎育ちの乙女をたぶらかす物語である。ここにも実体とかけ離れた「見せかけ」のテーマが現れている。

田舎から都会に出てきたばかりのワーズワス青年が驚きと当惑を感じたのは、都会に見られる表象と現実のギャップであった。彼は舞台上のメロドラマについてのみ、このギャップを感じたのではない。都市のあらゆるもの、商店の看板、見世物、さらには国会、法廷、教会についても、表象の支配を見てとっている。彼は正義と信仰の場所である法廷や教会をさえ、見世物や芝居になぞらえ、舞台の比喩で語っている。弁舌さわやかな弁護士、念入りに化粧した牧師は、「自分の声を迷路にくぐらせ、メヌエットを踊らせる」（五五一―五二）。それはうわべは巧妙で人目を引くが、内容の乏しいパフォーマンスである。都市＝市《いち》＝見世物＝芝居＝看板＝国会＝法廷＝教会は、すべて表層（表象）が支配するという点で同じである。

都市のこのような幻惑性を、ワーズワスは『序曲』第八巻で、洞窟の比喩を用いて語っている。語り手は松明を手にして、ギリシアのアンティパロス、あるいはヨークシャー州のヨーダスの洞窟に入ってゆく。語り手の移動する視点と、それに松明《たいまつ》の炎の揺れ動きが加わって作りだす、いりくんだ洞窟の壁面に映る光と影の交錯は、まことに幻惑的である。

旅人が見ていると、洞窟がのびたり大きくなったり
四方に拡がったりするのが見える。
まもなく、頭上に屋根が見える、あるいは見える気がする。
それはすぐさま揺らいで後退してゆく――
実体と影、光と闇、すべてが
混じりあい、さまざまな姿、形、あるいは形の気配から成る
天蓋を作りあげる。
それは移り、消え、変化し、交錯し、
まるで亡霊のようだ――音なき崇高な動揺、
それはやがて徐々におさまって
ついに、あらゆる努力、あらゆる動きが去ってしまうと、
光景は彼の眼前に完全に見えるようになる、

あからさまに、書かれた本のように生気なく。（Ⅷ七一五―一七）

この洞窟の風景は、一八〇三年三月に書かれたものだが、もとは第六巻のアルプス越えのエピソードのために書かれたのであった。何の感動もなく、知らないうちにアルプスを越えてしまったとわかった時の、期待を裏切られた気持ちを表現するのが、その目的であった。自然風景のために書かれた詩行が、のちに都市風景の印象を述べるための比喩として、転用されたのである。[12]詩作の自発性を強調したロマン派詩人も、実際はかなり切り貼り作業をしたことがわかる。皮肉なことに、これはそもそも詩というものが「表象の過剰」であることを暗示しているが、その問題は措く。われわれの文脈から見て興味深いのは、都市の印象の頼りなさ、実体のなさ、パースペクティヴの定めがたさ、ということであろう。その幻惑的な光景が静止すると、都市風景ははっきり見えるのだが、「書かれた本のように生気なく」(lifeless as a written book)（Ⅷ七二七）横たわるという。都市は、眩惑的ではあるが、解読しがたい、あるいは解読するに足る内容のない書物のごとくである。これに続く部分で、洞窟の光景（＝都市の光景）は再び揺らぎだし、語り手はその光景の中に、さまざまな人物や場面を見てとる。しかし、それらの映像は「魔法使いが空中に作りだした見世物」（Ⅷ七三四）のようであって、結局実体のない幻という感じはぬぐえない。

「解読」、「読むこと」の試み、そしてその困難、不可能は、生きた人間についてもいえる。ワーズワスは群衆の中にもまれて歩きながら、そのひとりひとりの顔つきを読もうとする。しかし、人々の表情の背後に意味を読みとることができない。

なんとしばしば、私は人のあふれる街路を
群衆とともに歩きながら、
ひとり自分につぶやいたことだろう、
「私の傍らを通りすぎるひとりひとりの顔が神秘なのだ」と。
このようにじっと眺めて、眺めやむことなく
何が、どこから、いつ、どのようにという思いに圧倒された。
そしてついに、私の目の前の人々の姿が、
静かな山の上を、音もなくすべってゆくような
あるいは夢の中に現れるような幻の透明な行列になってしまった。（五九五—六〇三）

「傍らを通りすぎる群衆のひとりひとりの顔が神秘なのだ」という感慨は、都市をさまようフラヌールのよく抱く感情であり、都市文学にくり返し現れるものである。語り手は彼らの顔の表情から、その正体を読みとろうとする。つまり、彼らは何者で、何をし、どこから来て、どこへ行くのか、理解しようとする。しかし彼らの正体はついに読みとることができない。そして、ワーズワスの体験によくあることだが、対象を見つめすぎると、それはリアリティーを失って、幻のように見えてくる。続く詩行にあるように、語り手は日常的な「見慣れた生活を支えている

すべての基盤」（六〇四）が失われるのではないかという不安を感じる。

しかし、日常次元の消失、それに伴う存在の不安は、別の次元が開示される契機になる。語り手はこういう不安な心理状態の中で、一人の盲目の乞食に出会い、流れる群衆の中に不動の姿で立つその姿に衝撃を受け、啓示を受ける。これは『序曲』全体の中でもきわめて有名なエピソードである。作者はこの人物の意味を「読みとる」ことができるのだろうか。啓示であるからには、意味深い真実が直観的に開示されるはずである。しかし一般に啓示というものには神秘感が伴っていて、読みとれない部分をも大きく含んでいるのではないだろうか。

4　路上の啓示

語り手を圧倒していた雑多な群衆が幻のように背景に退いてゆき、一人の人物が浮かびあがる。

一度、そういう気分がひどく進行して、
日常の指標となるものなど役にたたず、
動く群衆の行列の中で途方にくれていた時、
たまたま、突然盲目の乞食の姿にひどく心打たれた。
その男は顔を上に向けて、壁にもたれて立ち、胸の上には文字の書かれた紙切れをつけていた。
それはその男の経歴、その男が何者であるかを説明するものだった。
この光景を見て私の心は回転した、
まるで水流の力に圧倒されたように。
そしてこのラベルの中に
われわれ自身についてもこの宇宙についても
われわれの知りうる最大限の原型と象徴があるという気がした。
そしてこの不動の男の姿、
彼の動かぬ顔、見えぬ目を私はじっと見つめた。
あたかも他界からの警告を受けたかのようだった。

（六〇八―一二三）

作者自身「珍しい光景ではない」（一八五〇年版 六三八）と言っているように、当時ロンドンの街には乞食が多く見られた。ブレイクの『エルサレム』*Jerusalem* では、ロンドン自体が盲目の、背の曲がった乞食になって、子供に手を引かれて物乞いして歩くというイメージが出てくる。チャールズ・ラムは『エリア随筆』*Essays of Elia* で、「貧窮のまさに奥底から生まれ出る尊厳というものがある。裸でいることは、制服を着て動きまわるより、ずっと人間の本質に近い」、「乞食は比較の尺度の外にある」[13]と書いて、ワーズワスに近い感じ方を示している。ワーズワスにとって、この人物は、あわれな境遇にいながら尊厳を失わない、毅然とした人間の典型である。

彼は「決意と独立」'Resolution and Independence' の蛭取りの老人や、『序曲』第四巻の除隊兵と同じく、崇高なる孤独者の系列に属するものである。

またこの一節を、『序曲』にいくつかある「時の点」(spots of time) の一つに数える論者が多い。[14] たしかに、人生の深い意味を開示する神秘的な瞬間として、記憶の中にとどめられ、将来の危機の時に想起されて、詩人を勇気づける役割をはたすという意味で、「時の点」の性格が濃いといえよう。また、不気味な気配をたたえているのも、他の「時の点」と同じである。しかし他の「時の点」がある程度まとまったストーリーを持っているのに反し、このエピソードは短くて、語られていない部分が大きい。目もあやな「動いてゆく群衆の行列」(the moving pageant) の中で、ひとり「不動のこの男」(this unmoving man) は何を象徴するのだろうか。語り手は、その男の胸につるされた紙片に記された彼の「来歴」(story) を読んだのだろうか。読んだのなら、その内容をなぜ読者に明かさないのか。蛭取りの老人や除隊兵の場合にはストーリー(経歴=物語)が語られているが、このエピソードにはストーリーがない。暗黒の世界に住む盲人から啓示の光を得る、無一物の境遇にいる人間から宇宙と人間についての究極の象徴を読みとる、というパラドックス。語り手は別世界から警告を受けたかのようだというが、その警告のメッセージは何か。さまざまの疑問がわいてくる。

のちの一八五〇年版の『序曲』では、このシーンの前に、一つの自然の情景を比喩に用いて、解説風の数行が書き加えられた。

山の頂上の暗い嵐が
谷間の日光の筋を映えさせるように、
人間の沸き返るあの大集団が、
一つの姿や形に対して、
荘重な背景あるいは浮きぼりの役目をはたすのだ、その背景のおかげで
その姿や形は本来持っている以上の活力を生みだし、
人に感情と瞑想を抱かせる。
（一八五〇年版　Ⅶ六一九―二五）

『序曲』一八五〇年版は、概して、一八〇五年版を整理し洗練し、ときには説明的で冗長にしてしまう傾向があるが、ここでは、嵐をはらむ黒雲を背景にして輝く一筋の光線という美しいイメージによって、地と図柄の関係を明確にしている。目まぐるしく流れてゆく目もあやな群衆を黒雲にたとえ、じっと立って見えぬ眼を天に向けて暗黒を見つめている乞食を光にたとえるのは、逆転した比喩に見えるが、それは盲目から啓示を得るというパラドックスである。この黒雲と光の比喩からあきらかになるのは、盲目の乞食の姿がかくもめだつのは、背後を流れゆく大群衆があるせいだということである。背景の沸き返るような群衆が、盲目の乞食の与える衝撃を成立させている。[15]

では語り手の受けた衝撃の内実は何だったのだろうか。まわりにうごめく無定見、無目的な、しかも自己中心的な群衆（語り手もその一人）。その中にあって、対照的に、ただひとり天を仰

いで不動の姿勢を保っている男。語り手は彼から、人間の独立と尊厳についての教訓を得たことはたしかである。だがショックはそれだけだろうか。ジョナサン・ワーズワスは、草稿の次の詩句に注意をうながしている。[16]

そして私は思った、
人間自身についても宇宙についても
われわれの知りうる最大限のこと、
われわれに見えるよう書かれているすべてのことは、
盲人の胸につけられたラベルにすぎないのだ、と。

これは決定稿の表現とはかなり違っている。ここに述べられているのは、人間の真実や宇宙の神秘はついに知ることができない、ことによるとそんな真実や神秘は存在しない、というかなり虚無的な認識ではないだろうか。ここでもまた、「書くこと」、「読むこと」、「ラベル」といったイメージが用いられている点が注目される。盲人は胸に「文字の書かれた紙切れ」(a written paper) をつけていて、その上に彼の「経歴」(the story of the man 一八五〇年版 his story) が書かれている。「われわれの目に見えるよう書かれてあるすべてのこと」(the whole of what is written to our view)、すなわち宇宙の森羅万象も、これと同じである。彼の経歴 (his story) が、人類の物語＝歴史 (history) であり、われわれが読めるのはそれがすべてである。ウィリアム・シャープによれば、盲目の乞食は絶対的な他者を表し、われわれは人間存在も宇宙の神秘も解読できない、このspot of timeは、blind spot であるという。メアリー・ジェイコバスは、語り手は「意味不在という神秘に直面し、それを啓示に変えて、それを読む」という。[17]

ところで、「われわれの知りうる最大限のことの原型、あるいは象徴」(a type / Or emblem of the utmost that we know) という表現は、語り手がアルプスの自然を見て感じた「永遠なるものの原型あるいは象徴」(The types and symbols of eternity)(VI五七一) とよく似ている。自然界においては、すべての要素――森、風、激流、岩々、雲、空、激動と不動、影と光、すべての崩壊、対立、騒乱――が自然の大いなる精神に向かって収斂してゆく。

すべてが一つの精神の同じ作用であり、
同じ一つの顔のさまざまの表情、一本の樹に咲く花々であり、
あの偉大な黙示のさまざまの文字であり、
最初、最後、中間の、かつ無限のものの、
永遠なるものの原型あるいは象徴である。

(VI五六八―七二)

アニミズムを感じさせる一節であるが、ある意味では、詩人はここで自然の意味を「解読」しているといえる。[18]それに反し、都市の意味は解読できない、あるいは解読すべき意味は存在しない。これは奇妙なことである。なぜなら、自然界に始めから存在しているものの意味は解明で

きないが、人間が自分で作ったものの意味は理解できるはずだからである。しかし、人間が作った都市の意味は解読できない。語り手が都市の究極のシンボルだとみなすバーソロミューの市の光景に見られるように、都市の雑多な要素は「一つの精神」に向かって収斂してゆくことなく、混沌のまま投げ出されている。だがその問題の検討は最後にまわし、都市が「一つの精神」の表れであるかのように見える、まれな瞬間を眺めてみよう。

5　自然化された都市風景

今まで主として都市の虚妄と混乱を見てきたが、これと対照的な、美しく統一のとれた都市風景がワーズワスにないわけではない。すでに述べたように、ワーズワスにとって、都市の事物や人物は、内面にとりこみがたい「外的なもの」として、目や耳に圧迫を加え、想像力（創造力）を働かせないようにする。しかし、都市においても、主体と対象のあいだに適当な距離がとられて、想像と知覚が好ましい均衡を保つ時がないことはないだろう。そういうまれな瞬間が、「ウェストミンスター橋の上にて作れる」'Composed upon Westminster Bridge, September 3, 1802' という都市風景を描いたにしては、比類なく輝かしいソネットに定着された。

大地がいまだこれほど美しいものを見せたことはない。
かくも壮麗で感動的な光景に目をとめず

通り過ぎてゆく人は心鈍き人。
この都市は今、衣裳のように
暁の美をまとう。静かに、裸のままに、
船、塔、円屋根、劇場、寺院がそこにある、
野にまた空に開かれ、
煙のない大気の中で、すべて明るく輝いて。
太陽がその暁の輝きの中にこれほど美しく
谷や岩や丘を浸したことはなかった。
こんなに深い静けさは見たことがない、感じたことがない！
河は自らのやさしい意志でゆっくり流れている。
ああ、家々自身も眠っているように見える。
そしてあの大いなる心臓がゆったりと休んでいる！

否定詞を伴う最上級表現が三回使われ、allが二回、fair, bright, beauty, beautifully, majesty, splendour など賛美を表す語を多用しているが、大げさな、あるいは空疎な感じは受けない。まずこの詩で注目されるのは、作者が都市のまん中にいるのではなく、適度の距離をとっている点である。作者はウェストミンスター橋というやや高い所から、ロンドンの街を俯瞰している。そして時刻は、朝、住人が活動し始める前であり、人の気配は潜在しているが、前面には人の姿は

一人も見えない。船、塔、ドーム、劇場、寺院、家々が見えるが、都市のイメージとしてはそれがすべてである。その日はロンドン名物のスモッグもなく、朝の空は晴れ渡っている。太陽の最初の光が、谷や岩や丘を染めるように都市を浸している。この詩の四―五行について、ある読者が「この都市は今、衣裳のように暁の美をまとう」（This City now doth, like a garment, wear / The beauty of the morning）といいながら、すぐに「裸に」（bare）と続けるのは、論理矛盾だと指摘し、作者もその点を改正すると約束したが、結局はもとのままになったそうである。この矛盾した表現があまり抵抗なく受け入れられる理由は、ロンドンが「美をまとう」のは、「煤煙のない」（smokeless）まれな時であり、普段はよごれた煙に包まれているからである。少しのちの時代、都市の汚染がさらにひどくなった時代に生きたG・M・ホプキンズは、煤煙に汚れた褐色の夜明けの空に、神の栄光を見ざるをえなかった。[19] ワーズワスにとって、都市が美しさを示すのは、それが自然の装いを帯びた時に限られる。

だから「ウェストミンスター橋」は、ロンドンの風景を歌っているとはいうものの、本質的には自然の風景と変わりはない。街は「野にまた空に、開かれている」。つまり、都市の周囲には広大な自然の広がりが感じられるし、テムズ川は、人間と関わりなく、「自らの意志で」流れている。この詩におけるロンドンは、「谷、岩、丘」と本質的に変わりはない。（「谷、岩、丘」は実際には見えないのだが、言葉で表現されることによって、読者にイメージとして残る）。そして最後の二行で、家々は生き物のように眠り、大都市という「力強い心臓」（that mighty heart）が静かに脈打っている。それは「うるわしい夕べ」'It is a beauteous evening' という詩の「大いなる存在」(the mighty Being)（六）を思わせ、大自然の生命力と同じものではないだろうか。つまり作者は、都市をほとんど自然に変えてしまったといえるのではないか。

ついでながら、ワーズワスといえども、この詩におけるほどの輝かしさ、晴朗さに達しえたのは、そう何度もあったことではない。この詩の輝かしさは、「決意と独立」の始め三連における、雨上がりの朝の輝かしさに匹敵するであろう。「決意と独立」の冒頭では、朝の光照り輝き、鳥歌い、川音高く、雨のしずくに輝く野山は今生まれたばかりのようにみずみずしい。野兎が水しぶきをあげて走り回り、それが陽に当たって虹色に輝く。語り手の意識もそのしぶきのあとについて走る。卑小な自我意識は消え去り、外界と一体になる。自然の風景を写実的に描くだけで、これほどの輝かしさを伝え、読む者を幸福にするこの三連は比類がない。（この詩の第四連以下で語られる、ヴィジョンの喪失、そしてそれの償いとして、モラルの主張という点からふり返って、よけいに冒頭の輝かしさが引き立つのかもしれないが）。「不滅の告知への賛歌」'Ode: Intimations of Immortality from Recollections of Early Childhood' に歌われた「牧場、木立、川、大地、すべての平凡な眺めが、私には天上の光に包まれているように見えた」（一－四）という瞬間を、論じるのではなく実際に詩に定着しえたケースは、大詩人ワーズワスにとってもそう多くはなかった。

「決意と独立」では、作者は自然のまっただ中に身を置いているのに反し、「ウェストミンスター橋」では、少し距離をとって都市に向きあっている。そして前者の始め三連が、輝き音をたて動く自然を描いて輝かしいのに反し、「ウェストミンスター橋」は、都市が静かで不動であるために美しい。人間が活動を始めて、大勢の人間の姿が現れると、都市はその壮麗さを失うであろう。ワーズワスは「ウェストミンター橋」でいわば都市を自然化し、「決意と独立」の始め三連では、自然を生物化（活性化）することによって、同じような輝かしさを出したといえる。

さらについでながら、「ウェストミンター橋」のソネットを書くもとになったロンドン光景は、フランス革命後の興奮のうちに同棲し一女をもうけた相手、アネット・ヴァロンとの関係を、結婚を控えて清算すべく、妹ドロシーに伴われてフランスへ渡る途中、馬車の上から見たものだという。[20] 作者の心には、革命、恋人、娘への思いが去来していたと推測されるが、そういう人間くさい状況で、かくも晴朗な詩を生み出すことができるのも、ワーズワスに独特な想像力の働きであろう。

ところで、『序曲』第七巻には、「ウェストミンスター橋」のような光輝く都市風景は見られない。だが、それとは別種の、わびしくもの哀しい、しかし心にしみる都市風景がある。

　　例えば夜の静けさ、
自然のしばしの休息の時間の荘重さ、
そういう時人生の大きな潮流は静まって停止し、
あすという日の仕事はまだ生まれず、
過ぎ去った仕事は墓の中に閉じこめられたようだ。
風景の静けさと美しさ、

空、沈黙、月光、人のとだえた街路、
砂漠のように物音はめったにしない。
冬の夜がふけると、健康を害する雨が
激しく降って、まだ人の動く気配がする、
どこかの不幸な女の弱々しい誘いの声が
通りすがりに時おり聞こえるが、
誰もふりむく者はないし
聞こうとする者もいない。

（六二九―四二）

ノートン版『序曲』の編者は、このロンドンの情景の静けさ、美しさは、「ウェストミンスター橋」のソネットに比較しうるという。[21] しかしもちろん、光景の質はまったく異なっている。このようなわびしい都会の情景は、リンデンバーガーらもいうように、やがて十九、二十世紀に数多く書かれることになる、わびしい都市風景の詩の先ぶれといえるだろう。[22] ――「遠くの方で、生のざわめきがまた始まる。ぬか雨の中、人気《ひとけ》のない街路に、ぞっとするような、しらじらしい夜明けが来る」（テニソン『イン・メモリアム』*In Memoriam*）。「薄暗い大気が、都市《まち》を包みこむ。ある者には安らぎを、ある者には憂いをもたらしつつ……」（ボードレール「沈思」**'Recueillement'**）。「〈雨月《プリュヴィオーズ》〉は、都会の全体に向かって腹を立て、その水甕《みずがめ》からなみなみと、暗黒な冷たさを、隣の墓地の色あおざめた住人たちに注ぎかけ……」（ボードレール「憂鬱」

'Spleen')。「感情の封鎖、東風の襲来。ああ、雨が降り、日が暮れて、風が吹いている。……肺病が一区の方々に拡がって行って、大都会をみじめにするものがすべて始まる」(ラフォルグ「冬が来る」'L'Hiver qui vient')。「煙くさい一日が燃えつきて灰になる。今にわか雨が吹きつけて、君の足元に、枯れ葉や、空き地から飛んできた新聞紙などの、汚いゴミを包みこむ」(T・S・エリオット「序曲集」'Preludes')。

これらの詩句の共通点は、風景の背後におびただしい人間の気配がひそんでいるが、表面には人影がほとんど見えないことである。そのため、街のわびしさ、うつろさが、いっそうつのるのである。多くの詩人にとって、こういう都市風景は、外部の風景であると同時に、孤独、虚無、倦怠といった内面の心象風景である。ワーズワスにとって、こういう風景は、一見「精神の助けをあまり借りずに力を発揮する、それ自身で自足した風景」(六二七―二八)だという。しかし、「精神が反応し、感じる心が敏感か、鈍感かに応じて、存在したりしなかったりする」(一八五〇年版 六六九―七一)風景かもしれないともいう。このような前言取り消しの口調にも、都市に直面した時のワーズワスの頼りなさ、パースペクティヴ喪失が見られ、例の洞窟内の光景のたとえが思い出される。しかし、とにかくこういう風景が彼の心に訴えかけるのは、そこに人間の姿が見えないからではないだろうか。「ウェストミンスター橋」の詩もそうであったが、ワーズワスの都市風景は人間不在の時にその魅力を見せる。人間と事物が増えるにつれ、風景は混乱し、詩人の意識はそれに対応できなくなる。その極端な表れが、ワーズワスがロンドンの究極のシンボルだとみなすバーソロミューの大市である。

6　再び解読不可能性

都市の無意味な混乱の象徴として、『序曲』第七巻の最後に、バーソロミュー大市の「空疎な混乱」(blank confusion)（六九六）が描かれている。群衆（嵐をはらんだ黒雲）を背景に立っていた盲目の乞食（日光の筋）は背景に退き、再び大群衆が前景に出てくる。地と図柄、周辺と中心が再び反転する。

目と耳にとって何たる地獄、
何という混乱と喧騒、
野蛮で地獄的――
色、運動、形、姿、音、どの点をとっても奇怪な夢だ。
下のほう、あいた空間は、広い場所の
隅々に至るまで、ちらちらとおびただしい頭が
動いている。中間と上のほうは
けばけばしい絵、巨大な垂れ幕、
物言わず宣伝している怪物たちでいっぱいだ。

（六五九―六七）

このバーソロミュー大市の描写は、語り手がかつて心惹かれた、ロンドンの街頭光景——色や光や形の目まぐるしい乱舞、騒々しい喚声、胸の悪くなるほどの人の群、商標や看板、動物や楽隊、見世物やパノラマ（一五四―一七九）を、凝縮し一か所におし込めた感がある。その意味で、まさに作者のいうとおり、この市《いち》はロンドンの「縮図」（a type 一八五〇年版 true epitome）である。

十八世紀におけるバーソロミュー・フェアーその他のロンドンの市の盛況ぶりは、多くの記録に残っている。ポープやスウィフトが描写しているし、ホガースが絵に描いている。フェアー（市、縁日）はカーニヴァル的活力の世界であり、ワーズワス自身、不安をまじえながらもそれに魅惑されたふしがないでもない。しかし「人間の耳目」と対象物がバランスを保つというワーズワスの詩学にとって、これほどやっかいなものもないだろう。それは「目と耳にとって何たる地獄」であろうか。語り手は、「地獄」の他に、「混乱、喧騒、野蛮、怪物」といった語を使って、不快さを表明している。

それにしても、次のような描写は地獄とも祝祭ともとれるであろう。

移動可能なものはすべて、あらゆる所から
すべてここに運ばれてきている。
白子、顔料を塗ったインディアン、小人《こびと》、
知恵ある馬、学者の豚、

石食う人間、火を呑む男、
大男、腹話術師、姿の消える娘、
口をきき目玉をぎょろつかせる胸像、
蝋人形、機械仕掛け、現代の魔法使いたちの
驚異の技術のすべて、猛獣、人形芝居、
あらゆる不自然、とっぴ、異常なもの、
自然の造りなす奇形、プロメテウスのごとき人間の考え、
人間の鈍感、狂気、離れ業、
何もかもごたまぜになって、この怪物たちの議会を
作りあげている。テントや小屋は、そのあいだに、
あたかも全体が一つの巨大な工場であるかのように、
男、女、三歳児、腕に抱かれた赤ん坊たちを、
あらゆる側に、吐きだし、呑みこんでいる。

(六八〇—九五)

ここに描かれる「怪物どもの会合」、フリーク・ショーの第一の特徴は、造化の神を嘲弄するかのような、人間と動物と物体の混交ぶりである。怪物になった人間。知恵をつけて人間になった動物。人間になった工芸品や機械仕掛け。「あらゆるカテゴリー間の境界が混乱し、侵犯される[23]」。これは価値の上下が混乱するカーニヴァルの特徴であるが、ワーズワスの詩の世界にはな

じまない。第二の特徴は、バーソロミュー大市が、都市における代表的な組織である「工場」（mill）や「議会」（parliament）になぞらえられていることである。とりわけ、労働者たち（当時、女子供の労働者も多かった）を呑みこみ吐きだす工場のイメージは印象的である。右の引用の最後四行からは、娯楽を消費するおびただしい人間が、逆に工場に呑みこまれて消費されているかのような印象を受ける。[24] 第三の特徴は、人間・動物・物体の見境ない混交からもわかるように、おびただしい差異があっても、それが有意義な意味を生みださないことである。ここでの差異は、例えばパノラマの映しだす（現実ではない）セント・ポール寺院とアルハンブラ宮殿、石を食う男と火を呑む男、計算のできる馬と豚の差異といった些末なものにすぎない。

おお、空疎な混乱（blank confusion）！
あちこちにいるはぐれ者（a straggler）は別として――
おびただしい住民全部にとって――
これはこの強力な都市そのものの象徴（type）というにふさわしい。
これは人間にとって差異のない世界（An undistinguishable world）なのだ、
みじめな仕事から解放されぬ奴隷のような人々、
つまらぬ事物の、たえまない同じ（same）流れの中に
暮らしていて、
法則も意味も目的もない差異（differences）によって

溶けあって一つの同じもの（one identity）になってしまっている、
この重圧の下では、最も気高い心の人でも苦しまねばならず、
最も強い個性の人でも自由になれない。
（六九六―七〇七）

「意味を生みだすのは実体ではなく差異にほかならない」というのが、構造主義以後の理論の前提である。しかしながら、この詩の語り手は、都市の中におびただしい差異を見るが、その差異から意味を発見することができない。差異はあっても、それには「法則も意味も目的もない」。かえって住民全部が「空疎な混乱」という同じ状況の中で暮らしている。都市においては混沌と画一化が同時進行するというこの批判は、現在なお有効な批判であろう。

この混乱に秩序と統一を回復するのが、自然の中での生活であり、第七巻の終わりで述べられる、山々の感化力である。「山々の姿の変化する言葉が、人間の思いを動かし、多様な思いに秩序と関連を与える」（七二八―三〇）。自然は差異に統一をもたらす。この考え方は第八巻に続いてゆき、その冒頭では、ヘルヴェリンの山懐に抱かれた村人たちの小さな祭りと市《いち》が描かれる。それはバーソロミューの市に似た形を持ちながら、その共同体の生活の穏やかさ、好ましさは、バーソロミューの喧騒・混乱と対照的である。しかし、自然の感化力が都市の提起する問題の解決になるだろうか。やがて、ますます進行する都市化、工業化の時代に生きることになる近代の作家や詩人は、都市という「空疎な混乱」の中に意味を、美をさえも、発見せざるをえなくなるであろう。

＊

ワーズワスは都市の意味を十分に解読できなかった、あるいはそれを拒否した。バーソロミュー・フェアーについての彼の見方からすると、都市とは、おびただしい差異があっても、それが意味を生みださない場所である。しかし、ロマン派的な統合に向かうよりも分裂と多様性に傾斜する『序曲』第七巻[25]は、かえって他の巻より現代のわれわれに訴える要素が多いかもしれない。人間は現実と幻想、実体と表象が交錯し変転する場に生きている。人間が言語を使う以上、多かれ少なかれ、そういう状況を免れることはできない。そして、そういう状況を如実に示すのが都市なのである。

第五章

都市の多様性解読

ポーと推理小説の誕生

マリーが何時に、どの道筋を通って、家から叔母さんの所へ行ったにしろ、誰ひとり知り合いに会わなかったし、マリーの顔を見知っている人にも会わなかった、というのは可能であるのみならず、大いにありそうなことである。この問題を十分適切に考えるには、パリで最も著名な人物でも、その個人的な知り合いの割合は、パリの総人口とくらべると微々たるものだということを、心にしっかりとめておかねばならない。

——「マリー・ロジェの謎」

ミステリー〔推理小説〕は現在、日本や英米で、小説としてのみならずテレビドラマや映画としても、大量生産・大量消費されている大衆文化のジャンルである。現代生活につきもののストレスと倦怠。それをまぎらすための想像上の惨劇とスリル。謎を合理的に解決することから得られるカタルシス。犯人がつきとめられ罰せられるのを見ると、倫理感覚が満たされたような気にさえなる。推理小説が現代人の心理と嗜好に合うであろうことは、容易に理解できる。ミステリーはその舞台としても、それが読まれる場としても、現代生活、とりわけ都会生活と切り離せない。

推理小説の始まりは、一八四一年に発表されたエドガー・アラン・ポーの短編小説「モルグ街の殺人」"The Murders in the Rue Morgue" であるという点には、意見の一致を見ている[1]。世界最初のこの作品において推理小説のパターンはほぼ完成され、その後このジャンルの発展はじつにめざましかったが、それはポーの原型の変奏と応用、あるいは拡大化と精密化にすぎなかったという点についても、大方の意見は一致している。ポーは推理小説を全部で六編、しかも短編しか書かなかったが、そこには推理小説のほとんどの要素が出そろっている。不可解な事件の発生。密室殺人。警察の誤認逮捕。名探偵登場。その鮮やかな推理。意外な犯人。暗号解読。天才肌の探偵とその活躍を記録する凡庸な語り手。結末で関係者を集めて真犯人を指摘する方法。これらの要素は、以後ミステリー発展のコースを完全に決定することになった。では、なぜに歴史の新しいアメリカで、都市の発達も遅かったアメリカで、推理小説が誕生したのだろうか。その理由は、たぶんに作者ポーの創意工夫の才に帰せられるにしても、同時にそういうタイプの作品を生み出した時代と場所の特徴も、大いに関与しているはずである。本章では、ポーの作品を手がかりに、推理小説を生み出した土壌であるアメリカの社会状況を考え、さらに今なお隆盛をきわめているこのジャンルの特質を考えてみたい。

1　農村における同化？　都市における差異化

「モルグ街の殺人」が発表された一八四一年頃、アメリカでは都市が飛躍的に発達した。一八三〇年に約一、四〇〇万人であった都市人口は、一八六〇年には六、二〇〇万人にふくれあがった。[2] ニューヨークの人口は、一八〇〇年にはわずか六万人であったのが、一八六〇年には六〇万人になった。[3] 都市では、過密・貧困・疫病・火災・犯罪などの都市問題が深刻となり、警察組織の整備も必要となった。こういう都市的状況が推理小説誕生の温床になる。

都市的状況との対比という点から、まず農村について考えてみよう。アメリカ合衆国はもともと農業国として出発し、農本主義に価値をおいた国である。初期ピューリタンたちにとって、農耕をしていたカインが、人類最初の殺人者になったのち、追放されて都市を建設したというイメージもあっただろう。都市は容易に悪徳と結びつけられた。トマス・ジェファソンは都市のない文明を理想とした。(civilization は civitas（都市の市民）に由来するから、じつは「都市なき文明」というのは矛盾である)。ジェファソンは一方で建築と音楽を愛する教養人であったが、他方、都市生活は頽廃に陥りやすいとして忌避し、自営農民を新生国家の担い手とみなした。彼は、やがては黒人と先住民にも農業を教えて自営農民にすることを考えていた。[4] 彼のヴィジョンは農業を根幹にすえた国家の統合であった。そこでは人種・職業・階級の差異や多様性を避けて、農業を通じての平等と同質性がめざされていた。

　ジェファソンより少し前のクレヴクールもまた、同質性をめざした人物である。彼は『アメリカの一農夫の手紙』*Letters from an American Farmer* の最も有名な箇所で、「アメリカ人は、イングランド人、スコットランド人、アイルランド人、フランス人、オランダ人、ドイツ人、スエーデン人の混血（mixture）で、この無差別な雑婚（promiscuous breed）からアメリカ人と呼ばれる人種ができた」という。そしてアメリカ人とは「新しい人間、他のどの国にも見られない不思議な混血」[5]だと定義した（ただし、この「メルティング・ポット」論からヨーロッパ人でない人種は排除されていた）。これは最も早いアメリカナイゼーションの主張である。クレヴクールの書物の題名からわかるように、彼も農業を通じてのアメリカの同一化を理想とした。現実にはアメリカの農業社会にもさまざまな差異があり、権力構造が存在したはずである。王党派であったクレヴクールは、アメリカ独立の気運が高まってくると、共同社会分裂の予感に襲われることになった。しかし、彼もジェファソンも、理念としては、農業社会を基盤とする同一性と統合を志向した。

　一八一二年、第二次対英戦争が起こって工業製品の輸入がとだえた時、ジェファソンはアメリカにおいてもある程度の都市化・工業化はやむをえないと考えた。この頃から、アメリカは農業国でありつつも、急速に都市化への道を進むことになった。そして都市においては、統合よりも多様性、同一化よりも差異化がめだってくる。国勢調査によると一八五〇年の都市の状況は、例えば次のようなものである。ニューヨークの第4区39番地には、ポーランド人の洋服屋、ロシア人の帽子屋、アイルランド人の靴屋、ドイツ人の家具職人、イングランド人のランプ作りが住んでいた。彼らは密集して住んでいたが、お互いによそ者どうしであった。ニューヨークの住民の六〇%が、外国生まれつまり移民であるか、ニューヨーク以外の生まれ、つまり都市への流入者であった。[6]

大都市においては、「不思議な混血」という同一化ではなく、人種の差異と、そこから生じる混乱と軋轢がめだつようになる。「モルグ街の殺人」は舞台をパリに設定しているが、このような人種や職業の差異のめだつ、十九世紀中頃のニューヨークの状況を反映していると思われる。被害者のレスパーネ母娘が殺害された時、近くにいて犯人らしい者の声を聞いたと証言した人々の人種・職業は、じつにさまざまである。

警察官イジドル・ミュゼは次のように証言している。彼は朝三時頃その家へ呼ばれたが、二、三十人の人々が戸口にいて、何とか中へ入ろうとしているのを見た。……最初の踊り場へ来た時、大声で怒って争っている二つの声を聞いた。一方は荒々しい声、他方はずっとかん高い異様な声だった。始めの声は二、三語聞きとれたが、それはフランス人の声だった。女の声でないことはたしかだった。「くそっ」「ちくしょう」という語が聞きとれた。かん高い声は外国人の声だった。男の声か女の声かはっきりしない。何と言ったのかもわからないが、スペイン語だと思った。……

隣人のアンリ・デュヴァルは、職業は銀細工師で、自分は最初に家へ入った集団の一人だと証言した。……この証人は、かん高い声はイタリア人だと考えている。フランス語でないことはたしかだ。男の声かどうかはっきりしない。女の声だったかもしれない。自分はイタリア語を知らない、言葉も聞きとれなかったが、抑揚から見て、話していたのはイタリア人だと確信している。……

料理店主——オーデンハイメル。この証人は自ら証言を申し出た。フランス語が話せないので、通訳を通して尋問を受けた。アムステルダムの生まれである。……かん高い声は男の——フランス人の声だと確信している。発せられた言葉は聞きとれなかった。大声で早口で——むらがあって——怒ってもいるし怖がってもいるような話し方だった。……[7]

密室内のかん高い声が何であったかについて、証人たちの証言はさらに続く。イギリス人の洋服屋はそれをドイツ語だという。スペイン人の葬儀屋は英語だという。イタリア人の菓子屋はロシア語だという。これら諸言語を話すさまざまの人々の間に、交流は生じず、バベルのような混乱があるだけである。ここでめだつのは、人種・言語・職業の差異であり、また多くの証言者のもたらす情報のくいちがいである。人々も警察もこれらの差異を前にしてなすすべがない。ひとり名探偵デュパンだけが、差異を解読して真実に到達する。現実には、一つの声をめぐってこんなに多くの奇妙な証言が出てくることはありえない。しかしここでは、証言そのものよりも、差異が強調されていることが重要である。推理小説の特徴の一つとして、差異を読みとり、錯綜する多様なものから一つのパターンを発見することが挙げられるだろう。そして、こういう差異と多様性を数多く発生させる場所が都市である。

都市人口が爆発的に増えていた時代、一八五二年に発表されたメルヴィルの『ピエール、曖昧なるもの』*Pierre, or the Ambiguities* では、都市のバベル的混乱はさらに強まっている。主

「モルグ街の殺人」(1971年)
世界で最初の推理小説は数回映画化されている。

人公は緑輝く田園で幸福な生活をしていたが、作家になるためニューヨークに出かけてゆく。初めて入ってゆく大都会の夜の光景は魔界のように恐ろしく、まさに「ガス灯に照らされた巨大な魔境」[8]である。同行しているイザベルは、地球全体が舗装される時代が来るのを想像しておびえる。恐怖の最たるものは、警察の留置所の風景であろう。

何ともいえぬ混乱状態で、血迷った、病人じみた、あらゆる肌の色の男女が、あらんかぎり、けばけばしく、下品で、醜悪で、ずたずたに裂けた服装をして、ピエールのまわりで、跳びはね、わめき、悪態をついた。黒人女たちの破れた木綿のスカーフ、褐色の女たちの赤いガウンは、ぼろぼろにたれて、胸もあらわで、それにまじってまっ赤に口紅をぬった白人女たちのほころびたドレス。裂けた上着、格子縞のチョッキ、はみだしたワイシャツ姿の、青白い、あごひげの、やつれた、くちひげの、あらゆる国の男たち……四方八方から、酔いどれ男女の声が聞こえた。英語、フランス語、スペイン語、ポルトガル語、そのあいまにときどき混じるのは、人類の言語のうちで最も汚い、隠語や符牒といわれる、あの罪と死の方言。[9]

ここには人種・言語・性別・年齢・服装・表情のおびただしい差異が、混乱のまま投げ出されている。『ピエール』は推理小説ではないが、ここに見られるようなアメリカの急速な都市化と、多民族国家の持つ多様性が、推理小説を生みやすい土壌であるといえる。

ところで、『ピエール』からの引用に見られた黒人あるいは褐色の人間は、「モルグ街の殺人」

では表面に現れていない。犯人の発した奇妙な声が、アフリカやアジアの言語ではない理由の一つとして、デュパンは「アフリカ人もアジア人もパリにはそう多くないのだ」と述べている。ポーの時代のニューヨークには、アフリカ人やアジア人がまだ少なかったのだろうか。ここには作者の、おそらく意識せぬ隠蔽があるように思われる。なぜなら、「モルグ街の殺人」では、凶暴な黄色い猿（アジア人？）が登場する。実際のオランウータンは決して凶暴ではないのに、作者は事実をまげている。また、もう一つのデュパンの物語「マリー・ロジェの謎」"The Mystery of Marie Rogêt" の結末では、「海の向こうから来た異様に顔の黒い男」（黒人？）が登場する。彼は実際は白人の海軍士官なのだが、顔色の黒さがくり返し言及されている。作者には黒人やアジア人などのマイノリティーの顕在化を抑圧する無意識的な心理があって、そのためカモフラージュした形で黒人やアジア人に言及することになったのかもしれない。

2　差異の解読、遊民

都市における差異を読むというテーマを典型的に示しているのは、ポーの短編「群衆の人」"The Man of the Crowd" である。この作品は「人の心は解読できぬ書物である」という前置きから始まるが、語り手が試みるのは、一貫して「読み」、「解読」の行為である。語り手はロンドンの繁華街のコーヒー店にいて、新聞を読み、広告を読み、大きな張り出し窓から外を見て、街路を流れてゆく群衆を「読む」。当時、メトロポリスと、そこに群がる群衆はめずらしい現象であった。

初め私の観察は抽象的で一般的な性質のものだった。私は通行人たちを塊として眺め、集団として考えていた。ところが、まもなく私は細部にまで注意がゆくようになって、数知れぬさまざまの姿、服装、態度、足どり、顔かたち、顔の表情をじつに興味深く細かく観察した。[10]

語り手のこの観察ぶりは探偵の目を思わせる。彼は初め人間集団を、群衆として、差異のない「塊」（**masses**）として見ていたが、まもなく群衆を微細に観察し、その「限りない差異」（**innumerable variables**）から群衆を解読しようとする。その結果、群衆はさまざまな階層から成ることがわかる。まず貴族、商人、弁護士、小売商人、株式仲買人など、自分で事業を営んでいる人々。ついで店員、事務員階級。これには二種類あって、インチキ商店の下級店員と、堅実な会社の上級社員。さらに、上層階級を装った掏摸《すり》、賭博師、ハイカラ男と軍人。階層を下におりてゆくと、ユダヤ人の行商人、職業的な乞食、不治の病人、長い労働が終わって帰途につく若い娘たち、あらゆる種類あらゆる年齢の夜の女たち、無数の得体のしれぬ酔っぱらい。その他、特徴についての描写は省かれているが、さまざまな運搬夫、街頭の物売り、芸人、ぼろをまとった職人、疲れきった労働者など。語り手は上流階級にはあまり関心がなく、夜の深まりとともにめだってくる、下層の人々に引きつけられる。語り手の視線は、『ピエール』の恐ろしい夜の光景の場合と同じく、都市の暗黒部に向けられている。

語り手は、人々の服装・態度・表情などから、その階層と職業を解読する。彼の解読方法には、にわかには信じがたいものもある。たとえば会社の上級社員のめやすの一つとして、「彼らはみな頭が少しはげていて、右耳の端が、長年ペンをはさんできたので、奇妙に突き出ている」とか、「帽子を脱いだりかぶったりする時いつも両手を使う」とかを挙げている。こういう説明は、推理小説によく見られる根拠の不確かな推理のように、まゆつばものに思える。それは解読というより、解読行為のパロディのようで、作者が読者をからかっているのかもしれない。しかし、ここで重要なのは、「群衆の人」という作品が、都市における差異を解読するという点で、推理小説の特徴を備えているということである。

語り手のいうことを信じるとすれば、彼が群衆を読みとる能力はますます冴えて、街灯に照らされた人の顔を「一瞬ちらりと見るだけで、その来歴を読みとれることがよくあった」という。ところが、そういう語り手にも理解しがたい人物が一人登場する。それは年の頃六五か七〇歳くらいの老人で、彼の表情は複雑怪奇でとても解読できない。好奇心にかられた語り手は「あの胸のうちにはどんなに異常な経歴が書きこまれているのだろう」とつぶやいて、その老人を尾行する。老人はつねに群衆の中に身を置くように行動していて、雑踏を求めて、大通りから、にぎわう市場へ、さらに劇場へ、酒場へ、またもとの繁華街の大通りへと、一昼夜さまよい歩いてあきることがない。彼が「群衆の人」とよばれるゆえんである。彼の心に書かれている秘密は、語り手にも読みとれない。結局この作品は、「人間の心はついに解読できぬ書物である」という冒頭の命題を確認して終わる。

ヴァルター・ベンヤミンは「群衆の人」が推理小説の骨格を持っているとして、次のように述べた。

ポーの有名な短篇「群衆の人」には、探偵物語のレントゲン写真のようなところがある。探偵物語がまとっている衣裳、つまり犯罪が、この短篇には欠落している。残っているのは骨組だけだ——追跡者、群衆、そしてひとりの未知の男。この男はロンドンを歩きまわるが、いつでも群衆のなかにいるようなぐあいに、道をとっている。この未知の男こそ遊民そのものである。ボードレールもそう理解していて、かれのギィス論のなかで、遊民を「群衆の人」と呼んだ。しかしポーによるこの人物の描写は、ボードレールによるそれとは違って、なれあいとは縁がない。ポーにとっては遊民は、何よりも、自己の社会のなかに安住できない人間なのだ。だからかれは群衆をもとめる。かれが群衆のなかに身をかくす理由はそのあたりにあるだろう。非社会的人間と遊民との差異を、ポーはことさらに消し去っている。[11]

ベンヤミンが「探偵物語のレントゲン写真」とか「犯罪という衣裳が消えてしまって、あとに残ったのは骨組だけ」というのはどういう意味だろうか。「群衆の人」が一連の推理小説よりあとに書かれた一変種であるという意味ならば、それは事実に反する。[12]「群衆の人」が先に書かれて、それが推理小説へと発展したからである。しかし、「群衆の人」が探偵小説の骨組を持っているというのは正しい。また、ここに登場する謎めいた老人が、群衆の万華鏡のような多様性を楽しむ、ボードレールの遊民とは違うというのも正しいであろう。この老人にはむしろ犯罪者の面影があって、見えざる追跡者におびえつつ、それから逃れるため群衆の中に身を隠しているようなところがある。ベンヤミン自身も「探偵小説の根源的な社会的内容は、大都市の群衆のなかでは個人の痕跡が消えることである」[13]と述べている。追手から逃れるためにロンドンの人込みの中に身を隠すというのは、ゴドウィンの小説『ケイレブ・ウィリアムズ』*Caleb Williams* などでも見られた。木の葉を隠すには森の中がよく、石ころを隠すには石の多い海岸がよいと言ったのは、G・K・チェスタトンの創造した探偵、ブラウン神父である。本当に姿をくらましたい者にとっては、迷宮の隠れ家よりロンドンの群衆の中がふさわしいと言ったのは、ボルヘスの短編の中の人物である。あるいは「盗まれた手紙」"The Purloined Letter"の場合のように、一番よい隠しかたは、隠さないことである。「群衆の人」の謎の老人は、社会から疎外された人間であり、犯罪者として群衆の中に身を隠していると解釈できる。

「群衆の人」はロンドンの情景を描いているが、群衆が密集する大都市の典型としてロンドンが選ばれたのであって、この群衆観察はパリやニューヨークにもあてはまったであろう。「通行人はしだいに少なくなって、公園近くのブロードウェイで昼に普通に見かけるくらいの数になった——ロンドンの人口と、アメリカで一番にぎやかな都市の人口の間には、まだ大きな差があるのだ」という記述は、作者の念頭にニューヨークがあったことを示している。先に引用したニューヨーク第4区39番地のような事態が到来するのは「群衆の人」が発表された十年後にすぎない。

ベンヤミンの引用中もう一つ重要なのは、「遊民」（flâneur）に関してである。街路をさまよって都市の人物や事物を観察し、そうすることに実用とは無縁の愉悦、ほとんどエロティックな感覚を経験するボードレール的なフラヌールは、十九世紀前半アメリカにも誕生した。ポーと親交のあったN・P・ウィリスが典型的なフラヌール作家であったし、ポーやホーソーンにもそういう一面があった[14]。そもそも「群衆の人」の語り手自身がフラヌールであると考えてよいであろう。彼は病みあがりの異様に鋭敏な感覚をもって群衆を観察し、群衆に夢中になる。そして「群衆の人」が発展して書かれた推理小説「モルグ街の殺人」の探偵、オーギュスト・デュパンは、はっきり遊民の特徴を示している。

私たちの隔絶ぶりは完璧だった。訪問客はたえてなかった。私たちの隠遁の場所は、私の以前の友人たちには用心深く秘密にしてあった。そしてデュパンがパリで人を知り、人に知られた時期から、もう何年もたっていた。私たちは二人だけで生きていた。

　わが友は気まぐれな空想（という以外に何と呼べよう）のせいで、夜を夜自体のために愛した。そしてこの奇怪な趣味に、彼の他の趣味にと同様、私もいつしかはまって、彼の奔放な気まぐれに私も思いきり呑まれてしまった。暗闇の女神はいつも一緒にいてくれるわけではない。が、にせの夜を作ることはできる。朝が白みはじめると、われわれは古い屋敷の重々しい鎧戸を全部閉ざし、強い香料入りのロウソクを数本ともす。それは弱々しいがこの世とも思えぬ光を放つ。こういったものの助けを借りて、私たちはもっぱら夢想にふけり――本を読み、書き物をし、会話を交わした。やがて時計が本物の闇の到来を告げる。すると私たちは腕をくんで街路に出撃して、昼間の話題を続けたり、夜ふけまで遠くあちこちさまよい歩いて、人の群れるこの都会の狂おしい光と影の中に、冷静な観察が与えてくれるあの無限の精神的興奮を求めたのである。[15]（強調原文のまま）

隠遁生活をして世界の秘密の探究にうちこむ人物は、ロマン主義的、ゴシック的人物としておなじみである。デュパンにはそういう古いタイプの人間の面影がある。あるいは少しのちの、ヴィリエ・ド・リラダンの描く高踏派の芸術家をも思わせる。しかしデュパンのもう一つの習癖、夜の街をさまよって「人の群れる都会の狂おしい光と影の中に…無限の精神的興奮を求める」という態度は、フラヌールに典型的なものである。フラヌールは窃視症のように見ることに執着するが、見たことをもとに想像を働かせもする。彼らが夜出歩くことが多いのは、隠遁者の心理のせいであるとともに、ディケンズの『骨董屋』*The Old Curiosity Shop* のフラヌール的語り手がいうように、「昼の明るさは、空想が築いた空中楼閣を、完成したとたん遠慮会釈なくこわしてしまうから」[16]である。なお、このようなタイプの遊民はわが国では、一九二〇年代の都市小説、とりわけ江戸川乱歩の探偵小説に出現する。そこでは「高等遊民」という言葉がよく使われ、彼らは定職もなく、街をぶらついて、奇妙な事件に出くわすのを生きがいにしている。乱歩と同時代の作家、谷崎潤一郎、佐藤春夫、宇野浩二らも、高等遊民の登場する小説を書いた。

そのようなフラヌールが興味を示すのが、犯罪、なかでも殺人事件である。しかし彼らの興味は倫理的でも社会的でもなく、彼らは事件をいわばスペクタクルとして消費するのであり、その態度は審美的である。[17] 一八三〇年代のアメリカでは、安新聞が犯罪記事を書きたて、裁判事件の報道がパンフレットの形で発行され、犯罪者の伝記が出版された。センセーショナルな事件の記事が、飛躍的にふえつつある読者に歓迎されたのである。ポーはそういう雑誌への寄稿者であり、同時に、興味本位の報道をするジャーナリズムへの批判者でもあった。[18] 犯罪に対する審美的、フラヌール的関心、すなわちド・クィンシーのいう「芸術としての殺人」(Murder as a Fine Art) から、推理小説、すなわちハワード・ヘイクラフトのいう「楽しみのための殺人」(Murder for Pleasure) までは遠くない。[19] しかしながら、推理小説は、最終的には謎の解読をめざすものであり、「解読可能な書物」でなければならない。ヘイクラフトは、アメリカの推理小説について、合理性と正義による解決という特徴を強調している。これは一般にアメリカ的と考えられているものの特徴でもある。推理小説には、単なる徘徊趣味に安住しがちなフラヌールの心理とは違う面もあることに注意しなければならない。

3 神秘の都市、孤独な群衆

アメリカ人にとって、都市のイメージというのは、聖書以来の伝統的な「悪徳の都市」対「天上の都市」であったが、十九世紀にはさらにこれに「神秘の都市」のイメージがつけ加わったという。都市を神秘と見るのは、都市の交錯する光と影の中に好奇心と興奮をつのらせるフラヌールの感じ方でもある。「神秘の都市のイメージ」(the image of the city as mystery)というのは、アメリカ研究の学者、アラン・トラクテンバーグの用語であるが[20]、彼のいうミステリー(神秘)としての都市が、ミステリー(推理小説)の舞台になると言ってよいだろう。

産業革命の到来とともに、ヨーロッパの諸都市が拡張しその性質を変化させるにつれ、神秘の表現様式もまた変化した。その表現はより世俗的なものになり、罪悪の都市ということより、都市の群衆や都市空間の新たな不分明さ、人間関係の新たな不可解さに焦点を合わせるようになった。「私の傍らを通り過ぎるどの顔もみな神秘だ!」とワーズワスは書いた。……南北戦争前のアメリカでは、チャールズ・ブロックデン・ブラウン、ポー、ジョージ・リパード、ホーソーン、メルヴィルはみな、都市を神秘として描写した。……

大都市は神秘そのものの範囲と規模を拡大した。従来の聖書的、ゴシック的な表現にはもはやおさまりきれず、新たな姿をとったが、それは社会・政治・テクノロジーの危機が融合したものであった。神秘はスペクタクルのレヴェルに高まった。都市生活の日常行為が、次々続く曖昧・謎・沈黙のスフィンクスになって、都市に住む人を悩ませる、と多くの人が述べている。[21]

この引用は直接推理小説について述べたものではない。しかし、原文にある 'a new inexplicableness in city crowds and spaces,' 'a new intelligibility in human relations,' 'The face of everyone...is a mystery!' 'the level of spectacle,' 'parades of obscurity, of enigma, of silent sphinxes challenging the puzzled citizen' などの表現は、まさしく推理小説の発生基盤として、あるいはその特徴としてふさわしいのではないだろうか。

「秘密の都市」というイメージが生まれるのは、一つには、孤立した人間が密集して住むという状況のためである。それは、すぐ隣に得体のしれぬ人物がいる、犯罪者や極悪人がなにくわぬ顔をしてひそんでいるかもしれぬという状況である。人の移動がはげしく、地縁・血縁の薄れた都市では、多くの人が孤立して生活し、隣人・知人・友人の来歴もよくわからない。都市が影と闇の部分を秘めているのみならず、その住人も他人にはわからぬ影の部分を宿している。孤独な群衆、それから派生する「人間関係の新たな不可解さ」が推理小説の背景にある。

「群衆の人」における、群衆の孤独はきわだっている。そこにはおびただしい群衆が登場するが、群衆のひとりひとりも、謎の老人も、そのあとをつける語り手も、すべて孤立していて、彼らのあいだにはどんな交流も起こらない。推理小説に登場する人物はほとんどが孤独な生活をしている。探偵デュパンは大都市のまん中で隠遁生活を送っている。彼を知る人はほとんどいない。「モルグ街の殺人」の犠牲者レスパーネ夫人とその娘は、人目につかぬ暮らしをしていて、隣近所とほとんどつきあいがない。身寄りがあるかどうかもわからない。この親子がなぜ午前三時という時刻に、起きて書類など調べていたのかわからない。これは近代都市に発生する類の「新たな不可解さ」である。トラクテンバーグのいう「都市生活の日常行為が謎になる」という状況がここにある。

このような孤立した人物、それゆえに生じる謎が、推理小説のテーマである。「マリー・ロジェの謎」の犠牲者マリーは、美人の香水売り子としてかなり顔が知られているが、失踪後彼女を見た者はいない。彼女の顔見知りは多いとはいえ、パリの人口から見ればものの数ではない。また、同居している母親は娘の生活ぶりをよく知らず、数年前娘が家出した時何があったのかも知らない。「おまえが犯人だ」"Thou Art the Man"の犠牲者シャトルワージー氏は、親友のグッドフェロー氏と兄弟のように親しくつきあっているが、この男の過去はよくわからない。「長方形の箱」"The Oblong Box"の語り手は、古くからの友人ワイアットをよく知っていると思っているが、本当はとんでもない誤解をしている。

親しいはずの友人や家族でさえ、謎の部分を秘めているという事態は、都市においては普通のことであり、そのテーマは推理小説にくり返し現れる。愛情深い夫が、妻の夢にも思わぬ別の人生を送っていたというケースが、ホームズものにある。自分の夫または妻がもしかすると殺人鬼ではないかとおびえるテーマの作品は数多い。日本では江戸川乱歩が、親友・親子・兄弟・夫婦間に生じる恐ろしい疑惑をよくテーマにした。短編「疑惑」はその代表的なものである。一九二〇年代には、日本の大都市においても人間関係がかなり希薄になっていた。「D坂の殺人事件」の明智小五郎は、幼なじみに出会っても、なつかしいという感情を起こさない。[22]「故郷喪失者」の多く集まる東京では、他者はすべて謎めいてみえる。最も近しい人の心の中にも謎がある。ここから、自分自身の心にも意識できない謎があるという認識まで、そう遠くないであろう。後述するように、推理小説は、近代社会においてめだってくる、人間の正体の不確かさ、自他のアイデンティティーの不安定さと関係が深い。

推理小説中毒であった詩人W・H・オーデンは、その推理小説論でいくつかの公式を発表した。彼は「イングランドの田舎に設定されていないような推理小説は、とても読む気がしない」[23]という。たしかに閉鎖的な圏内での殺人のほうが、容疑者も限定され、意外性もあって、インパクトが強いであろう。アガサ・クリスティの、ミス・マープルが活躍する作品などでは、イングランドの片田舎でよく事件が起きる。オーデンの意見、「エデンのようであればあるほど、殺人との対照がきわだつ。都会よりも田舎のほうが好ましいし、スラム街より高級住宅地が好ましい」というのは真実である。だが、たとえ閉鎖的な田舎で事件が起きるにしても、そこは外の世界とつながっていて、クリスティによく見られるように、田舎の住人もかつて都会に住んでいたり、インドや中東での秘められた過去を持っていたりする。みんながみんなを知っている古い地縁社会は、そこに対立や葛藤があるにしても、推理小説にはなじまないであろう。みんながみんなにとって謎となる状況が、推理小説の舞台にふさわしい。

ところで、推理小説に登場する犠牲者や容疑者は、現実の事件の場合同様、たいてい孤独な群衆の一人であり、名もない市井の人である。犠牲者のレスパーネ親子は、あまり人とつきあわず、大都市のまん中でひっそりと暮らしている。容疑者として逮捕された青年、ル・ボンも平凡な銀行員である。証人たちもみなとるにたりぬ市民である。「マリー・ロジェの謎」の犠牲者マリーは、美しい若い娘であるが、平凡な人間であることに変わりはない。その母親も、マリーの知り合いの数人の男たちも、とくにめだったところはない。ところが皮肉なことに、彼らは犠牲者・容疑者・関係者になることによって初めて、それまではありえなかったような注目をあびる。とりわけ、残酷な殺され方をした場合は、生きていた時には起こりえなかった一種の非凡さを獲得する。[24] 逆にいうと、それは大都市の人間は、普段いかに存在感の乏しい生活を送っているかということであり、推理小説はこの事実をいまさらのように明るみに出す。ベンヤミンは「探偵小説の根源的な社会的内容は、大都市の群衆のなかでは個人の痕跡が消えることである。ポーはこのモティーフを、かれの探偵小説ではいちばん長い「マリー・ロジェの謎」で綿密に追求した[25]」と述べた。推理小説は、個人の痕跡が消える大衆社会で、そういう個人を消す（＝殺す）ことによってめだたせる（＝救出する）、というパラドックスを行なっている。

これと似たパラドックスが、推理小説の中のさまざまな証拠物件についても起こる。日常生活のまったく意味のないもの、例えばタバコの吸殻、地面の足跡、飲みさしのグラスの水、メモのはしきれといったものが、犯罪と関係するかもしれぬというだけの理由で、意味を持ち魅惑を帯びてくるのである。「マリー・ロジェの謎」における、マリーの名の刺繍されたハンカチ、ちぎれた布、ふみ荒らされた草むらの跡、「モルグ街の殺人」における、暖炉の煤、部屋の窓を密閉しているさびた釘などがその例である。近代生活の中でとるにたりない破片・断片と化した人や物が、不思議な光芒を帯びてくる。推理小説には索漠たる都市の日常生活を美に変え、詩情をもたらす機能がある。チェスタトンが述べたように、推理小説は「文明社会のささいなものにロマンスがあり、屋根瓦に測りつくせぬ人間性があることを強調する[26]」。それはまた都市のフラヌールがめざす目的でもあり、この点でも推理小説はフラヌールの心理と関係が深い。

4　不安定な自我、情報の解読

倒叙物《もの》と呼ばれる作品は別として、推理小説はその性質上、犯人を最後まで明かさないのが普通である。登場人物の心理を克明に描くと、犯人が誰であるかわかってしまうから、内面心理を深く掘りさげるということはしない。そのため推理小説は本格的な文学になりにくい。しかし一方、推理小説は他者とのつながりが希薄で、表層だけで生きている、近代の都市住民にふさわしいジャンルであるともいえる。前述のように、近代の生活では、他人はもちろん、親友・親子・兄弟・夫婦でさえ、その正体が明瞭でない。推理小説においては、普通、無実とみなされた者が犯人であり、犯人らしくみえた者が無実である。見かけと実体はつねに変動しているし、土壇場で逆転することもきわめて多い。人物のアイデンティティーは最後まで確定しない。ことさらアイデンティティーを混乱させるために、さまざまのトリックが使われる。人物のすりかわり、変装、一人二役、二重人格、双生児、催眠術、夢遊病、腹話術。わが国の探偵作家、江戸川乱歩、横溝正史、高木彬光らはこういうテーマを得意とした。ポーもまた、推理小説ではないが、「ウィリアム・ウィルソン」"William Wilson"で二重人格を、「アッシャー家の崩壊」"The Fall of the House of Usher"で夢遊病と双生児を、「催眠術の啓示」"Mesmeric Revelation"で催眠術を、「のこぎり山奇談」"A Tale of the Ragged Mountains"ではそのほとんどのテーマを扱った。

このように、アイデンティティー不明、あるいは、自他の区別の曖昧さは、推理小説の大きな特徴である。ポーの推理小説を調べてみると、探偵はその人格が分裂しているし、探偵と犯人（ときには被害者）が奇妙に同質の特徴を備えていることがわかる。また、真相を発見するのに、自己の意識を他者の意識に同化させるという方法が提案される。探偵の役目をはたすには、潜在的に犯罪者の素質が必要なのである。ここで、フランス警察の実在の刑事ヴィドックが、改悛した泥棒だったという事実を思い出すのもよいだろう。デュパンは夢想にふける傾向と冷静に理性を駆使する傾向に分裂している。「彼の気分を観察していると、私は二重霊魂（Bi-Part Soul）という古い哲学について思いにふけり、デュパンが二人いる――創造的な彼と分析的な彼――と空想しておもしろかった」と語り手はいう。この分裂した二つの能力があるため、彼は真理に到達できるのである。想像力（あるいは直観力）と分析力をあわせもった天才的探偵というタイプは、以後続出することになる。

「盗まれた手紙」においては、探偵デュパンと犯人D―大臣の類似がいちじるしい。両者とも数学者かつ詩人として、分析的能力と想像的能力をあわせ持っており、探偵は犯人と同じ発想ができるために手紙を発見できたのだし、犯人のやりかたをそっくりまねて手紙を盗むこともできた。二人は同じ頭文字Dで始まる名前を持っているが、これは「二重」(dual)や「分身」(double)を表すのかもしれない。また、この作品には血を分けた兄弟についての言及が多く、探偵と犯人の親近性を暗示している。「モルグ街の殺人」では、荒廃した住宅の四階に住むデュパンと語り手、モルグ街の住宅の四階にひっそり住んでいる被害者親子、マルセーユ出身の船乗りと彼の飼っている大猿――深夜にめざめているこれら孤独な三組に、奇妙な対応関係がある。

また探偵デュパン（Dupin）と容疑者ルボン（Le Bon）は、名前の形がよく似ている。[27]（ついでながら、やがてモーリス・ルブランがオーギュスト・デュパン（Auguste Dupin）の名を借りた怪盗アルセーヌ・リュパン（ルパン）（Arsène Lupin）を創ることになる）。

以上のことは、推理小説が近代的な自我の不安定さを背景に登場したジャンルであることを暗示しているであろう。そして、読者心理の面から見ても、読者は被害者に同化して恐怖とスリルを味わい、犯人に同化して破壊本能を発散させ、あるいは代償的罪悪感にとりつかれ、探偵に同化して問題解決によるカタルシスを得る。読者の立場も分裂しているのである。

ところで、読者心理の側から見れば、推理小説はリアリスティックな物語とみされ、他の大衆文学ジャンル、ロマンス、SF、幻想小説、冒険小説などとくらべると、リアリズムの要素が強い。「モルグ街の殺人」の犯行現場の描写などは、残酷すぎるほどリアルである。新聞記事とそれへのコメントから成る「マリー・ロジェの謎」は、リアリズムで一貫している。しかし一方、現代の読者は、推理小説はしょせん「紙の上の殺人」にすぎぬ人工的構築物であることを、十分承知している。殺意、憎悪、嫉妬、復讐というなまなましい情念も、紙の上では漂白され、記号化、抽象化される。推理小説は一種のゲームである。いわゆる「安楽椅子探偵」(armchair detective) はこの事実を示しているだろう。安楽椅子探偵は自ら事件を経験することなく、外部から与えられた情報やデータを比較し整理して、そこから一つの「真実」を組み立てる。推理小説の読者はすべてそういう立場にいるわけで、「紙の上に」与えられたデータ、しかも真実めかしたフィクションのデータを読んでいるのである。差異を読むといっても、それは情報の差異であって、実際に経験する差異ではない。

　情報の差異を読むという点において、ポーの推理小説はジャーナリズムの興隆期であった十九世紀中頃の状況を反映しており、また来るべき情報化時代を先取りしているともいえる。「群衆の人」の語り手は、コーヒー店で新聞や広告を読んでいる。「モルグ街の殺人」のストーリーは新聞記事が発端となって展開し、その記事のもたらす情報の中に、人種・言語・職業の差異を読むことによって真相に到達する。暗号解読の物語「黄金虫」では、解読は何重にもなっている。暗号を発見し、それを解読して得られた謎の文章を、さらに解読して、理解可能な文章に到達する。

　始めから終わりまで、おびただしい新聞記事の引用、その比較検討、それへのコメントと批判から成立しているのが「マリー・ロジェの謎」である。一八四一年七月二五日、ニューヨークで、葉巻の売り子メアリー・ロジャーズが失踪し、三日後その死体がハドソン川に浮かんだ。各新聞はこの事件を大々的に報道し、数週間にわたってセンセーションをまきおこした[28]。ポーは事件の場面をニューヨークからパリに移し、葉巻売り子メアリー・ロジャーズを、香水売り子マリー・ロジェに変えて、実際の新聞記事に基づいて、デュパンに推理させるという形にした。ここでのデュパンは、さまざまな新聞の書きたてる記事の中の差異を読んで、そこから真相を発見する安楽椅子探偵である。事件そのものを読むのではなく、事件についての情報（についての情報）を読むという点で、彼はいわばメタ・リーダーである[29]。彼はおびただしい記事を引いて、それに解説を加え、論評するのであるが、一例を挙げると次のような調子である。

今や、この記事は、全部矛盾だらけで、首尾一貫しないことの連続だとわかるはずだ。「水死体」が水面に浮きあがるに十分なほどの腐敗が起こるのに、六日から十日を要するということを、あらゆる経験が示しているわけではない。科学によっても、経験によっても、死体の

マイヤー「マリー・ロジェの謎」(20世紀初めの挿絵)
「犠牲者マリーに何が起こったのか。さまざまな新聞が違った説を書きたてた。」

浮きあがる期間は決まっていないし、当然決まっているはずがないのだ。さらにいえば、腐敗がひどく進んで発生したガスがもれるようになるまでは、たとえ大砲を撃って死体が浮かびあがっても「ほっておくとまた沈んでしまう」というようなことはない。しかし「水死体」と「殺害直後に水中に投げこまれた死体」の違いには、注意を向けてもらいたいね。この記事を書いた人は、その違いを認めているくせに、その二つを同じカテゴリーに含めてしまっているんだ。[30]（強調原文のまま）

これはデュパンが、『エトワール』紙の記事の、「水中に投げこまれた死体が、腐敗して水面に浮かびあがるには六日から十日必要だ」という主張に反駁している箇所である。彼は、このような調子で、新聞記事の正しい点は認めつつ、しかしほとんどの場合それに反論しつつ、自分の論点を主張してゆく。おびただしい新聞記事が引用され、論証は延々と続くが、デュパンの主張の眼目は、要するに、セーヌ川に浮かんだ死体はまさしくマリーのものであること、彼女はならず者の一団の犠牲になったのではなく、ある一人の男の手にかかって殺されたのであるということ、の二点である。「マリー・ロジェの謎」という作品は、ストーリーの展開がほとんどなく、論点の長たらしい叙述に終始しているため、退屈な学術論文を読むように退屈であり、エンターテインメント失格である。しかし、さまざまな情報を収集・比較・検討することによって自分の論点を導きだし、その論点もまた情報となって、他の人が利用し加工するかもしれぬという、現代情報社会のありようを示しているようで興味深い。デュパンは『ソレイユ』紙の記事について、「その記者は、感心するほどの勤勉さで、あちこちの新聞から、すでに発表された意見をよせ集め、それをくり返しているにすぎない」と批判している。この批判は、ときにはデュパン自身の論述にもあてはまるし、多くの記事や論文や書物にもあてはまるだろう。新聞・雑誌などのメディアの発達した時代には、人はみな多かれ少なかれメタ・リーダーにならざるをえない。そもそも情報とは人間の手が加わったものであるし、近代人は情報（の情報（の情報……）を読んで生活している。作品の中でさまざまな推論がなされる推理小説は、メタ・リーディングになじむジャンルである。

5　論理（らしさ）による解決

いうまでもなく、推理小説は最終的には、論理的で正しい一つの結論を提出せねばならない。多様な要素がいかに錯綜し、さまざまな推論が対立しようとも、そこにパターンを発見して、事件を解決せねばならない。浮遊するアイデンティティーに決着がつけられて、人物はすべておさまるべきところへおさまらねばならない。そうすることによって初めて、謎の人物に満ちた神秘の都市、危険な都市に生きる者に、ひとまずの安心を与えることができる。そして、その時頼ることができるのは、人間の持つ理性、ポーのいう「分析能力」（the analytical）であり、それ以外にはない。人間に暴力を加え破滅へ導く力に立ち向かい、論理的な思考能力によって抵抗するというテーマの作品を、ポーはいくつか書いているが、推理小説もその線に沿うものである。その点で推理小説は近代合理主義の産物である。

人間を破滅へ導く要因は世界のいたるところにある。自然界のもたらす暴力、社会制度の持つ暴力、他人のふるう暴力のみならず、自己の内部にも自己自身を破壊する力（ポーのいわゆる天邪鬼《あまのじゃく》の衝動）がひそんでいる。人間はこうした遍在する暴力に対し、理性によって対抗しつつ生きてゆかねばならない。「メイルシュトロームへの墜落」"A Descent into the Maelström"は、海上で大渦に船もろとも吸いこまれた漁夫が、いかに理性を駆使して助かったかという物語である。「穴と振り子」"The Pit and the Pendulum"は、十八世紀スペインの異端審問所で、その犠牲者が、次々に襲いかかる残酷かつ巧妙な拷問を、いかに冷静な判断によって生きのびたかという物語である。彼らが助かったのは、「絶望の果ての冷静さ」の境地に達して、ある法則を発見し、それを実践して滅亡の時期を遅らせることができたからである。ここに述べられている法則が、物理的に正しいか否か、実際に適用できるか否かは、あまり問題ではない。破滅的要素にあらがって、人間が知力をつくすという態度が重要なのある。

「神秘の都市」にも人を破滅させる暴力がひそんでいる。その代表は、他人による暴力――とりわけ殺人である。これに対しても、人は理性をもって対処すべきであり、また対処できる、という前提から推理小説が生まれる。しかしこの場合皮肉なことに、「理性」や「論理」を強調すると、かえって推理小説の虚構性があらわになる。フィクションにおいて、事件が論理的に解決されたようにみえても、実際は、論理的解決が可能であるように作者が事件を捏造したにすぎない。だからフィクションにおける推理は、現実の事件の解決にはあまり役立たない。ポーはディケンズの小説『バーナビー・ラッジ』*Barnaby Rudge* の身代わりトリックをみごとに見抜いた。しかし、現実に起こったメアリー・ロジャーズ事件では、かなり綿密・正確な推論を展開しながら、真相に達するには至らなかった。現実の事件では必要なデータがすべて得られるとはかぎらないから、それはやむをえないともいえるが、フィクションと現実は次元が違うのである。フィクションとしての推理小説においては、事件とそのあざやかな解決が様式化されていて、パターンが前景に出て現実は後退する。

メアリー・ロジャーズ事件の真相は、中絶手術の失敗であった。手術の場所を提供した宿屋の女主人とその息子たちが死体を処分し、嫌疑をそらせるため、メアリーの遺品を草むらに置くなどのカモフラージュをしたことが、のちに犯人の告白によって判明した。この事件は、都市化・産業化が進行する社会における貧しい娘の悲劇であり、そこには性と階級の問題がひそんでいる。[31] しかし、ポーのフィクション化によって、かえってその問題は隠蔽されている。近代社会における人間存在の不安定さは見えるが、性と階級のテーマは表面化していない。結局、推理小説は現実の装いをしてはいるが、現実とは次元を異にした一種のゲームにすぎず、かえって現実から目をそらせる役割をはたすかもしれない。ポー自身このことに気づいていたようで、彼の推理小説を称賛した友人への手紙で、次のように述べている。

私の創造したフランス人〔デュパン〕が重箱の隅をほじくるようだと、君がいうのは正しい。それはすべて効果のためなのだ。こういう推理の物語が人々に人気がある理由は、それが新趣向のものだからだ。私はそれが巧妙でないとはいわない。が、そこに方法論、あるいは方法論らしさがあるゆえに、人びとはそれを実際以上に巧妙だと思ってしまうのだ。例えば、「モルグ街の殺人」において、謎を解決するという明白な目的のために作家自身が作りあげた謎を、作家が解決してみせたところで、そのどこに巧妙さがあるというのだろう。読者は、想像上のデュパンの巧妙さを、物語作者の巧妙さと混同してしまうのだ。[32]（強調原文のまま）

これはポーの推理小説を論じる人がよく引用する有名な手紙であるが、作者が推理小説の何たるかをさめた目で見ていたことを示している。推理作家は頭脳明晰で巧緻にたけ、推理小説は厳密な論理に基づいているようにみえるが、それは読者の側の錯覚にすぎない。そこにあるのは、論理というより、論理のみせかけである。推理小説には、実際にはとうていありえないトリックや推理がよく出てくる。「モルグ街の殺人」の導入部で、探偵デュパンが語り手の連想の過程をみごとに当てて驚かせるというエピソードがあるが、これはよく検討すると「風が吹けば桶屋がもうかる」式の理屈とたいして変わらない。演繹的であろうと帰納的であろうと、とにかく人間の「分析的知性」が、複雑な現実を論理的に解明した「かのような」印象を与えれば、それで足りる。方法論「らしさ」があれば、それで「効果」があったといえる。作者がデュパンをフランス人として創造し、メアリー・ロジャーズ事件の場面をニューヨークからパリに移し変えた理由は、論理的思考にすぐれている（らしい）国フランス、『方法叙説』を書いたデカルトや、一種の探偵小説『ザディグ』*Zadig* を書いたヴォルテールを生んだ国フランスが、推理小説の舞台として適していると考えたためであろう。

十九世紀後半、推理小説はイギリスとフランスで発展し、ポーの着想を受け継いだコナン・ドイルやエミール・ガボリオなどが活躍したが、アメリカではしばらく空白の時期があった。しかし、都市文明がアメリカにおいてはなばなしく開花した二十世紀初め、アメリカの推理小説は黄金期を迎えることになった。アメリカという差異と情報がおびただしく増大してゆく国、アイデンティティーが問題になりやすい国、それゆえ、かえって一つの真実（らしさ）を求めずにおれない国は、推理小説になじみやすいのであろう。すでに十九世紀前半に、そのような傾向を感じとって、ポーという着想の天才が推理小説というジャンルを創始した。しかし、差異やアイデンティティーの問題は、もはやアメリカにとどまらず、わが国を始め都市文明の発達した国に共通の問題である。推理小説はそういう国において、大量に生産され消費されるのである。

第六章

幻想の都市

T・S・エリオットの都市風景（1）

二十世紀の英米詩人のうちで、T・S・エリオットが最も偉大な詩人であるかどうかは問題のあるところだが、その作品が最も人口に膾炙した詩人であるのはまちがいない。エリオット自身引用の大家であったが、彼の詩句はもちろん彼の批評文さえもくり返し引用された。その影響力・浸透力は、せまい文学の領域にとどまらなかった。私はアメリカのある社会学者がテレビの対談で、*'the world ends / Not with a bang but a whimper.'*（この世はドカーンと終わらぬ、めそめそ終わる）という詩句を、万人周知であるかのように引用し、それをもじっていたのを覚えている。

'Unreal City'というのも、広く知れわたったエリオットの名文句の一つである。ニューヨークの前衛美術専門のグッゲンハイム美術館のロビーを飾った、鋼鉄・ガラス・木材・パイプ等の寄せ集めから成る構築物は、'Unreal City 1989'と名づけられた。一九八五年、都市文学に関する論文集が *Unreal City* なる題名のもとにイギリスで発行された。[1] この書物は、近代都市に対する詩人・小説家・映画製作者たちのおびただしく多様な反応が、Unreal City というトポスによって要約されるという視点から編集されている。'Unreal City' という句は、われわれの多くが感づいている都市という現象の核心（あるいは核心のなさ）を突いているのであろう。

'Unreal City' は『荒地』*The Waste Land* で三度用いられている。Unreal City のテーマは、漁夫王（Fisher King）の神話に託して語られる「死と再生」のテーマや、個人的体験の芸術作品への昇華というメタ詩的モチーフ（「かつての彼の眼、今は真珠[2]」）と並んで、『荒地』の重要な要素となっている。

'Unreal City' の概念的意味はかなり明白であり、それほど問題はないようにみえる。しかし'unreal' という barren（不毛）、void（空虚）を含意するネガティヴな語が、'City' と結びつくと、不思議と'seminal'な含意を帯びてくるようにみえる。つまり、さまざまな考察をうながす内包を持つようにみえるのである。本章は'Unreal City'という句を、主としてそれが置かれたコンテキストから検討することにより、その多様で含蓄の多い意味を考えようとするものである。

1

'Unreal City' という句は、全四三三行から成る『荒地』の第六〇、二〇七、三七六行目に現れている。[3] 忘れられた頃再現するメロディーのように、ほぼ等間隔で三回くり返されている点から見て、'Unreal City は、この長編詩の基本テーマの一つであることはまちがいない。

ごく普通に考えた場合、'Unreal City'（非現実の都市）という表現が意味するのは、現実感覚の希薄な都市、その住人が疎外感にとりつかれ、真に生きているという実感の乏しい都市ということであろう。この特徴は、現代の都市生活者が多かれ少なかれ持つ感情であるが、『荒地』執筆当時（一九二一―二二年）に作者自身が、自らのロンドン生活について感じていたことであった。また、第一次大戦後の、価値観の混乱、「西洋の没落」の意識にとりつかれていたヨーロッパ諸都市についての形容としても適切なものであろう。以上の点からいえば、'Unreal City' の意味にさほどの問題があるとは思えない。しかし『荒地』で三度くり返されている 'Unreal City' をそれぞれのコンテキストから眺めてみると、かなりの意味の違いが見られるのである。そしてその意味の違いは、詩人・批評家としてのエリオットの認識の深化あるいは変化と関連しているように思われる。

『荒地』で最初に'Unreal City'という句が現れるのは、第一部「死者の埋葬」の最終連第一行目においてであり、冬の朝ロンドン橋を渡って勤めに向かう群衆の描写への導入の役目を果している。

　　非現実の都市（Unreal City）、
冬の夜明けの褐色の霧の下、
群衆がそんなにも大勢ロンドン橋の上を流れていった、
死がそんなにも大勢を亡ぼしたとは思いもしなかった。
ため息が短くきれぎれに吐き出され、
めいめいが眼をじっと足先に据えていた。
丘をのぼり、キング・ウィリアム街をくだって流れていった。
そこでは聖メアリ・ウルノス教会が時を告げ知らせた、
九時の最後のひと打ちを死のように重苦しい音で。
そこで私は知人を見つけ、呼びかけて彼の足をとめた、「ステットソン！
「きみ、ミラエの海戦ではぼくと一緒だったね！
「きみが去年庭に植えたあの死骸、
「あれは芽を吹き始めたかい？　今年花を咲かせるだろうか？
「それとも突然の霜が花壇を荒らしてしまったかね？
「犬をそこへ近づけてはいけないよ。あれは人間の友だから。
「でないと爪でまたそれを掘り返してしまう！

「きみ！　偽善家の読者よ！　――ぼくの同類、――ぼくの兄弟よ！」

あまりにも有名な箇所であるが、この場合のUnreal Cityとは、生ける屍のように元気のない勤め人たちが、弱々しいため息を吐きながら流れてゆく都市である。'death,' 'dead,' 'corpse'といった語がちりばめられており、戦死したらしい知人の幻も現れる。これはある意味では死の都市と言ってもよい。

弱々しい吐息を吐き、足元にじっと眼を落としている群衆は、エリオットののちの詩で「うつろな人々」(the hollow men) として形象化されている。Hollow Men の生きる場所が Unreal City であると言ってよいが、エリオットはそういう生きながら死んでいる人々の姿をくり返し描いた。その原型的なイメージは、右の引用連、六三行目に対する作者の自注として引かれた『神曲』「地獄篇」第三歌にある。そこでは「神の気に入られず、神の敵にも気に入られぬ、本当に人生を生きたことのない者」の惨めさが描かれている。

『うつろな人々』*The Hollow Men* の表現を借りると、彼らは「じっと眼を据え死の別の王国へと渡っていった人たち」すなわち信念の人でもなく、また「地獄落ちの激しい魂」すなわち呪われた罪人でもない、中途半端な人間である。エリオットの「ボードレール論」の表現を借りると、彼らは、正義をなすこともできず、「地獄に落ちることさえもできない」[4]情けない連中である。そういう意味で、現在生きている人間の多くは、死者よりも影が薄い。われわれ現代人は「存在している」(we exist)[5] といえない。

ロンドン橋（1920年頃の写真）
「群衆がそんなにも大勢ロンドン橋の上を流れていった。」

しかしながら、右の引用連の後半の、知人への呼びかけの中に現れるイメージは、「うつろな人々」の住む Unreal City にしては、なまなましすぎるのではないだろうか。われわれ読者は、初めは、冬の朝ロンドン橋の上を流れてゆく生気のない群衆を、鳥瞰的に冷やかに距離を置いて眺めている。しかし「ため息が短くきれぎれに吐き出され」のあたりからは、群衆にぐっと接近し、「そこで私は知人を見つけ」の箇所に至ると、われわれ読者も話者とともに、勤めに向かう群衆に混じって歩いてゆくことになる。そして、「庭に植えた死骸が芽を吹く…」という、話者の語る声を耳にするのである。

'Unreal City'と呼ばれてはいるものの、この一節に作者のきわめて正確な観察とリアルな描写を読みとる研究者は多い。ヒュー・ケナーは「めいめいが眼をじっと足先に据えていた」というのは、アメリカの勤め人と違ってうつむいて歩くロンドンの勤め人の特徴を示しているという。また「庭に植えた死骸が芽を吹く」というのは、当時イギリスの新聞をにぎわせた猟奇的殺人事件（イギリスにはこの手の事件が意外に多い）や、イギリス人の好きな庭仕事の話の断片が、通りすがりに聞こえてくるのを、とり入れたものであろうという。ケナーは都市観察の達人エリオットという観点から、詩句のひとつひとつが現実に裏打ちされていることを証明しようとしている。[6] またロバート・A・デイは、『荒地』における都会人間」と題する論文で、『荒地』の都市風景のいわばリアリズムを、くわしく指摘した。彼によると、『荒地』に描かれたロンドンの地理や風物はきわめて正確であるという。当時シティ（ロンドンの旧市街、金融街）にあるロイド銀行に勤めていたエリオットは、テムズ川の南の住宅地から、北へ向かってロンドン橋を渡って通勤した。聖メアリ・ウルノス教会はビジネスマンのための教会で、エリオットはあまり好感を持っていなかった。その教会が陰気な音で告げる九時という時刻は、もちろん会社の始業時刻である。また、六〇－六四行に関して、エリオットは自注として、ボードレールの歌った都市風景「蟻のように人の群れる都会…」とダンテの「地獄篇」第三、四歌の風景を引用しているため、とかく文学的な連想が重視されるが、デイはこの光景は、エリオットにとっては日頃よく見なれたものであったと主張している。[7] 当時の勤め人は、黒い背広に山高帽、黒いコウモリ傘を手にしていて、まるで蟻の軍団であった。彼らは地下鉄（蟻の巣）から出てきて、ビル（巨大な蟻塚）に呑みこまれた。まさしく「蟻のように人のうようよする都会」（fourmillante cité）である。同時に、黒装束の人の群は、地獄の死人の群をも思わせるものであった。

ケナーやデイの指摘は、詩句が現実の体験によって裏づけられていることがわかって、興味深い。たしかに『荒地』における光景の中には、作者が実際に経験したものが意外に多い。作者自身も第六八行目に対する自注として、「私がたびたび気づいた現象」であると述べている。しかしながら、この一節を忘れがたくしているのは、実際の観察に基づいた realistic な光景であるとともに、「庭に植えた死体が芽を吹く」といった超現実的な（その意味で unreal な）幻想ではないだろうか。そういう幻想と並置されているため、realistic な光景までもが幻想的に見えてくるのではないだろうか。

もちろん、この幻想的なイメージの持つ象徴的意味は、多くの研究者によって論じられてきた。『荒地』が死と再生の神話を大きな枠組みとしている以上、その観点からの解釈がなされている。「死者の埋葬」の冒頭、「死んだ土地から春がライラックを芽吹かせ、記憶と欲望を混ぜあわせて、安らかに冬眠していたしなびた根を春雨で刺激する」というイメージとの関連から見ると、「庭に植えた死骸が芽を吹く」というのは、思い出したくない埋もれた記憶がよみがえって、直視するよう迫ってくるという事態を思わせる。（そういう苦痛を引き受けたがらず、知らないふりをする怠惰な人々——作者自身、さらには読者が最終行で偽善者呼ばわりされるのであろう）。しかしここで、私はあえて、詩のイメージの持つ無償の幻想性とでもいうべきものを強調しておきたい。概念的な意味づけをしすぎると、詩のイメージは絵解きとなって、イメージそのものの衝迫力が失われてしまうからである。「庭に植えた死骸が芽を吹く」という、一読忘れがたい幻想は、エリオットの「眼窩から眼球のかわりに水仙の球根がにらんでいた」（「不滅のささやき」'Whispers of Immortality')というダリの絵のようなイメージや、エリオットと同時代のわが国の作家の「桜の樹の下には屍体が埋まつてゐる！」という幻想などと同様、イメージそのものの衝撃を感受しなければならない。

右の引用連の第一行の'Unreal City'に関して、エリオットはボードレールの詩「七人の老人」からの引用、「蟻のように人の群れる都会、そこでは幽霊が昼間から通行人のそでを引く」を参照せよと自注している。ボードレールの「七人の老人」は、都市放浪者が見た恐ろしい幻影を歌った詩である。この詩にいう幽霊、白昼から通行人のそでを引く幽霊とは、じつは詩人自身の生みだした幻影のことである。「死体が芽を吹く」という幻想も、都市放浪者にとりついた幻想の一つだといえるだろう。ボードレールのこの二行は、よほどエリオットを呪縛したとみえて、後年ダンテについて語った時にも、次のように述べている。

私はボードレールから、まず第一に、詩の可能性の先例を学んだと思う。それは英語で書いているどの詩人によっても発展させられなかった可能性であり、現代の大都会の不潔な面が詩になりうるという可能性、汚らしく現実的（realistic）なものと幻想的（phantasmagoric）なものを融合させる可能性、あたりまえのことと空想的（fantastic）なことを並置する可能性であった。私の持っていたような種類の素材、アメリカの工業都市で思春期の私が経験したようなことでも詩の素材になりうるということを、ラフォルグと同様ボードレールから私は学んだ。そして新しい詩の源泉は、これまでありえないと思われてきたもの、不毛でとうてい詩にならない（unpoetic）と思われてきたものの中に見いだされるだろう。詩人の任務は、これまで試みられなかった、詩的でない（unpoetical）素材から詩を作ることである。詩人というものは、じつは、詩的でない（unpoetical）ものを詩に変えることを本来の仕事にしている。そういうことを私は学んだ。偉大な詩人は後輩詩人に、与えるべきものはすべて与えることができるものなのだ。おそらく私がボードレールに恩義を感じているのは、主として『悪の華』全体のうち、ほんの五、六行に対してなのだが、私にとって彼の重要性は、次の行に要約されると言ってよい。

蟻のように人の群れる都会、夢に満ちた都会、
そこでは幽霊が昼間から通行人のそでを引く……

私はこれが何を意味するかわかった。なぜなら、自分のためにこれを詩にしてみたいと思う前から、私はこういう世界を生きていたからである。[8]

「私にとってダンテの意味するもの」というエッセイからの引用であるが、この箇所ではもっぱら、「エリオットにとってボードレールの意味するもの」が述べられている。この文章は、後年になって、都会詩人エリオットが同じく都会詩人ボードレールに負うものをかなり率直に述べた興味深い例であり、ここにはエリオットの初期の詩の詩法の一端が明かされている。エリオッ

トの初期の詩は、素材としては「大都会の不潔な面」を扱い、手法としては、「汚らしい現実的なものと幻想的なものの融合」、「ありふれた平凡なものと空想的なものの並置」（強調引用者）だといえる。そして詩人の任務は「詩的でないものを詩に変える」（to turn the unpoetical into poetry）ことだとエリオットがいうのは、ボードレールがパリという都会に呼びかけて、「おまえは私に泥をくれたが私はそれで黄金《きん》を作った」[9]というのを思い出させる。不潔でむさくるしい都市の情景は、詩人の幻想と融合あるいは並置されることによって、詩という黄金に変わる。泥を見た眼は詩を映す真珠に変わる（「かつての彼の眼、今は真珠」）。そう考えれば、エリオットがボードレールの例の二行との関連で読むようにと注をつけている 'Unreal City' という句の 'unreal' という語に、「幻想的な、幻想を生みだす」という意味を読みこんでも許されるのではないだろうか。右の引用中のエリオットの用語でいうと、'phantasmagoric' あるいは 'fantastic' という意味である。

さらに、引用した『荒地』の一節は、ボードレールの「七人の老人」と同じく、都市放浪者の視点から歌われている点にも注意すべきであろう。「七人の老人」の語り手は、朝、汚い黄色い霧が街路に満ちている頃、疲れた自分の魂と対話しながら裏道をさまよっている。『荒地』の語り手は、冬の朝、褐色の霧の下を、勤めに向かう群衆に混じって歩いている。地獄の硫黄の煙を思わせる黄色あるいは褐色の霧（英語やフランス語では、「黄色」という語は「黄褐色」をも含む）が、都市を幻想的に、unreal に見えさせるのに一役買っている点も、両方の詩に共通である。ボードレールには、「太陽」「白鳥」「七人の老人」「小さな老婆たち」「通りすぎた女に」「夕べの薄明」など、都市放浪者の視点から書かれた詩が多い。エリオットもまた、『荒地』以前に、「プルーフロックの恋歌」「風の夜の狂詩曲」「序曲集」「窓辺の朝」などの詩で、街路をさまよう孤独な人間の視点から、「汚らしく現実的なものと幻想的なものの融合」を鮮やかに詩に定着した。街をさまよう人の意識のスクリーンに、現実に見、聞く都市の雑多な事物が映ることはいうまでもない。のみならず、彼の意識のスクリーンには、過去の記憶がよみがえったり、とっぴな連想、奇怪な幻想が生じたりすることもある。[10] 日常に倦んで新奇なものを求める都会人種には、幻想への傾向が顕著である。「俺には惨劇が必要なんだ」と日本の作家は言った。孤独な都市生活者が街を歩きながら、庭に植えた死骸が芽を吹き、書店の棚に置いた一個のレモンが黄色い爆弾となって炸裂し、桜の樹の根の毛細血管が腐乱死体のしたたらせる水晶のように透明な液を一心不乱に吸収している――といった幻想にふけったとしても不思議ではない。「死者の埋葬」最終行の「偽善家の読者よ！――ぼくの同類、――ぼくの兄弟よ！」という呼びかけは、ボードレールの原詩では、最もいまわしい悪徳である倦怠にとりつかれた都会人種、水煙管《みずぎせる》をくゆらせながら断頭台での惨劇を夢見る読者に向かって発せられたものであった。

Unreal City とは、非現実・非在・空虚・死の支配する都市、死人のような人々がむなしい生を営む都市であるとともに、「七人の老人」にいう「夢に満ちた都市」、「巨人の血管を流れる血のように、もろもろの神秘がせまい運河を流れる都市」、そこをさまよう人がみずからの幻想にとりつかれる都市でもある。そこでは、空虚と幻想、欠如と充満が、不気味に重なっている。

2

『荒地』第二部「チェス遊び」では、富裕な婦人の飾りたてた部屋と、下町の女たちのおしゃべりが聞こえるパブに、むなしい都市生活の断面が現れているが、'Unreal City' という句そのものは用いられていない。次にその句が現れるのは、第三部「火の説教」の第四連である。

非現実の都市 (Unreal City)
冬の真昼の褐色の霧の下
スミルナの商人ユーゲニデス氏
不精ひげはやし、ポケットには乾しぶどうを一杯つめ
ロンドン渡し運賃保険料込み一覧払い手形を持ち、
通俗フランス語でぼくを誘った
キャノン・ストリートのホテルで昼食をとって
週末にはメトロポールで過ごそうじゃないかと。
二一〇

この引用からもわかるように、第三部で歌われている情景は、もっぱら現代都市生活のビジネスとセックスである。商人、勤め人、タイピストが退屈で機械的な仕事をし、あいまに無気力

なセックスにふける姿が描かれている。

　すみれ色の時刻、眼と背中が
　机から上を向き、人間エンジンが
　動悸して待機しているタクシーのように、待っている時刻
　………

　ここでは、人間が機械であり、タクシーが人間であるかのような表現が使われている。第一部でロンドン橋を渡っていったサラリーマンたちは、自動的な機械人間となって仕事をし、終業時間のロマンティックな夕暮れが来ても、人間機械として行動する。これに続いて、終業後のタイピスト嬢と周旋屋の青年の機械的なセックスが描かれる。
　ヒュー・ケナーが述べたように、エリオットの手によって、サラリーマンやタイピストの生活が初めて詩になったのである。[11] エリオット以前に、c.i.f.（運賃保険料込み価額）、at sight（一覧払い）といった商業用語の出てくる詩など考えられただろうか。前述の「不毛でとうてい詩にならないと思われたもの」、「現代の大都会の不潔な面」がみごとな詩になったのである。
　ところで、「高貴の生まれ」を意味するユーゲニデスという名の人物は、うすぎたない身なりの貿易商に落ちぶれていて、地獄を思わす「褐色の霧の漂う」ロンドンに来て、ホモの相手を物色し、ビジネスホテルで昼食をともにし、週末には相手を海辺の歓楽地へ連れ出そうとしてい

る。作者自身はこの人物にホモセクシュアルの暗示を持たせたわけではないと述べたことがあったが、[12]第三部は一貫して、仏教にいう業火に焼かれる都会人間たちを描いているので、ユーゲニデス氏の行為に性的な意味を読みとらないのはむずかしいだろう。

第三部の大半は、都市放浪者である話者が、テムズ川の岸辺をさまよって、都市風景を観察し、いろいろなことを回想し想像するという形で描かれている。「うるわしのテムズよ、静かに流れよ」というスペンサーの詩に見られる過去の美と栄光とは対照的に、現代のテムズの岸辺は頽廃の光景をきわだたせている。現代の妖精《ニンフ》はシティの実業家の御曹司たちの相手をするオフィスガールにすぎない。今は冬枯れで、川底に枯れ葉がしがみついているが、夏ともなれば、川の岸辺には彼らの情事の証拠品が残される。春には、動物的欲望を体現する男スイーニーを、車がポーター夫人の所へ運んでゆく。ポーター夫人とその娘は「ソーダ水で足を洗っている」が、これは局部洗浄を意味する婉曲表現らしい。短い第三連は、ほとんど擬音だけで、テレウスによるフィロメラ凌辱のシーンを描写している。ユーゲニデス氏の登場する第四連がこれに続き、第五、第六連は、にきび面の周旋屋の青年とタイピスト嬢の、夜はベッドになるソファの上での、気のない情事の場面で、その白けた描写がみごとである。とりわけ、情事に先立つ場面で、タイピストの孤独な都会暮らしの描写、

窓からは、干してある彼女のコンビネーションが
最後の夕陽を受けて、危なっかしく広げられていて

に見られる、窓から落ちそうな洗濯物のコンビネーション（昔使われた下着）に当たる夕陽の弱々しさ、'perilously'という大げさな副詞は、この女の退屈な生にひそむ危うさを、皮肉な調子で表現していて絶妙である。

そしてこの惨めな情事をのぞき見するのが、アンドロギュノスの予言者、ティレシウス、しなびた女の乳房を持つ盲目の老人である。かつてはエリザベス女王とレスター伯がきらびやかな舟遊びをしたテムズ川で、テムズの乙女たちは不幸な情事を体験する。その一人は「せまいカヌーの底にあお向けに寝てひざを立てる」という性的なポーズをとる。第三部にはエロスが充満しているが、そこに生命力は感じられない。逆に嫌悪感と死相に色濃く染められている。例えば「ぬれた岸辺にしがみつく枯れ葉の指」、「ネズミが一匹、そのぬらぬらのお腹を土手に引きずって、草むらのあいだをのろのろ這っていった」という気味悪い感触。あるいは「湿地帯に捨てられたなま白い裸の死体」、笑っているように見える骸骨、「骨のガラガラ鳴る音、耳から耳まで裂けたにやにや笑い」といった、惨劇を暗示する死の光景。同時代の日本の詩人は「あらゆる悲惨の市《いち》にまで」下りてゆくと歌った。むなしいビジネスとセックスの営まれている都市ロンドンは、まさしく「悲惨の市」であり、それが'Unreal City'と呼ばれているのである。それはまた堕ちた都市、神から見放された人工の都市でもある。ただ、そのむなしさ、unrealな様相が、じつにrealに訴えてくるのは、詩の逆説とでもいうべきものであろう。作者は嫌悪と関心がどうしようもなく混じりあった性を描くのにたけている。生命力の讃歌としての性は、現代の詩になりにくいが、嫌悪感の混ざった性、あるいは頽廃への傾斜を示す性が、詩美になじみやすいというのは、われわれ現代人の不幸、われわれの想像力の衰弱した、あるいは邪悪な面を物語っているのかもしれない。

それはともかく、このような現代の都市生活のむなしさを救うかのように、第七連では、ロマンティックでノスタルジックな街頭風景が描かれることになる。都市放浪者である語り手は、昼食時にシティから南下して、漁師たちの多い区域へ近づいてゆく。漁師や船乗りは、エリオットにとって、『四つの四重奏』*The Four Quartets* の「ドライ・サルヴェイジズ」でも歌われるとおり、永遠と浄化のシンボルである海を相手とし、自由と冒険の生活を営む点で、サラリーマンとは違ってリアルな存在なのである。

「この音楽は水の上を私のそばにしのびよった」
そしてストランド街に沿って、ヴィクトリア女王街をのぼっていった。
おおシティよ、シティよ、私はときどき聞くことがある　二六〇
ロアー・テムズ街のパブの傍らで、
マンドリンの心地よい泣き声を
そして内側からはガタガタ、ペチャクチャいう音。
そこでは昼時に漁師たちが一杯やっていて、
マグナス・マータ教会の壁が、
白と黄金《きん》のイオニア式のいいようのない壮麗さを保っている。

「おおシティよ、シティよ」（O City city）という呼びかけは、ロンドンのシティと、都市一般の、unrealならぬrealな一面を示したつもりかもしれない。たしかにここではロンドンの下町への愛とノスタルジーが歌われている。マグナス殉教者教会は船乗りのための教会であり、サラリーマンのための教会である聖メアリ・ウルノス教会の響かせる「死のように重々しい音」とは反対に、美しいよろこばしい雰囲気を漂わせている。この連の美しさをほめたたえる研究者もいるが、[13]私にはこの連がそれほどすぐれているとは思えない。この一連のやさしさ、美しさは、unrealな都市生活を描いた苛烈な詩行とのコントラストとして浮かびあがってくるにすぎない。このような対照法をエリオットは得意にした。美しいものを美しく歌っても詩にならないのが、現代詩の持つ逆説である。エリオット自身がボードレールを例にとって言ったように、現代の詩は、汚らしく卑小でむなしい現実（reality）をとり上げて、それを美に変えねばならない。

第七連に現れた船乗りの生活に触発されたためか、第八、第九連では船をこぐ軽快な調子が歌われる。第十連以下のきれぎれの短い連では、テムズの乙女たちの不幸な情事が描かれる。最後にアウグスティヌスの『告白録』から、「それから私はカルタゴへ来た」が引用されている。エリオットの自注によると、この文のあとに、「そこでは汚れた愛（unholy love）の大釜が、耳を聾せんばかりにまわりで高鳴っていた」という文が続く。悪徳の都市カルタゴとロンドンが重ね合わされるわけである。商都カルタゴから乾しぶどうを商うスミルナの商人がロンドンにやって来て「汚れた愛」を漁っている。聖アウグスティヌスは『神の都』*The City of God* を書いた。神の都こそReal Cityであるとすれば、ロンドンはアウグスティヌスの見たカルタゴと同じく、'unholy love' の燃えさかる Unreal City にほかならない。(ただし『荒地』のロンドンには、情火が燃えさかっているというほどのエネルギーはないが)。第三部「火の説教」は、燃えるカルタゴを形容する語、他の連から切り離された 'burning' 一語でピリオドもなく終わる。この未解決な終わり方は、Unreal City が、火に焼かれて浄められ、Real City, Holy City の実現へ向かわねばならないという課題を暗示しているかのように読める。

3

第三部では、現代の商都ロンドンと古代の悪徳の商都カルタゴが重ねられていた。きわめて短い第四部「水死」では、貿易で栄えた商都フェニキアの水夫フレバスが、水死して波に運ばれ、商都の住民の最大関心事である「利益と損失」を忘れて、水による浄化が暗示されている。最後の第五連「雷の語ったこと」では、浄火としての稲妻によって、人間の業火が浄化されることが願われている。第五部では、語り手は都市を去って、主として砂漠の風景、荒地の風景(それは第一部・第二部にも少し現れた)の中に立っている。語り手の視点は、人の群れる都会、むなしいビジネスとセックスの営まれる「荒地」を去って、浄化と啓示の場所である荒地、荒野へ移行する。従って第五部には街頭の光景はほとんどない。都市は荒野からかなたに遠望されるにすぎない。

はてしない平原に群がり、大地の割れ目につまずいている
頭巾をかぶったあの集団は誰だろう
とりまくものは平たい地平線だけ
山々の向こうのあの都市は何だろう　　　　　　　　　三七〇
すみれ色の大気の中で、ひび割れ改まり炸裂する
倒れる塔
エルサレム　アテネ　アレキサンドリア
ウィーン　ロンドン
非現実の（Unreal）

ここでは'Unreal City'という句は用いられていない。山々のかなたに見える都市の姿に続いて、過去に西洋文明を担ってきた都市名が列挙され、最後に'Unreal'という形容詞一語が置かれている。このように'Unreal'という語が単独で宙ぶらりんの形で置かれることにより、実在の（real）都市が、蜃気楼のように中空に浮かんでいるかのような効果が生じる。三七二行目の「すみれ色の大気の中で、ひび割れ改まり炸裂する」というのは、蜃気楼が崩れるかと思うと形を変え、再び急激に崩れる様子とも見えるし、二千年にわたる西洋文明の興亡を一瞬のうちに呈示しているとも読める。「倒れる塔」（Falling towers）は、次の連の「空中にさかさまに塔は倒立し」という行と関連しているが、蜃気楼の塔が倒立して見えるとも考えられるし、西洋文明の

象徴としての塔が崩壊するとも読める。とにかくここに至って、'unreal' の様相は、個人の都市生活という次元にとどまらず、西洋文明全体に及んで、文明史的パースペクティヴを持つに至る。

平原に群がる頭巾をかぶった群衆は、エリオットの自注によると、ヘルマン・ヘッセの描いた、奈落の淵を歩む東ヨーロッパの人民たちの姿を示しているという。彼らは聖なる妄想に酔い熱狂して革命への道を行進している。熱狂的である点で、第一部の、ロンドン橋の上を死の行進をしているunrealな勤め人の群とは対照的である。しかしエリオットの自注にあるように、彼らはドミトリー・カラマーゾフのように酔っぱらって賛美歌を歌っている。彼らの持つヴィジョンは幻想にすぎない。彼らも別の意味でunrealだといえるだろう。『荒地』が書かれたのは一九二一－二二年だから、右に引用した一節は、第一次大戦後の混乱した状況を描いたものである。不思議なことに、これは第二次大戦の状況にもあてはまるだろう。「すみれ色の大気の中で炸裂する都市」は、爆撃をあびるロンドン、あるいは、核爆弾で一瞬にして破壊される都市をさえ連想させる。「大地の裂け目につまずく」群衆は、歴史の変り目ごとに混乱し激動する東欧情勢を連想させる。そのような観点から見ると、'Unreal'な都市を描いたこの一節は、奇妙なことに、real な歴史を表しているように見えてくる。

第五部における 'Unreal City' は、今述べたように、西洋の都市文明の没落を示すと同時に、蜃気楼のようにはかない幻の都市をも思わせる。幻の都市ということに関連して、バートランド・ラッセルが『自伝』*The Autobiography* の中で語っている幻想は興味深い。ラッセルは自らのこの幻想を、エリオットが『荒地』を創作するにあたって提供したのだと主張している。

軍隊列車がウォータールー駅から出発してゆくのを見たあと、私はロンドンが非現実（unreality）の土地だという幻想をよく抱いたものだった。私は想像の中で、多くの橋がこわれて沈み、この大都市全体が朝霧のように消え去ってしまうのを見た。住民たちが幻影のように見えてきて、私の住んでいると思っているこの世界が、私自身の熱病にうなされた想像力が生みだしたものにすぎないのではないかと思うのだった。[14]

ここに述べられているのは、われわれが時たま襲われる非現実感、つまり、自分の住む世界が奇妙に現実感に乏しく、幻のように感じられるという感覚である。通常それは、外部世界のみならず、自分自身の存在も不確かであるという感覚を伴っている。ラッセルの幻想をエリオットが本当に採用したかどうか疑わしいが、もし本当だとすれば、三七三—七六行目の「倒れる塔……ロンドン、非現実の」という箇所に生かされているのかもしれない。あるいは『荒地』の最終連、「ロンドン橋落ちる落ちる落ちる」という童謡からの引用に、パロディのような形でとり入れられているのかもしれない。ともかく第五部の'Unreal'という形容詞には、現実が幻と化して崩れてゆくかもしれないという不安感が表れている。

『荒地』の最終連は、「これらの断片で私は私の廃墟を支えてきたのだ」という、『荒地』という詩についてのメタ詩的なコメントを含んでいる。まさにそのとおりに、この連はほとんど他人の詩の断片から成立していて、いつ崩壊するかもしれぬ不安定な構築物になっている。その断片の一つに、今挙げた「ロンドン橋落ちる落ちる落ちる」の一行もある。第一部で冬の朝、勤め人たちが渡っていったロンドン橋は崩壊が予言される。文明の象徴である塔は崩れ、都市文明の輝かしい達成の象徴ともいうべき橋（その壮麗な例は、同時代の詩人ハート・クレインのブルックリン橋に見られる）も崩壊する。第一部、第三部で描かれたUnreal City、非現実の都市、悪徳の都市ロンドンは、最後に至って崩壊しなければならない。しかし崩壊後の回復、やがて来るべき「理解を超越した平和[15]」への希求を表すウパニシャッドの祈りの言葉で、この長詩は閉じられる。この祈りが暗示するのは、「われわれの理解を越えた」別の秩序によるUnreal City 克服、Real City 回復への願いである。

4

以上で'Unreal City'という句が、『荒地』の中でどのように用いられているかを見てきた。'unreal'は'real'の反対語だから、いうまでもなく「非現実」を意味する。それは否定的な意味合いをこめて、日常よく使われる形容詞である。しかしさまざまなニュアンスを持つ語でもある。いま試みに『コリンズ英語辞典』で'unreal'を引いてみると、次の三つの定義が与えられている。

① 想像上の、空想的な
② 実際には存在しない、実体を持たない
③ 不実の、人工的な、虚偽の

'Unreal City' の 'unreal' には、以上のすべての意味が混じり合っていると思われる。第一部の 'Unreal City' には③に①や②の意味が加わっている。第三部の 'Unreal City' は③の意味合いが強い。第五部の 'Unreal' は②の意味が中心であろう。

エリザベス・ドルーは、エリオットの 'Unreal City' を次のように理解している。まず第一に、それは不毛（barren）である、つまり自然の面でも精神面でも、根源的なものから遮断され、根なし草的である。第二に、褐色の霧に包まれているため形が定かでない（indeterminate）。最後にボードレールのパリのように悪夢（nightmare）めいている。[16] ドルーのこの意見は無理のない解釈だと思われるが、都市が悪夢めいているということに加えて、右の辞書の定義①を拡大解釈して、孤独な夢想家にとって、都市が「幻想を生む」場所であることをつけ加えておきたい。くり返し述べることになるが、エリオットが 'Unreal City' への参照として引用したボードレールの詩では、「人のうようよする都会」は「夢に満ちた都会」でもあり、うようよしているのは人間のみならず、夢と幻想でもあったのである。[17]

『荒地』の草稿によると、エリオットは初め 'Terrible City' と記していたのだが、'Terrible' を抹消して、'Unreal' に書き換えた。[18] この変更によって詩句の持つ含蓄と暗示力は大いに増したが、初め 'Terrible' を用いていた点から見て、エリオットがこの都市を否定の対象とし、それを克服せねばならぬと感じていたことは明白である。カーモードが指摘するように、エリオットには世俗の「悪徳の都市」に対比される「永遠の都市」(urbs aeterna) の観念がある。[19] その観念には、帝国に憧れるエリオットと、神の国を思うエリオットが共存している。『荒地草稿』では、第一

部の 'Unreal City' で始まるロンドンの勤め人たちの光景を導き出すきっかけとなる、女予言者の水晶玉に映った群衆の光景には、「われヨハネはこれらのことを見、聞いたのである」という『ヨハネの黙示録』（二二・八）からの引用がつけられていた。聖なる都、新エルサレム、すなわち Real City を見るはずのヨハネが Unreal City である現代のロンドンを見るというのは、皮肉な事態であるが、ここには意味の逆転が意図されているのであろう。つまり現にある real なロンドンがじつは unreal であり、ヴィジョンの中の新エルサレムが real であるということである。神の国に本質があるとすれば、地上の人間の現象はすべて unreal であるほかない。Unreal City の克服が、やがてエリオットの課題になったのであった。

『一族再会』*The Family Reunion* や『カクテル・パーティ』*The Cocktail Party* などの詩劇には、現実と幻想、実体と幻影、realとunreal をめぐってのせりふがおびただしく現れる。

「私の眼に見えるものは夢（dream）みたいなものかもしれない。そして何もかも夢だとしても、現実（real）のように見える夢は恐ろしい[20]」。

「私が現実（real）だと思ったものは幻影（shadows）であり、現実なのは私がひそかに幻影だと思っていたものなのだ[21]」。

「それは何かの幻覚（hallucination）にちがいない。しかし同時に、それは私が信じていた何ものよりも真実（real）なのだということの恐ろしさに、私はおびえているのです[22]」。

「私たちは自分の想像が生みだしたものしか愛せないのでしょうか。私たちは本当は愛することも愛されることもないのでしょうか。だとすれば人は孤独です。そしてもし人が孤独なら、愛する人も愛される人もともに非現実（unreal）なのです。そして夢みる人もその夢と同じように現実（real）ではないのです[23]」。

これらの引用からわかるように、日常的現実がunrealであると気づくことによって、登場人物たちは真にrealなものに覚醒する。ここでは、意味の逆転あるいは価値の逆転が意図されていて、一般に人がrealでありnormalであると思っている日常はじつはunrealであり、人がunrealとみなす考え方こそrealなのである。『四つの四重奏』の逆説表現を借りるなら、「われわれが健康になるのは病気になることによってである」ということになろう。

普通われわれにとって、現実と非現実、実在と幻影の区別は、直観的に自明のことである。しかしわれわれの生きるこの日常的現実が、真にrealに感じられるかという問題になると、話は別である。非現実の代表である夢や幻想のほうが日常よりはるかに迫真的に思える時がある。芸術の多くはそこに根拠を置いている。またエリオットの詩劇からの引用に見られるように、世俗的次元から見れば非現実と思える宗教的価値が、信ずる者にとってはこの上なくrealに感じられるのである。そうならば、あるものが real であるか unreal であるかは、極論すれば、客観的根拠のない主観の問題ということになる。少なくとも real と unreal は逆転可能になる。例えば『荒地』執筆当時のエリオットが深い感銘を受けたというコンラッドの『闇の奥』*Heart of Darkness* を例にとってみよう。この小説は確固たる存在感を持つとみえる西洋文明の中心に、何か unreal なものがあることを告げる点で、『荒地』と共通する要素を持つ。『闇の奥』は語り手マーロウのコンゴー川遡行という圧倒的に重い現実を描いているが、それが悪夢のように unreal な様相を示す時が幾度かある。文明人の心の奥にひそむ闇と狂気は real なのか unreal なのか。しかし一方、これに反し、ささいな日常が、たしかな手ごたえを持った実在感を与える場合もある。例えば、荒れはてた小屋に棄てられた一冊のぼろぼろの本、船舶操縦術の本は、その単一の意図という明確さのために、まぎれもないリアリティーによって輝くのである。[24]『闇の奥』は、ある意味では real と unreal をめぐっての書だと言ってよい。[25]

若い頃のエリオットは、人間が現実だと考えているものは主観が構築したものにすぎないのではないか、という問題に悩んでいた。仏教やブラッドリーの哲学への彼の関心は、real と unreal をめぐる問題と無関係ではない。[26]しかし、real と unreal のあいだにあって、芸術家が時おり見せる主観への「いなおり」のポーズ、主観的なものが真に自分に生きる価値を与えてくれるならば「私の外にある現実など何ほどのことがあろう[27]」という態度を、エリオットはとらなかった。彼は「外にある現実」に関わり、その unreality を克服しなければならなかった。

「愛する人も愛される人もともに非現実なのです。そして夢みる人もその夢と同じように現実ではないのです」。このようなせりふは、エリオットが心の奥底に抱いていた根強い不安を反映している、とロナルド・ブッシュは述べている。その不安とは「人間は孤独であり、われわれの真正の感情生活さえ幻影であり、人間は結局のところ無価値で、現実それ自体が無意味である」という根源的不安である。[28] このような非現実・無価値・無意味を克服して、真の reality を回復する道行きを、後期のエリオットはたどることになる。

real と unreal の拮抗は、今述べたのとはやや違った形で、『四つの四重奏』にも現れている。それが美しい詩的イメージに高められているのは、全体として見れば説明的で冗漫なところのあるこの長編組詩の美点である。美しい詩的イメージとは、例えばりんごの樹の葉陰でかくれんぼをしている子供たち（「バーント・ノートン」、「リトル・ギディング」）や、五月《メイ》に生け垣に匂う白いさんざし《メイ》（「リトル・ギディング」）の光景である。前者はニューイングランド、後者はイングランドの光景であるが、それらは眼前に見えている風景ではなく記憶の中の風景であり、その点では unreal である。しかしこの甘美なイメージは、「失われた時」が再び見出された至福のヴィジョンとして、きわめて real な詩的効果を持つ。現在において過去を贖うことによって未来に救済の希望をつなぐ、という時間哲学が具象化された例として感銘深い。ただこれらの例からわかるとおり、『四つの四重奏』の感銘深い光景はもはや都会ではなく、田園の風景である。『四つの四重奏』においても、都市の風景は大きな割合を占めていて、この作品の四つのパートで都市風景は必ず描かれるが、もっぱら否定と批判の対象であるにすぎない。

『四つの四重奏』や『一族再会』において、Unreal City 批判の姿勢が激しくなるのは当然であろう。しかしそのような作者の姿勢が、印象鮮やかな初期の都会詩を否定する、あるいは少なくとも初期の都会詩をパロディの対象にするように思われる時がある。例えば『四つの四重奏』「イースト・コーカー」において、地下鉄の列車が駅と駅のあいだで長く臨時停車した時の乗客のうつろな表情は、「どの顔の背後にも精神的空虚が深まるのが見え、考えることが何もないという恐怖がつのる時、あるいは、エーテル麻酔をかけられ、心に意識はあっても意識するものが何もない時」と歌われる。これは「プルーフロックの恋歌」'The Love Song of J. Alfred Prufrock'の「手術台の上でエーテル麻酔をかけられた患者のように、夕暮れが空に向かって広がる時」を思い出させる。ところが、プルーフロックがさまざまなことを病的なまでに意識しすぎるのに反し、地下鉄の乗客は意識があっても意識することが何もない。『一族再会』では、都会の街路を右往左往する人間たちの姿が、「濃い霧の中、群衆でいっぱいの砂漠での突然の孤独……群衆にあふれた砂漠の中で幽霊にこづかれて[29]」と描かれている。これはエリオットが自らの詩の模範として賞讃してやまぬボードレールの例の二行、「蟻のように人の群れる都会、夢に満ちた都会、そこでは幽霊が昼間から通行人のそでを引く」を、骨抜きし漂白したパロディのようにみえる。『カクテル・パーティ』では、「孤独の最後の荒廃、想像力の生みだす幻想の世界にいて、ただ記憶と欲望を混ぜあわせている[30]」という孤独地獄についての診断がある。ここで「記憶と欲望を混ぜあわせる」想像作用は、人を精神的荒廃に導く邪悪なものとして捉えられている。しかし『荒地』冒頭の「記憶と欲望を混ぜあわせる」という鮮烈な句は、不吉な響きを伴ってはいるものの、無感覚に陥った生き物をうごめかせる生命作用でもあった。そして「記憶と欲望を混ぜあわせる」というのは、「プルーフロックの恋歌」「風の夜の狂詩曲」「序曲集」

といった、初期の代表的な都会詩の詩法を正確にいい当てるメタ詩的コメントでもあった。後年のエリオットは、若い頃の自らの詩法と詩的達成を否定しているかのようにみえるのである。

　後期の作品にも都市風景はくり返し描かれていることはすでに述べた。しかしその風景はひたすら unreality が強調されていて、初期の詩におけるような苛烈な幻想、都市のイメージの鮮やかな定着は見られない。『岩の合唱』*Choruses from 'The Rock'* や『四つの四重奏』における都市風景は、なまなましい幻視の力を失って、ますます空虚な (unreal) 様相を強めている。それはジェイムズ・トムソンの『恐ろしい夜の都市』*The City of Dreadful Night* のロンドンのように、虚無・絶望・死の支配するモノクロームの都市風景である。しかし『荒地』のロンドンはそうではなかった。そこには死の影が射しているものの、色彩鮮やかな地獄絵のように、多様・多彩で生き生きした風景にあふれていた。

　『荒地』の中心には空虚があって「そこで述べられている文明が空虚であるというだけではない。それが空虚なのは、真の探究が永遠の都市、神の都市であるのに、世俗の都市という点から文明について述べているためである」[31]とスティヴン・スペンダーは評した。この指摘は正しいとしても、『荒地』に見られる豊饒な感覚、詩としてのヴォルテージの高さは、世俗の都市が生みだしたものではないだろうか。

　エリオットにとって、Unreal City は否定し克服すべき対象であった。と同時に、初期の詩を根底で支える基盤でもあった。Unreal City こそ『荒地』という詩の詩としてのリアリティーを保証したのだ、という逆説的ないい方ができるのではないだろうか。

第七章

シンタックスのずれ、ねじれたイメージ、ゆがんだ風景

T・S・エリオットの都市風景（2）

言語が示す曖昧性は、言語発生とともに古い問題であろうが、文学作品、とくに詩は、日常言語のように一義的な意味の伝達を目的としているのではないから、文学の言語に曖昧はつきものであるといえる。とりわけ詩の言葉は、文法やシンタックスの法則からかなり自由であり、そのため意味は曖昧になるが、微妙な味わいが生じることにもなる。

詩における曖昧が欠点ではなく、かえって詩を豊かにすることは、エンプソンの古典的名著『曖昧の七つの型』*Seven Types of Ambiguity*（1930）以来広く認められてきた。エンプソンはシンタックスの曖昧をも少し論じているが、詩において曖昧が問題になるのは、語句のレヴェルにおいてであることが多い。例えば、近年の『詩における語彙の曖昧』Soon Peng Su, *Lexical*

Ambiguity in Poetry（London: Longman, 1994）という研究書を見ても、表題からわかるとおり、もっぱら語句のレヴェルの曖昧さを論じている。問題にされることは少ないが、シンタックスのレヴェルでの曖昧は、詩における言語作用を考察するにあたって、語句の曖昧と同様、あるいはそれ以上に興味ある問題を提起する。本章では、そういう例をいくつかとりあげて考察してみよう。

1

三好達治の詩集『測量船』の始め五編の詩は、日本的抒情にあふれた国民の愛唱詩であるが、少なくとも始めの三編に曖昧さが見られる。冒頭の短歌のような二行詩「春の岬」

春の岬旅のをはりの鷗どり
浮きつつ遠くなりにけるかも

は、岬の海にカモメが浮かぶ春景色を歌っていて、旅の終わりのほのかな哀愁が伝わってくる。一行目でカモメたちの旅が終わったと考えた読者は、次の行で、波に浮かんで流されて遠ざかってゆくカモメをイメージするかもしれない。しかしカモメは渡り鳥ではないから、カモメが旅をするのは不自然である。視点を変えてよく読むと、旅が終わったのはこの詩の作者であって、船に乗って帰途につく作者が、カモメの浮かぶ春の岬から遠ざかってゆく情景が歌われていることに気がつく。俳句や短歌によく見られる凝縮された、あるいは省略された表現が曖昧を生む好例であるが、曖昧さがかえって魅力になっている。

二番目の詩「乳母車」の魅力の一つは、

母よ——
淡くかなしきもののふるなり
紫陽花《あぢさゐ》いろのもののふるなり

の「淡くかなしきもの」「紫陽花いろのもの」が何であるか曖昧なことであろう。ここでふっている「紫陽花いろのもの」とは何だろうか。夕陽か、花びらか、過ぎゆく時間か、作者の郷愁か。あるいは、五番目の詩「少年」の最終行で「空は夢のやうに流れてゐる」という時の、漠然とした気流のようなものなのだろうか。表現は美しく、しかし意味が明確でない点が何とも魅力的な詩である。ただし「乳母車」の曖昧さは語句やイメージのレヴェルのものであって、文章表現そのものに変わったところはない。

三番目の有名な二行詩「雪」はどうであろうか。


太郎を眠らせ、太郎の屋根に雪ふりつむ。

次郎を眠らせ、次郎の屋根に雪ふりつむ。

北国の深夜、雪がしんしんと降る中で、ぐっすり眠っている幼い子供。子供をつつむ白い布団、家をつつむ白い雪から、ごくかすかに凍死の連想が働き、無心に眠る子の将来に翳りが射すが、それはあるかなきかの程度であって、雪の夜の静寂を損なうものではない。

ところで、眠っている幼い子供、太郎と次郎（彼らは幼児か、せいぜい小学校低学年でなければならない）が、同じ一つの家で眠る兄弟なのか、それとも別の家の子供なのかについて説は分かれている。一つ家で眠る幼い兄弟という情景も捨てがたい。しかし同じ文型の繰り返しは続く第三、第四の同様な文を暗示するから、後者の解釈のほうが妥当であると思われる。つまり、雪の降る深夜、あちらの家、こちらの家で子供が無心に眠っている情景を歌っているのであろう。「太郎」「次郎」は、幼い男の子を表す符号にすぎない。だが、ここで注目したいのは、この詩の特異なシンタックスである。冒頭の「太郎を眠らせ」を読んだ読者は、一瞬その主語は人間であろうと思いこむ。しかし続く「太郎の屋根に雪ふりつむ」によって、一瞬の印象はただちに、ほとんど気づかぬうちに、修正され、読者は、太郎を眠らせるものが雪であることを受け入れる。ここにはシンタックスのかすかなずれがあるといえる。[1] 眠っている子供のそばに、詩には見えていないやさしい母か姉の面影が感じられるという意見があるのは、そのずれに起因しているのではなかろうか。「美しい日本」の抒情の表現には、めだたぬ曖昧さが欠かせないように思われる。しかし、もちろん事情は日本に限ったことではない。

2

語句の多義性とシンタックスの曖昧さは、英語の詩にもしばしば見られるが、ここでは、奇妙なシンタックスがめだつT・S・エリオットの初期の詩をとりあげてみよう。ドナルド・デイヴィは、シンタックスはもともと外部にあるものを説明する散文のためのものであって、内面に関わる詩にとってシンタックスは無効であり、「背骨のない詩」――通常の意味でのシンタックスを放棄しているのみならず、どんなシンタックスもない詩――が『荒地』*The Waste Land* の末尾やパウンドの『詩篇』*The Cantos* の多くの箇所に見られると述べた。[2] しかしエリオットの詩は始めからシンタックスを放棄しているというより、他の多くの詩と同様、大体は通常のシンタックスに従いながら、ところどころで故意にそれを乱しているように思われる。シンタックスの微妙なずれが見られるのは「序曲集」'Preludes'の第二番である。

The morning **comes to consciousness**
Of faint stale smells of beer
From the sawdust-trampled street
With all its muddy feet that **press**
To early coffee-stands.

朝が意識をとりもどす
かすかなすえたビールの匂い
オガクズを踏みつけた街路から
たくさんの泥だらけの足が
早朝のコーヒースタンドに押しかける。

これは都会の朝のきわめてリアリスティックな光景、平凡でわびしい光景である。だがシンタックスは平凡ではない。一行目の comes to consciousness（意識をとりもどす）は二行目の（be conscious）Of（意識する）にまたがっており、三行目の From は前の行にかかって「街路から前夜のすえたビールの匂いが漂ってくる」となるとともに、五行目の To につながって「街路からコーヒースタンドへ」となる。また四行目の press は「（オガクズを）踏みつける」という意味であるとともに、五行目の To と結合して press to（〜に押しよせる）の意味にもなる。むさくるしい都会風景が、不思議な詩情を漂わせるのは、この奇妙なシンタックスによるところが大きいのではないだろうか。文章構造が次々にずれを起こしていて、街の風景は、屈折率の違ったガラスを通して見るようにゆがんで見える。あるいは映画のカメラ・アイが、次々とアングルを変えて同じ風景を撮るような感じを与える。あるいは、キュービズムの絵画で、異なったアングルの正面の顔と横顔が同時に見える時のような、奇妙な効果を出している。

「序曲集」は平凡でどこにでもある都市風景を描いている。どこにもない超現実的な風景の構築をめざしているのではない。超現実的都市風景といえば、ランボーの都市詩篇、「橋」、「街」、「メトロポリタン」、二編の「街々」が代表的なものであろう。これらの詩は、アレゲーニー山脈、レバノン山脈、バグダッド、ライン、日本、ロンドン、パリといった実在の地名がちりばめられてはいるが、現実のどこにもない超現実の都市風景を構築している。

パトリック・ヘロン「T. S. エリオット」(1949)
キュービズムふうなエリオットの肖像画。

銅の歩道橋、展望台、市場や列柱を取り巻いている階段などの然るべき地点からなら、判断することも出来ようかと思えたほどの街の深さだ！……商業地区は単一様式の円形広場《サーカス》で、アーケードつきの歩廊がある。店内は見えないが、道路の雪は踏みしだかれている。ロンドンの日曜の朝の散歩者さながらにちらほらと、何人かの富豪めいたのがダイヤモンドの乗合馬車のほうに向ってゆく。赤いビロードの長椅子が数点。極地の飲料が供され、その値段は八百から八千ルピーまでさまざまだ。[3]

これは、異様な古代都市か未来都市を思わせる、未知の超現実的な都市風景である。これとは対照的に、エリオットの「序曲集」の四つの風景は、わびしい街角のリアリスティックな描写から始まり、最後まで殺風景な現実から離れない。にもかかわらず、詩の進行につれて、意味が不明確になり、ランボーとは違った意味で超現実な印象がかもしだされる。その理由は、街の卑小な具体物と、意識（consciousness）、良心（conscience）、魂（soul）といった精神的なものとの並置によるのであるが、シンタックスの不安定さもそれに一役買っていると思われる。

3

『荒地』は意識の不連続、統一的なパースペクティヴの欠如を手法にした、集大成したコラージュの詩とでもいうべきものであるが、明白なシンタックスのずれはあまり多くない。最もめだつ有名な例は第三部に見られるものである。

At the violet hour, when the eyes and back
Turn upward from the desk, when the human engine waits
Like a taxi throbbing waiting,
I Tiresias, though blind, throbbing between two lives,
Old man with wrinkled female breasts, can see
At the violet hour, the evening hour that strive
Homeward, and brings the sailor home from sea,
The typist home at teatime, clears her breakfast, lights
Her stove, and lays out food in tins.

　すみれ色の時刻、眼と背中が
机から上を向き、人間エンジンが
動悸して待機しているタクシーのように、待っている時刻、
私ティレシウスは、盲目ながら、二つの命の間で動悸して、
女のしなびた乳房持つ老人の私には見えるのだ
すみれ色の時刻、家路へ促す夕刻、
船乗りを海から家へ帰らせ、タイピストは
お茶の時間に家へ帰り、朝食のあとかたづけをして、
レンジに火をつけ、カンヅメ食品を並べるのだ。

終わりから二行目の clears の前に、いわば断層があって、ここから別のシンタックスが始まっている。つまり The typist は前行の brings の目的語（または五行目 can see の目的語）であるが、同時に clears の主語でもある。『荒地草稿』によると、もともと作者は clears の主語として、関係代名詞 who を用いていた。[4] だから始めはシンタックスのずれはなかった。パウンドの添削を経た最終稿で、エリオットはなぜ破格構文を選んだのだろうか。理由はいろいろ考えられる。clears や lights の主語がはっきり示されないほど、タイピストの動作は意志のない自動的なものだという説もある。[5] あるいはシンタックスのずれは、この一節のマニエリスム的異種混淆の齟齬を反映しているとも考えられる。すみれ色の夕暮れというロマンティックな雰囲気の中に、勤め人の眼と背中だけが浮かびあがり、ロボット化した人間が登場する。人間が機械になり、逆に機械（タクシー）に動悸する心臓がはめ込まれている。ティレシウスという古代の神話上の人物が現代の世界を眺める。彼は盲目にして予言者、男でありながら女である。勇敢な船乗りと都会のしがないタイピストが並置される。シンタックスのずれは、そういう不調和の一環ではないだろうか。またそのずれは、夕方の情景一般から、タイピストという一人物の部屋の描写へ、彼女の物語へと、アングルが切り換わるきっかけをも示している。この場合も、基本はリアリズムでありながら、シンタックスのずれが、前衛絵画ふうの奇妙な効果をあげている。

詩において、ある行が前の行にかかるとも、後ろの行にかかるとも解釈できる場合は多い。エンプソンはそれを 'double syntax' と名づけ、[6] その例をシェイクスピアのソネットなどに数多く見いだしている。エリオットは 'double syntax' を『聖灰水曜日』*Ash-Wednesday* で意図的に利用した。[7]『聖灰水曜日』はピリオドなしに詩行が次々に連鎖してゆく詩であり、その呪文あるいは連祷のような形式が、非日常的・宗教的感情を伝えている。その「音楽的シンタックス」[8] は、堅固な論理構造を示すシェイクスピアなどの'double syntax'とは異なっている。

*

4

初期の詩「風の夜の狂詩曲」'Rhapsody on a Windy Night'（以下「狂詩曲」と略記）は、確定しがたいシンタックスがたくさん見られる点で、注目すべき詩である。この詩は、深夜の街を放浪する語り手の意識内に生起するイメージや想念を、次々と連ねたものである。読者がその意識の流れにそって読むなら、エリオットの他の詩とくらべてむしろまとまった印象を受けるであろう。しかし一見親しみやすく見えるこの詩が、意外に複雑な現代性を読みこむことを可能にする詩であることは、例えばマレー・マッカーサーの「エリオット解読――『風の夜の狂詩曲』と暗号の弁証法」"Deciphering Eliot: 'Rhapsody on a Windy Night' and the Dialectic of the Cipher"[9]といった論文を見ればわかる。「狂詩曲」は自発的な「歌われた詩」のように見えるが、じつは自己言及的な「書かれたテキスト」としての特徴がいちじるしい。

詩の第一スタンザは、月光と街灯が夜の街を照らし、それが語り手の意識に奇妙な作用を及ぼす様子を述べている。

Twelve o'clock.
Along the reaches of the street
Held in a lunar synthesis,
Whispering lunar incantations
Dissolve the floors of memory
And all its clear relations,
Its divisions and precisions.
Every street-lamp that I pass
Beats like a fatalistic drum,
And through the spaces of the dark
Midnight **shakes** the memory
As a madman shakes a dead geranium.

十二時。
月の総合の中に捕らえられた
のびた街路に沿って、
つぶやく月の呪文が
記憶の床《ゆか》を溶かし
そのあらゆる明確な関連も
その区分や正確さをも溶かしてしまう。
私の通り過ぎる街灯のひとつひとつが
宿命の太鼓のようにとどろき、
暗黒の空間を通して
真夜中が記憶を揺さぶる
狂人が枯れたゼラニウムを揺するように。

試訳では五行目の Dissolve の主語は Whispering lunar incantations と考えたが、倒置構文とみなして、the floors of memory 以下を主語とみなすことも可能である。その場合は Dissolve は自動詞となり、現在分詞 Whispering はおそらく the reaches of the street を修飾する。その場合、二―七行目は次のようになる。[10]

月の総合の中に捕らえられ、
月の呪文をつぶやく
のびた街路に沿って
記憶の床が溶け
そのあらゆる明確な関連も
その区分や正確さも溶けてしまう。

どちらの文章構造を採用しても、意味はたいして変わらない。シンタックスの違いによって、図柄がアヒルに見えたりウサギに見えたりというめざましい違いになるわけではない。いずれにしても、深夜街を照らす月（lunar → lunatic）のため語り手の精神状態が不安定になり、記憶の働きが狂気じみてくるという状況に変わりはない。しかしその異常な状況を表現するにふさわしく、構文は不明確で、まさに「明確な関連も、その区分や正確さも溶けて」しまっている。

八行目以下の文にも、同じようなシンタックスの曖昧が見られる。一一行目の shakes の主語はどれだろうか。最終行 As a madman shakes a dead geranium の構文とパラレルに考えるなら、Midnight を主語ととるのが自然であろう。しかし文頭の Every street-lamp が主語であるという可能性もないことはない。その場合、the dark / Midnight という行またがりの句が生じることになる。[11] また、shakes は自動詞で、主語は倒置されている the memory であるという可能性もないわけではない。いずれの解釈をとるにしても、意味はたいして変わらない。真夜中に風で揺れるガス灯の炎が、運命を告げる太鼓のとどろきを思わせ、心臓の鼓動をも暗示し、記憶の働きを奇妙に狂わせるという状況に変わりはない。しかしそれを表現する構文は曖昧で、とくに一〇－一一行目は、まさに「狂人が揺すっているように」構造を特定しがたい。

月光と街灯に照らされた夜の街をさまよう語り手は、異様な記憶の作用のため、さまざまなものを次々に連想する。その連想をつなぐのが、ねじれ、裂け、こわれたもののイメージ群、'A crowd of twisted things'（ねじれたものの一群）である。そのうちの一つにさびたバネがある。

A broken spring in a factory yard,
Rust that clings to the form that the strength has left
Hard and curled and ready to snap.
工場の構内のこわれたバネ、
弾力が去った形のままにサビがとりつき
固くて巻いていて今にもはじけそう。

三行目の Hard 以下は、A broken spring を形容する句とみなすのが普通である。しかし二行目の終わりにコンマがないので、二－三行目を続けて読むことも可能である。すると Hard and curled and ready to snap は has left の目的格補語ということになり、その意味は「弾力がその形を固く、カールして、はじけそうにした」となる。また left hard というつながりに注目すると、die hard や draw hard からの類推により、「力がなかなか抜けきらない」の意味が読みとれる。バネには弾力がもうなくなっているのだろうか。それとも、さびたあとも弾力がまだ未練がましく残っているのだろうか。弾力が残っているように見えるのは見かけだけなのだろうか。また動詞 snap の意味は、「パチンとはじける」なのか、それとも「ポキンと折れる」なのか。これらの差はたいしたことではない。しかし、つまらないさびたバネ、都市生活の些末さを象徴する、こわれて捨てられたバネが興味を引く一因は、こういう意味を確定しがたい表現によるのではないだろうか。

また次の表現はどうだろうか。

I have seen eyes in the street
Trying to peer through lighted shutters,
私は、通りで、明かりのついた鎧戸ごしに
のぞこうとしていた目を、見たことがある、

誰かが室内にいて鎧戸の隙間から、街路にいる語り手をのぞいていたのだろうか。それとも語り手は室内にいて、誰かが外からのぞいていたのだろうか。つまり in the street は have seen を修飾するのか、それとも eyes を修飾するのか定めがたい。

このように「狂詩曲」にはシンタックスの曖昧さが多く見られるのであるが、シンタックス

にずれがなくても、意味が両様にとれる場合もある。

The street-lamp said, 'Regard that woman
Who hesitates **toward** you in the light of the door
Which opens on her like a grin.
街灯が言った、「あの女を見てごらん
ニヤリと笑ったように彼女に向かって開いている
ドアの明かりの中で、君のほうへとためらっている。

hesitate という自動詞の表す「停滞」と、toward という前置詞の意味する「方向性」とは矛盾するので、ここにはかすかな緊張感が見られる。[12] 女は語り手のほうへ来ようかどうか躊躇しているのであるが、女は語り手の「ほうへ」来たがっているのか、それとも語り手「に対する」態度としてむしろ逃げ腰なのだろうか。

　またこの詩では月と女が同一視されていて、それに応じた 'double image' が見られる。She smooths the hair of the grass（彼女は草の髪をなでつける）は、女が髪をなでつけるしぐさと、月光が草むらを照らす様子の二重写しである。A washed-out smallpox cracks her face（洗いざらしのあばたが彼女の顔をひび割れさせる）は、女の疲れた白い顔のあばたの痕であり、月のクレーターの影でもある。

'double image' あるいは 'double meaning' はまだ他にもある。この詩の結末で、街灯が 'Memory! You have the key,' と呼びかけるのは、語り手が風にゆらめくガス灯にことよせて、ドアの上の番号を見て、自分のアパートのカギを開けるよう自分自身につぶやいていると考えられるが、別の意味にも解釈できる。「記憶よ！おまえがカギを握っている」と解釈すれば、この詩の詩法を宣言していると読むこともできる。「狂詩曲」はまさしく記憶についての詩であり、「記憶」がこの詩のキーワードだからである。となると、この詩のメタ・ポエムとしての性格に触れずにはすまない。

5

「狂詩曲」のメタ・ポエムとしての特徴は多くの箇所に表れている。第一スタンザで、記憶の「明確な関連や区分や正確さ」をいったん「分解」(dissolve) して、それを「月光の影響のもとで再統合」(a lunar synthesis) するというのは、まさにこの詩自体についてのメタ詩的なコメントである。もし月光を想像力のシンボルとみなすならば、これは詩一般に妥当するコメントであるともいえよう。第一スタンザはまた、シンタックスのずれの実践であり、そのことへのコメントでもあることはすでに見た。

The memory throws up high and dry

A crowd of twisted things;
A twisted branch upon the beach
Eaten smooth, and polished
As if the world gave up
The secret of its skeleton,
Stiff and white.

記憶はねじれたものの一群を
高く投げあげて干からびさせる。
浜辺のねじれた枝は
なめらかに浸食され磨かれていて
まるで世界が
その骸骨の秘密をさらけだしたように、
固くて白い。

第三スタンザのこの光景は、波に洗われ浜辺に打ちあげられた漂流物に対してわれわれが感じる不思議な気持ちを、みごとに描写している。と同時に、この詩が、海（＝無数の記憶をひそめた無意識のシンボル）が吐き出した漂流物（＝記憶）からできているという、メタ・ポエム的コメントでもある。

海岸の漂流物のねじれた木の枝、工場の構内のさびたバネ、第二スタンザに出る曲がったピン、女の裂けて砂で汚れたドレスの裾――これらガラクタに近いオブジェは、この詩が二十世紀初頭のコラージュ芸術の対等物であることの宣言ではないだろうか。現代美術についての次のような記述を読めば、その感がいっそう強まるだろう。

紙がよごれ、破れた時、布がすり切れ、シミでよごれ、裂けた時、木片が裂け雨風にさらされ、ペンキの衣がはげ落ちて模様がついた時、金属が曲がり、さびた時、こういった物体は、もとの材料に存在しなかった意味合いを帯びるのである。オブジェがシャツのそでとか、食事用フォークとかであるとわかった時、さらに限定された連想があらわになる……いずれの場合も、意味と材料は合致するのである。[13]

この引用文中の過去分詞の形容詞、soiled, worn, stained, torn, split, weathered, bent,rusted, etc.は、「狂詩曲」の中でめだつ形容詞、stained, crooked, twisted, broken, curled, etc. にきわめて近い。この詩に現れる物体は、何かを意味するより先に、それ自体が目的であるところのオブジェである。だから「狂詩曲」は、現実の夜の放浪を歌ったというより、それを原稿用紙／カンヴァスの上で再構成したと考えるほうがいいかもしれない。コラージュ作品に用いられる素材には、写実の風景も、記憶の風景も、想像上の風景も、他人の作品からの引用もあり、さらに、これに布切れや木片や新聞紙などがつけ加わることもあるだろう。これらがつなぎあわされると、リアリズムの作品とは違った作品ができあがる。

第四スタンザにおいて、語り手は溝にはいつくばって腐ったバターを食う猫のつき出す舌を見る。猫のつき出す舌から、波止場を走る玩具《おもちゃ》を取ろうと自動的に（automatic）にさっとつき出す子供の手を連想する。これはかなり不自然な連想ではないだろうか。走る玩具は、ゼンマイ仕掛けの玩具を思わせるが、これはボードレールの『パリの憂鬱』*Le Spleen de Paris* の「貧者の玩具」'**Le Joujou du pauvre**'に基づいていて、その玩具とは、貧しい子供が玩具にしている生きたネズミのことである。[14] だから、ここには猫→ネズミというかなり自動的な連想も見られるのである。なお、ボードレールのこの散文詩にも、もらったエサを他の場所へ（自動的に？）運んで食う、いじけた猫のイメージが出てくる。

自動作用の連想はさらに続いて、シャッターの隙間からうかがう眼や、棒切れの先にとりつくカニの反射的動作の記憶になる。これらの動作は意味もなくただ自動的にくり返されるむなしい生の象徴でもあるが、'automatic'という語は、この詩における連想の働きとこの詩の詩法を暗示する。「狂詩曲」はかなり自動速記的に（あるいはそれを装って）書かれた詩である。エリオットはシュールレアリズムに言及することはほとんどなかったが、「自動筆記」（automatic writing）に近い方法で書かれた詩に、「正常な精神状態の時の検討に耐えうるものもある」と述べたことがあった。[15]

自動筆記の特徴は、意味よりもむしろ音に導かれて詩句が紡ぎ出されてくる箇所に、もっと明瞭に表れている。同音や類似音のくり返しは、エリオットの詩全般のめだった手法である。

「狂詩曲」では第一スタンザで同じ語をすぐ次の行で使ったり（lunar と shakes）、韻を踏む語を続けたり（its clear relations, / Its divisions and precisions）、第二スタンザでも、同じ語、似た語を重ねている。（The street-lamp sputtered, / The street-lamp muttered）。それはどんな詩にも見られる特徴だというなら、cross and cross across her brain はどうだろうか。単に「脳裏をよぎる」というためにこういう表現が用いられたのは、意味より音に促されて、語が自動的に選ばれたとしか思えない。しかもこの行の前には smallpox, rose, eau de Cologne, alone, old nocturnal など［ou］［ɔ］の音が集中して現れていて、同音のくり返しはくどいほどである。また

'**Regard** the moon,
La **lune** ne **garde** aucune rancune,
「月を見てごらん、
お月さんは何の恨みも持っていない、

の garde は、前行の regard から導かれたか、あるいは逆に、作者の頭に先にあった garde から regard が出てきたのであろう。というのは、この詩行はラフォルグの詩「あの美しい月の嘆き」'Complainte de cette bonne lune'の

Là, voyons mam'zell' la Lune,
Ne gardons pas ainsi rancune.
ほら、あそこに月のお嬢さんが見える、
恨みなど持たないでおこう。

をふまえているからである。[16] ラフォルグの原詩も母音［a］［yn］がめだつが、エリオットの場合、一行に［yn］の音が三回も用いられている。このあたりは、意味より音の連想によって書かれたとしか思えない。

この詩がメタ・ポエムであることの極めつけは、The last twist of the knife.（ナイフの最後のひとひねり）という呪文めいた最終行である。これはさまざまに理解できる句である。まずこの詩の支配的なイメージ、「ねじれたものの群れ」の最後の「だめおし」である。また語り手は階段を上がって（ここには処刑のイメージが感じられる）、明日の生活に備えて眠りにつくためアパートの「カギをまわす」と、彼のとりとめない意識の流れは、現実原則（明日の生活への配慮）と眠りによって「とどめを刺される」とも解釈できる。さらに、この最終行は、「風流な会話」'Conversation Galante' の Giving our vagrant moods the slightest twist!（私たちのきまぐれな気分にごくかすかなねじれを与える！）を思い出させる。「風流な会話」は、月光やノクターンで表されるロマン派・象徴派詩学を転換させる意図を持ったアイロニカルなメタ・ポエムである。「狂詩曲」もその線に沿ったものと見てよい。

ここでマシュー・アーノルドの詩「夏の夜」'A Summer Night'との比較を試みたい。アーノルドはヴィクトリア時代の、いわば遅れてきたロマン派であるが、「夏の夜」は「狂詩曲」と似た雰囲気を持っている。

In the deserted moon-blanched street
How lonely rings the echo of my feet!
Those windows, which I gaze at, frown,
Silent and white, unopening down,
Repellent as the world:— but see!
A break between the housetops shows
The moon,....[17]

人のとだえた、月光の白々と照る街を
何とさびしく私の足音がこだますることか！
私の眺めるあの窓々は、気むずかしそうに
沈黙し、白っぽく、下ろされて開くことはない、
この世のように拒絶的だ。しかし、ごらん！
家々の屋根のとぎれたあいだに
月が出ている……

これが冒頭であるが、月光に照らされてひとり街をゆく語り手の状況は、「狂詩曲」にきわめて近い。心に浮かぶ過去の記憶、語りかけてくるかに見える月の光——道具立ても「狂詩曲」と同じである。しかし「夏の夜」において、語り手のモノローグは、しだいに瞑想の世界に入ってゆき、深い喪失感、生の無意味を歌うが、最後には、人類の魂の地平の広さに信頼を託するというヴィクトリア時代のモラルの主張で終わっている。

「狂詩曲」は、このような詩の雰囲気を受け継ぎつつ、ひとひねりして、このような詩を転回させようとしている。ワーズワスが前の時代の詩を「転換」させた（'The Tables Turned'）ように、エリオットもここで風、月、女、記憶といったロマン派おなじみのイメージを借りながら、そういう種類の詩に「最後のひねり」(**the last twist**) を与えたのではないだろうか。

「狂詩曲」ではロマン派の詩とちがって、記憶が統一的・人格的機能をはたすことはない。「記憶の明確な関連も、その区分や正確さも溶けて」しまっている。記憶は「狂人が揺するように」作用する。この詩はベルグソンのいう、意識の純粋持続を描いたように見え、その点で二十世紀初頭の哲学の風土を反映している。（エリオットはパリでベルグソンの講義に列席した）。しかしこの詩では、記憶はベルグソンのいう統合的機能を持っていない。つまり、ベルグソンが唱えたような、過去の記憶が結びつき協力しあって、おのずと未来の決意へと導かれるという幸福な事態にはならない。[18] この詩の中で、ベルグソンが批判した機械的な自動反応をくり返し描いているのも、ベルグソン哲学に批判的な立場を示すものであろう。また、同じことだが、記憶がワーズワスのいうような精神的成長の役割をはたすこともない。（ただし、そういう事態を作者は喜ばしいと思っていないことは、この詩に漂う喪失感と、以後の作者の精神的探究から見てあきらかであろう)。ともかくエリオットは統一的意味のない、偶然の要素の多い、シンタックスの定まらぬ現代的なコラージュ作品を作った。そして作品の中で当のその作品の特徴に言及した。これは当時きわめてモダンなことであった。

6

しかしながら、「狂詩曲」は、現代芸術に見られる特徴を示している一方で、内容的には、十九世紀末のムードをも漂わせている。荒涼たる夜の裏町をさまよう語り手の意識の流れにそって詩が進行する、というあり方は世紀末的であろう。そして前述したように、ここに描かれた都市風景は、どこにもない超現実の光景を言葉で構築するという性質のものではない。むしろ根底にはリアリズムがある。二十世紀初めのパリの裏町がかなり写実的に描かれていて、それは次のような箇所に見られる。夜の街を照らすガス灯と風に揺らぐその炎。裏町の窓辺でよく見かける鉢植えのゼラニウム。歯ブラシを壁にかけ、靴を磨いてもらうため戸口に出しておくという下宿屋の習慣。また、第五スタンザの終わりでよみがえってくる記憶——日陰の枯れたゼラニウム、壁の割れ目の埃、街路の焼き栗の匂い、閉めきった部屋の女の匂い、廊下の煙草の匂い、バーのカクテルの匂いの記憶——はおそらく、語り手がこの夜帰途につく前に実際に経験したことを列挙したのではないだろうか。

またエリオットの場合、意味よりも言葉とその音が優先するといっても、言葉が意味を離れて自己増殖し、現実に存在しない光景を作りだしてしまうということはない。その点でも基本にはリアリズムがある。このことは、例えばディラン・トマスの次の詩などとくらべるとよくわかる。

Though they be mad and dead as nails,
Heads of the characters hammer through daisies;
Break in the sun till the sun breaks down,
And death shall have no dominion.[19]
たとえ彼らが狂ってクギのように死のうと、
人々の頭はヒナギクたちを打ち貫いて、
太陽に押し入って太陽を砕く、
そしてもはや死が支配することはない。

ここには、mad, dead, headという音の連鎖が見られる。また as dead as a doornail（完全に死んで）という成句から、nail の縁語の head や hammer が導かれ、さらにdaisy（=day's eye）から the sun が導かれる。その結果、「クギの頭が貫く」、「死人がヒナギクの咲く土を持ちあげる」、「太陽に押し入る」といったイメージが重なって、自己増殖した言葉による超現実的な世界が構築される。ディラン・トマスのこの詩では、イメージのはなばなしさにくらべて、シンタックスの異常はそれほど見られない。根本にあるのは言葉遊びであるが、それが死を克服する想像力の作用というディラン・トマスの哲学につながるわけである。これとくらべると、エリオットの言葉遊び、例えば、cross and cross across her brain にしても、コンテキストから遊離して自己増殖あるいは自己充足することはない。指示機能をも十分にはたしている。その意味では「狂詩曲」はリアリズムからあまり逸脱していないといえる。

＊

最後に「狂詩曲」におけるシンタックスの曖昧さの意義と役割について、二、三つけ加えておきたい。シンタックスの曖昧さは、夜の街をさまよう語り手の意識にとって、外界のとらえがたさを意味するだろう。現代人は、主体の意識が、外部に存在する客体を明確にゆがみなく把握できるという立場を、もはや信じていない。主体と客体の関係は不明確になり、したがって客体と客体の関係も明瞭ではない。それは統一的視点がないということであり、コラージュ芸術やキュービズム、シュールレアリズムと共通する立場である。

シンタックスの不確定さはまた、エリオットの創作心理にも関係している。彼は後期の評論で、自己の詩作体験をたびたび語った。[20] それによると、詩を書く前に、伝えるべき明確な意味や観念や情緒が存在するのではなく、詩は不定形の胚珠あるいは胎児のようなものとして、あるいは単にリズムとして、予感されることが多いという。詩が何を意味するかは、詩が書かれたあとで初めてわかる、とも述べている。そして詩の意味は、作者のものであるとともに、読者のものでもあると強調している。詩は読者の側での二次創造を促し、読者は詩句を再構成して、詩の成立に参加する。シンタックスの曖昧は、そのような読者参加への誘いでもある。

第八章

歩行者の意識に映る〔超〕現実的な都市風景

T・S・エリオットの都市風景（3）

1

T・S・エリオットの詩のうちで、どれが最もすぐれているかについては、今でもまだ評価は定まっていないと思われる。そのことは、定評あるエリオット学者の記念講演を見てもわかる。ジェイムズ・オルニーやA・D・ムーディが、原体験に根ざした、半ば無意識的なイメージの現れる後期の詩を評価するのに対し、レナード・アンガーは、特定の時と所のアクチュアリティを反映する初期の詩に注目している。[1] オルニー、ムーディともに「マリーナ」'Marina' 冒頭に現れる、ニューイングランドの海岸風景――灰色の岩に寄せる波、松の香、霧の中から聞こえるツグミの声――を重視し、この詩以後エリオットの詩は新局面に入ったと考えている。両者ともに「想像力の大部分は記憶の働きなのだ」[2] という詩人自身の言葉を引用し、詩人エリオットを支える大切な記憶は、子供時代のアメリカの風土の記憶だと主張している。

たしかにエリオットの後期の詩には、幸福感に包まれた風景が現れている。例えば、『風景集』*Landscapes* の一編「ニューハンプシャー」'New Hampshire' の、りんごの樹の葉陰に隠れた子供たちの笑い声。（これは『四つの四重奏』*Four Quartets* でもくり返される）。あるいは『四つの四重奏』の、五月《メイ》に生け垣に白いさんざし《メイ》の花が匂う、英国の田園。これらニューイングランドとオールド・イングランドの光景は、人間が生きる基盤をそこに見出す原風景、つねによみがえってきて、現在の生を意味づけ支える、記憶の風景である。

エリオットの詩を、このようなプルースト的な記憶のよみがえりという点から読むなら、都市風景を描く初期の詩の評価は低くなるだろう。オルニーは「初期の詩にはエリオット自身の記憶は少ない」、「初期の詩に特徴的な心の働きは、回想でなく観察である」[3]と述べている。ムーディも同じ趣旨のことを述べている。

しかしアンガーのいうように、初期の詩は、世俗の卑近なものを鮮明に描き、リアルでかつ異様な都市のイメージを定着している。[4]そうすることによって、当時他のどんな詩より大きな衝撃をもたらしたのであった。エリオット詩を、特権的瞬間の記憶のよみがえりといった観点からのみ読む必要はない。（ただし初期の詩においても、記憶は後期の詩と違った意味で大きな役割をはたしていて、「風の夜の狂詩曲」'Rhapsody on a Windy Night' の表現を借りていうなら「記憶よ！ おまえがカギを握っている」といえるほどである）。

『プルーフロックとその他の観察』*Prufrock and Other Observations*の最初の六編は、いずれも都市風景（cityscape）を描いている。これらの詩に最も頻繁に出る語は、「街路」（street）であり、街を観察する語り手の視点から書かれたものが多い。本章では、エリオットの初期の詩に見られる都市風景の特質を考えてみたい。

2

まずエリオットの詩における風景という一般的な問題を考えてみよう。エリオットは「詩人に対する風景の影響」と題する講演で、「私の詩は他の詩人の詩と同様、私が住んだあらゆる環境の痕跡をとどめている[5]」と述べた。そして「風景（landscape）の影響といっても、自然を歌った詩（Nature Poetry）のことを考えているのではない[6]」と述べたあと、都市の風景について言及した。

一年のうち九ヵ月、私の光景はもっぱら都会的で、それも非常にみすぼらしく生気のないものだった。私の都会のイメージはセントルイスのものであり、その上にパリとロンドンのイメージが重ねあわさった。[7]

しかし彼は田園風景についても述べ、最終的にはロバート・フロストのような「ニューイングランド詩人」とみなされたいという希望をもらしている。子供時代の体験を重視するオルニーやムーディの見解は、詩人を喜ばせたかもしれない。

ヘレン・ガードナーは「エリオットの詩の風景」という講演で、彼が場所のイメージを通して、雰囲気や感情をみごとに表現するのを賞賛した。[8] 彼女は英詩における風景という一般的な問題について簡潔に要約している。

十七世紀後半から十八世紀にかけて、風景画と同様、風景詩(landscape poetry)が独立したジャンルになる。それは物語詩や劇詩の付随物ではなくなる。そして十九世紀になると詩の風景は、すぐれて心の風景(landscape of the heart)となる。[9]

ロマン派以降、風景は内面の感情、魂の状態を表すものとなった。そして「十九世紀から二十世紀になると、詩の風景には都市風景(townscape)が含まれる[10]」ことになった。ガードナーは、エリオットが子供時代に夏を過ごしたマサチューセッツ州グロスター、アン岬付近の自然風景とともに、「目的もなしに通行人がぶらつく」ロンドンや、「みすぼらしく、性的気配の充満した、ゾラ的な荒廃」のパリといった都市風景も、詩に表現されたと述べている。[11] また『四つの四重奏』で重要な役割をはたすのは「場所の感覚」であるという。

ガードナー自身「場所の感覚」に敏感であって、「J・アルフレッド・プルーフロックの恋歌」'The Love Song of J. Alfred Prufrock' の、「むさくるしい裏通り」と有閑婦人の「客間文化」は、ロンドンではなく一九一〇年のセントルイスのものであり(従ってこの詩に現れる霧もセントルイスの霧）、一九一五年に書かれた「窓辺の朝」'Morning at the Window' の「お上品ぶり、控えめ、むなしさ」はロンドンのものである、といった指摘をしている。[12]

ガードナーの論をふまえて、『T・S・エリオットの詩における象徴としての風景』という研究書も書かれていて、そこでは、エリオットの詩の風景が、都市、田園、砂漠、庭園、海と川の五つに分類されて考察されている。[13]

たしかに、特定の場所の雰囲気を詩に定着するのは、並みの詩人の及ばぬ、偉大な技倆の表れであろう。しかし、さしあたっての私の関心はそういう点にはない。なぜなら、詩は実在する外部の風景の再現ではないからである。われわれは行ったことのない場所を描いた詩からでも感銘を受ける。詩の風景は、現実からイメージを借りているにしても、外部には存在しなかったものであり、それでいて現実の風景同様、あるいはそれ以上にリアルである。この点でドナルド・デイヴィが次のように述べているのは参考になる。（この文章はあたかも先程のガードナーの引用の続きを述べているかのようである）。

> キーツやテニスンは、彼らに先立つワーズワス、クーパー、トムソンと同様、自然が風景や天候（the landscape and the weather）を提供してくれるのを期待している。風景や天候が人間の精神状態に対応し、それを表現するのを可能にするからである。他方、象徴派の詩人は、自分の望むものを自然が与えてくれるまで、忍耐強く自然に仕える必要などないと悟ったのである。表現したい精神状態がわかっていれば、それに見合った風景を好きなように作ればよい。

それとともにもう一つのことを悟った。すなわち、詩人は自然の気まぐれから解放されたのだから、風景を作る時、自然を支配している法則をすべて守る義務はもはやないということである。[14]

詩人の描く風景は自由度を増し、もはや外部の風景と対応する必要はなくなる。デイヴィはこういう事態を必ずしも好ましいとは考えていないのだが、象徴派以後、詩の風景はデフォルメされた非写実的なものになる傾向を示し、エリオットの詩もこの線上にある。

しかし詩の風景には詩としてのリアリティーがなければならない。エリオットの詩には、ある種の前衛派の絵空事とは違ってリアリティーがあると思われる（エリオット自身『詩集 一九二〇年』*Poems—1920*のいくつかの詩では、皮相的な前衛にすぎないような作品を書く危険性があったのではないか）。そのリアリティーとは、実際の場所の雰囲気を反映しているといったことではない。詩の都市風景にわれわれが感銘するのは、そこにセントルイスやボストンやロンドンやパリを見るからではない。われわれの都市体験のリアリティーを見るからである。その意味でエリオットは「現代の世界では、すべての都市は同じ一つの都市であることを示した[15]」といえるだろう。

3

一九一一年頃までにエリオットは、一連の都会詩を書いていたが、これらの詩は「都市と心理を融合する」試み、すなわち「日常生活の恐怖と倦怠」と「悪夢の内面世界」を表現する試みであった。[16]「都市と心理を融合する」というのは、エリオットの都会詩の特徴を表すのに適切であろう。語り手の心理は、都市の日常的な事物を通じて表現されるのだが、その際、デイヴィがいうように、自然法則に支配されぬ、(悪)夢のような奇妙なイメージが用いられている。そしてエリオットの詩を有名にした奇妙な比喩やイメージの多くが、街で見た平凡なものの並置から成立している点が注目される。「窓ガラスに背中をこすりつける黄色い霧、窓ガラスに鼻づらをこすりつける黄色い煙」はその典型的な例である。おそらく街を行く語り手は、硫黄を含んだスモッグが漂う裏町で猫を見て、普通には結びつくはずのない霧と猫を重ねあわせて、思いがけない新鮮な比喩を出現させたのである。

世界は回転する
空地でたきぎを集めている老婆のように
——「序曲集」

真夜中が記憶を揺さぶる
狂人が枯れたゼラニウムを揺するように
――「風の夜の狂詩曲」

女中たちの湿った魂が
地下勝手口でぐったりと芽を吹いている
――「窓辺の朝」

といった一見そぐわない奇妙な比喩も、深遠な意味を読みこむ前に、単純に街で見かけた事物の並置であるとみなしたほうがいいのではないか。おそらく語り手は街を歩いて、空地で物拾いをしている老婆、何かを振り回している狂人、窓辺の枯れたゼラニウム、半地下の台所で働いている女中、物陰で芽を吹いている腐りかけの野菜等々を見かけて、それらを重ねあわせたのであろう。そういう日常の具体的なものが描かれているため、詩のイメージは現実的であるが、普通には結びつくはずのないものが結合し、またそれが、「世界」「記憶」「魂」といった抽象的・観念的なものの比喩に用いられているので、ファンタスティックな奇妙な効果も生じる。それはまた、当時の前衛絵画や発生期にあった映画のモンタージュの手法を思わせる。都市と田舎を対比して、「都市においては、視覚的印象が次々と生起し、重なりあい、交差しあう。それらは映画的である」と言ったのは、パウンドである。エリオットは、都市のリズムを伝えるのにふさわしいとして、パウンドのこの考えに同調していた。[17] だから読者のまずなすべきことは、イメージの意味や関連を詮索するより、異質なイメージが「次々と生起し、重なりあい、交差しあう」のに驚き、その不調和なおかしさを味わうことであろう。

詩の言葉が現実を正確に鋭く表現しようと試みるのはいうまでもない。がその反面、言葉は現実を完全には表現できないという事実を逆手にとる。つまり、言葉を配列すると、それに見合った何らかの意味があとから出現するという事実を利用する。詩の言葉が脚韻その他の形式的制約に従うこと自体、ある程度、言葉が意味に先立つのを認めたことになる。[18] エリオットが意味より言葉を優先させている場合があるのは、例えば「プルーフロック」の

In **a** **minute** there is time
For **decisions** and **revisions** which **a** **minute** will **reverse**.
一瞬のうちにも、決断と修正の時があり、
それもまた一瞬のうちに逆転する。

といった語呂合わせに近い詩句を見ればわかる。revisions は形が似た decisions から導かれ、これらの語に含まれる短母音［i］と前行の minute が、二度目の minute の出現を促し、さらに reverse は revision の［riv-］の音に促されて現れたと思われる。[19] 音を優先させる詩法は、宗教的・哲学的な意味に満ちた『四つの四重奏』にさえ引きつがれ、随所で言葉遊びが試みられている。

音と同様に、イメージもまた意味に先立つ場合があるのではないだろうか。街で見かけるさまざまな事物が先にあって、意味が十分意識されるより前に、それが異質なものと、単に近接しているという理由だけで、結びつけられ、それに見合った心理ないし真理はあとから出現するのである。そうならばエリオットの詩は、ロマン派の詩のように同化、必然、調和、隠喩《メタファー》に向かうより、むしろ異化、偶然、分裂、換喩《メトニミー》へ向かう傾向がある。[20]

4

しかし、今述べたことをすぐに修正するようだが、異質なものを重ねあわせる詩法は、無関係なものをただ機械的に結びつければよいということではない。言葉を完全なオブジェとして用いることはできない。言葉が何かを意味してしまう以上、たとえ意味はあとから来るにしても、言葉と言葉の結びつきには、ある程度心理的理由がなければならない。例えば「窓ガラスに背中をこすりつける黄色い霧」という奇想が効果的なのは、霧と猫のイメージが読者の意識下で微妙に混ざりあうからである。曲線を描いて流れ、渦巻き、まつわりつく黄色い霧が、裏町で見た黄色い猫の動作を思わせるだけではない。それが効果的なのは、語り手の脳裏に、これから訪問しようとしているサロンの女たちの、猫的な媚態が浮かんでいるからである。猫的な気配はあとまで尾を引いて、「長い指に愛撫されて、眠って……疲れて……それとも仮病かな」や、「明かりの中で見るとかすかな褐色のうぶ毛が生えている」白いむき出しの腕や、「そんなつもりじゃないのよ、そうじゃないのよ、ないのよ」という、身をくねらすような女のせりふへとつながってゆく。

心理的理由という点から、「プルーフロック」冒頭の例のイメージ、ジョン・ベリマンが「この行とともに現代詩が始まる」[21]といったあまりにも有名なイメージについて考えてみよう。

では出かけよう、きみとぼくと、
手術台の上の麻酔をかけられた患者のように
夕暮れが空に向かって広がってゆく頃

単純に考えれば、このイメージも街の事物を並置したにすぎない。語り手は夕暮れどきに場末の街を歩いて、おそらく病院のそばを通り、不安な気持ちにとりつかれたのである。ちょうど、リルケの『マルテの手記』*Die Aufzeichnungen des Malte Laurids Brigge* の語り手が、パリの裏町を放浪して病院に出くわし、「ヨードフォルムと揚げたジャガイモの油と不安の匂い」を嗅ぐように。

並置された「夕暮れ」と「麻酔をかけられた患者」は、一見何の関係もない。しかし読者の無意識層では通底するものがある。空に夕闇が広がってゆくさまは、麻酔をかけられた患者の意識が、一方の端から閉ざされてゆくのに似ている、というだけではない。夕暮れとともに、昼間の日常意識が薄れ、とりとめのない不安な想念がゆらめく様子が、薄れゆく患者の意識を思わせる、というだけではない。この比喩は、何よりも、街をさまよう語り手自身の麻痺感、無力感を暗示している。意識と欲望はまだ残っていても行為不能であることを暗示している。「手術台」のイメージはまた、他人の視線によって昆虫の標本のように釘づけにされて動けないという無力感、幻燈が神経を壁の上に映すようにしか「いいたいことがどうにもいえぬ」もどかしさ、切断された（頭の少しはげた）自分の首が皿にのせて運びこまれるという妄想、といったグロテスクでニューロティックなイメージにつながってゆく。とっぴでコンテキストから遊離しているように見える比喩が、じつはその後の展開につながっている。

「手術台の上の麻酔をかけられた患者」は、ロートレアモンの「ミシンとこうもり傘との手術台の上での不意の出会い」と比較されたことがあった。これは、シュールレアリズム的偶然、無関係なものの不意の出会いの例として有名である。しかし『マルドロールの歌』*Les Chants de Maldoror* 第六歌での、この比喩の置かれたコンテキストを見ると、その前に「猛禽類の爪」や「永久ネズミ取り機」というイメージが出ていて、精悍非情な若者についての一連の形容の一つとして、世間でいわれているほどとっぴではないかもしれない。これに比べると、エリオットの比喩は、さらにいっそうコンテキストに溶けこんでいる。

詩の言葉のコンテキストを織りあげるのは結局は読者である。読者は語と語、イメージとイメージの間の空隙を、各自の意味で埋めるわけである。だから「夕暮れ」と「麻酔をかけられた患者」についても、読者が読みとるものはさまざまである。次にその読みの例をいくつか挙げてみよう。――静けさと水平に広がる夕暮れが横たわる患者に似ている。[22]――対象の論理的意味ではなく知覚する人の気分を示す。[23]――病いと無気力と生ける屍の状態を示す。[24]――エーテルの連想から、不安とともに、夜空と星へのロマンティックな夢想を暗示する。[25]――表層の自我の麻痺的な堅苦しさと、深層の自我の心理的広がりという対照を表す[26]……等々。

エリオットのこの夕暮れのイメージを、他の詩の似たイメージと比較してみよう。エリオットの詩には、意識の移りゆきを暗示する、朝・午後・夕方など時間を示す場面が多い。そこで古今の詩人たちの朝・昼・夜、光や闇についての「奇想」をいくつか任意に挙げてみる。

灰色の眼をした朝は、しかめっつらの夜にほほえみかけ、
東空の雲を光の縞模様で飾り、
まだら顔の闇は、酔っぱらいみたいによろめいて去ってゆく……

（シェイクスピア）

太陽は消耗し、その火薬入れは
かよわい線香花火を放つ……

（ジョン・ダン）

光は、進むにつれ、そのすばやい絵筆でこの風景を描く。

（エイブラハム・カウリー）

静かな朝が灰色のサンダルをはいて去っていった。

（ミルトン）

ゆでられたイセエビのように
朝は黒から赤に変わり始めた。

（サミュエル・バトラー）

空は大きな寝室のようにゆっくりと閉ざされる。

（ボードレール）

夕方、しょぼくれた太陽は丘の上に横たわる……
それは酒場の床の上の痰のように白い。

（ラフォルグ）

神様、星々の虫食いの空の古毛布を縮めてください
それを体に巻いて安らかに横になれるように。

（T・E・ヒューム）

昼が白いテーブルクロスのように広がった。

（ルヴェルディ）

これらの比喩は、ロマン派のイメージと違って、何となくユーモラスである。「手術台の上の麻酔をかけられた患者のように夕暮れが空に広がる」という比喩も、ユーモラスな奇想という点では、右の詩句のどれにも少し似ている。しかしどれよりも、意識下のイメージがあやしく融合するように作用するように思われる。エリオットの比喩は、形而上詩の奇想のように、技巧をつくして理知的に説明されても、意識下ではイメージどうしが乖離したまま融合しない、というのではない。イマジズムの詩のようにファンシーなイメージの提示そのものが目的というわけでもなく、イメージには情緒が伴っている。装飾的な比喩でもなく、レトリックとして自然というわけでもない。形而上詩が説明的・分析的であるのに対し、象徴派を経たエリオットの詩句は、直観的・総合的な面もある。「麻酔をかけられた患者」の比喩は、発表当時はあまりにも奇矯とみなされたが、今から思えば、イメージどうしが微妙に融合し、ある予感を伴いつつあとあとまで尾を引くような性質のものである。モダニズムの奇矯さを持つとともに、無意識への訴えというシンボリズムの面もある。この比喩はあまりに引用されたため、今ではその衝撃力が薄れたが、現代詩の代表例として君臨する理由はやはりあったのである。

5

こういうイメージが生みだされたのは、「プルーフロック」が、街をさまよう語り手の意識の流れに沿って書かれていることと無関係ではない。語り手が歩むにつれ、街路で目にとめるもの、耳に聞こえるものが意識のスクリーンに捕らえられる。しかしカメラ・アイならぬ人間の意識には、外部の風景とともに内面の風景も映る。つまり、現在目にするものが過去の記憶を呼びさまし、欲望をめざめさせ、あるいは思いがけない連想を誘う。語り手の意識内に生起するさまざまの知覚・追想・想像・幻想が混じりあい、その不連続のような連続が、「プルーフロック」という詩の風景を作りあげる。夕暮れの空、黄色い霧、曲がりくねった裏通りといったうらさびしい街の光景が、語り手の今見ているものであるが、その中に、行く先のサロンにいるであろう女たちの姿や声の想像、彼女たちに触発された自虐的な空想、海底をはうカニや人魚の部屋で表される逃避願望などが混じりこんでくる。

「私は夕暮れ時、せまい通りを通ってゆきました。窓から身をのり出したワイシャツ姿のさびしい男たちのパイプから、煙が立ちのぼっているのを見ました、とでもいおうか」（強調引用者）という箇所にも、街をさまよう歩行者の意識の特徴が表れている。語り手は今、目の前に裏町のワイシャツ姿の男たちを見ている。それはパウンドがいうように、きわめてリアルな光景である。[27] 同時に、そこには語り手の、サロンの女たちにどう切り出したものかと思い悩む自意識が入りこんでくる。歩行者の意識に映る街の光景は、リアルであっても、遠近法に従った写実的な光景とはいえない。知覚し回想し想像する語り手の意識に忠実になろうとすれば、かえって超現実的あるいはコラージュの光景に近くなる。「風の夜の狂詩曲」もまた、街を放浪する（おそらく酔っぱらった）語り手の意識が知覚し追想し想像するものから成り立っている。この詩では、現に見ているものも、記憶に浮かぶものも、同じように「前景化」されているので、ある種のキュービズム絵画に見られるような「パースペクティヴを欠いたコラージュ作品」[28]の様相を示している。

月光と街灯に照らされて深夜の街をさまよう語り手の意識は、日常的思考から解放されていて、抑制を受けない記憶や想像が次々と浮かんでくる。ベルグソンのいう「純粋記憶」の状態である。「つぶやく月の呪文が、記憶の床を溶かし、その明確な関連も、その区分や正確さをも溶かしてしまう」に見られるように、ほとんど無意識的に記憶が流れ出てくる。語り手は、戸口にたたずむ夜の女の目尻のねじれたしわから、海辺に打ち上げられた「ねじれた枝」や、工場の構内に捨てられたさびたバネなど、ねじれた卑小なものを思い出す。人間の無意志的記憶は、プルーストに見られるような至福感を伴った奥深いものであるのはまれで、ささいなきっかけからささいなものを連想することが多いのではないだろうか。語り手は、猫が腐ったバターを食っているのを見る。猫の突き出す舌が、さっとのびた子供の手を思い出させ、その子供の無表情な眼が、シャッターの隙間からこちらをうかがっていた眼を思い出させ、手を自動的にのばす子供の動作はまた、棒切れの先につかまろうとする、浜辺のカニの自動的な動作を思い出させる。歩行者の意識内で記憶は記憶を呼んでつながってゆく。記憶の働きそのものも「自動的」なのである。[29]このあたりの記憶の作用は、ベルグソンやプルーストのパロディのように見えてくる。「風の夜の狂詩曲」には、記憶の光景が、今実際に見ている光景と同じくらい多い。memory という語が五回、reminiscence が一回用いられ、「見たことがある」とか「頭脳をよぎる」といった過去の記憶を意味する表現も見られる。このような、知覚（今現に見ているもの）と記憶（過去に見たもの）のもつれあいは、歩行者の視点と切り離せない。歩きながら目にした卑近なものと、記憶や想像のイメージとの思いがけない結合が、超現実的な効果を生むのである。

同じく街をさまよう歩行者の視点から歌われた「序曲集」'Preludes' や「窓辺の朝」にも、超現実的なイメージが目につく。「街の一画の背後で薄れゆく空を横切って、彼の魂はぴんと張りわたされている」という磔《はりつけ》のイメージ、「霧の褐色の波が街路の底から、ゆがんだ顔たちを私のほうに投げてよこす」という浮遊する顔のイメージは、シュールレアリズム絵画を思わせる。エリオットは同時代のシュールレアリズムに表立っては関心を示さなかったようだが、彼の初期の詩はキュービズムやシュールレアリズムなどの近代絵画を思わせるイメージに満ちていて、それが斬新さをいっそうめだたせたのである。

6

以上から推測できるように、歩行者の心理状態と詩人の創作時の心理状態には、ある種の親近性が見られるといえるだろう。ボードレールは街の放浪が詩の創作に重なるという詩を書いた。「太陽」'Le Soleil' という詩では、「街の隅々に偶然の生み出した韻律を嗅ぎまわり、鋪石《しきいし》につまずくように言葉の上に足を取られ、時にはばったり、長いこと夢みていた詩句を見出し」ながら、詩人はパリの街をさまよう。

エリオットが初期の詩のイメージをいくつか借用したといわれる、フランスの作家シャルル・ルイ・フィリップの『モンパルナスのビュビュ』*Bubu de Montparnasse* に登場する貧しい青年ピエールは、満たされぬ欲望と鬱屈した心をかかえて街をさまようが、その時の心理状態を作者は次のように描いている。

> ピエール・アルディは一日中事務所で働いたあと、セバストポル大通りを通行人に混じってぶらついていた。……走りまわる馬車、ぎらぎらする照明、街路の群衆、欲望と喧騒がバベルのような混乱をひき起こし、いろんな考えが一度にめまぐるしく渦巻く。……
> 人は人生で得たすべての記憶を携えて歩いてゆくが、それらが彼の頭の中で激しく攪拌される。彼が眼にする一つのものが記憶をめざめさせ、また別のものが記憶を刺激する。というのは、われわれの肉体は過去の記憶をすべて保っていて、われわれは記憶と欲望を混ぜあわせるからである。[30]（強調引用者）

「記憶と欲望を混ぜあわせる」（mingle them [our memories] with our desire）という句は、

『荒地』*The Waste Land* の冒頭の「記憶と欲望を混ぜあわせ」(mixing / Memory and desire) に直接こだましている。エリオットのこの句は一躍有名になったが、元来は街行く人の心理状態を表すものであった[31]。「プルーフロック」と「風の夜の狂詩曲」の、街を放浪する語り手の心理をいい表すのに、これほど適切な表現があるだろうか。

ボードレールは画家コンスタンタン・ギィスを論じた時、都会の群衆の中へおしのびで出歩く人を、次のように描いた。

この人を、また、相手の群集と同じほど巨大な鏡になぞらえることもできる。また、意識をそなえた万華鏡《カレイドスコープ》、ひと動きごとに、複雑な人生を、人生のあらゆる要素の形づくる動的な魅力を再現するような万華鏡にも。これは、飽きることなく非我を求める自我であって、この自我は、各瞬間ごとに、非我を、いつも不安定で逃げ去ってゆく人生そのものより一段と生気ある形象に変えて、再現し、表現する[32]。(強調原文のまま)

おそらくボードレールの圧倒的な影響のもとに、ベンヤミンは、街の彷徨と作品の創造との関連を次のように記録した。

ぼくは歩きながら、ぼくの思考が万華鏡のように崩れては入り乱れるのを、感覚していた。一歩行くごとに、新しい模様ができる。古い成分が消え、新しい成分がつまずきながらやってくる。たくさんの図形。ひとつの図形がしかし固まると、それが〈文〉というわけである。[33]

次にエリオットの評論からいくつか引用してみよう。

詩人の心は、ばらばらの経験をたえず融合している。普通の人の経験は混沌としていて、不規則で断片的である。……詩人の心の中では、これらの経験がいつも新しい全体を作っている。

——「形而上詩人」

詩人の心は、無数の感情や語句やイメージを捕らえてたくわえる容器のようなものである。

——「伝統と個人の才能」

詩人は表現すべき「個性」を持っているのではなく、ある特定の媒体を持っているのであり、その中で、印象や経験が、独特の予期せぬしかたで結合する。

——「同」

これらのエリオットの文章は、街行く人の心理とは直接関係のない発言である。しかしその内容は、ボードレールやフィリップやベンヤミンの歩行者の心理にとてもよく似ている。「記憶と欲望を混ぜあわせ」ながら街行く人の意識内の「混沌としていて、不規則で断片的な」「無数の感情や語句やイメージ」が、ある種の「媒体」の作用によって「独特の予期せぬしかたで結合」した時、ベンヤミンのいうように、「ひとつの図形が固まって〈文〉ができる」、つまり詩ができる、と考えられる。街をさまよう人の意識の流れの中では、エリオットのいう「ばらばらの経験の融合」が生じやすいであろう。

また、街行く人の心の中では、さまざまな印象や感情が融合、離反しているわけで、そういう状態にある時、人は格別の「個性」を持っていない。ボードレールの表現を使うと、「自我」は「各瞬間ごとに、非我を……生気ある形象に変えて、再現し、表現する」。その時の自我は、「無数の感情や語句やイメージを捕らえてたくわえる容器のようなもの」にすぎない。

もちろん、街行く人の心理をありのままに言語化することはできないし、できたとしてもたいして意味がない。ありのままの心理といったものは、街路を移動するテレビカメラが、ありのままに捕らえた街の映像のように、雑然とした退屈なものになるだろう。映像も詩も加工され再構成されねばならない。そのことは、夢の雰囲気をたたえた作品といえども、さめた意識によって再構成されねばならないのと同様である。エリオットの作詩法の一つは、気に入った断片をパッチワークのようにつなぎあわせることであり、編集・再構成することであった。[34] しかし「プルーフロック」、「風の夜の狂詩曲」、「窓辺の朝」は、歩行者の心理の痕を濃厚にとどめている。そして、それは創作の心理と同質なのである。

街行く人の意識に映った、知覚し想起し想像するものを写しとるという形式の「プルーフロック」、「風の夜の狂詩曲」、街行く人の意識が収集したスナップ集ともいうべき「序曲集」、「窓辺の朝」――これらの作品にはいくつか共通の特徴がある。

7

まず第一に、街行く人の意識は、多かれ少なかれ、日常的な役割や個性という枠から脱して浮遊する。意識の流れに乗って漂う時の状態、自動的な連想に身をゆだねる時の状態を思えばわかることだが、その時、自我と外界の対立は消えて、意識だけがある。意識する主体と意識内容の区別は意識されない。意識があって、それに対立する外界があるのではなく、主客不分離の意識の流れだけがある。例えば「序曲集」において、語り手という主体が、朝や夕方の街の光景を見るのではなく、主客は合体している。「朝が意識をとりもどす」というのは擬人化ではなく、語り手の意識すなわち朝の光景なのである。「彼の魂は、街の一画の背後で薄れゆく空を横切って、ぴんと張りわたされ、あるいは、四時、五時、六時にしつこい足に踏みつけられる」という時の「彼」というのは、街路と、街の住人である男と、語り手の意識が一体になったものである。語り手、その意識、意識に映るもの、のあいだに区別はない。ここにブラッドリーの主客不分離の観念論が影響を及ぼしているのか、それとも作者の主客不分離の体験が哲学に理論的な拠り所を求めたのか、いずれにしても、これらの詩では、すべては意識内の事象に還元される。

第二の特徴は、今述べた主客不分離と一見矛盾するように見えるが、同じ現象の裏面として、街行く人の意識は分裂するということである。彼は日常的役割や個性から解放された浮遊する意識となり、彼の意識は、他の人物や事物の知覚、記憶や幻想に浸透される。ボードレールの表現を借りると、「飽きることなく非我を求める自我」となり、自我は無数の、刻々と変化する非我から構成されることになる。プルーフロックは想像の中で、予言者ヨハネ、ラザロ、ハムレット、ポローニアス、道化などの役を次々に自分に割り当てる。「序曲集」の四つの都会の情景で、人称が、二人称、三人称、一人称、不特定の人を表すyou やoneなどに変化するのは、語り手の意識が分裂して、多くの人物と同化する様子を表している。「人格の分裂[35]」は、やがて「ゲロンチョン」'Gerontion'の語り手の「雑多な借家人たち、乾いた頭脳に浮かんだ雑多な想念」や、『荒地』の、古今の老若男女の意識を一身に備えた両性具有者ティレシウスの眼に映る風景となる。

プルーフロックが'you and I'として分身を仮構するのも、意識の分裂の表れである。街行く人はたいてい、自分自身を相手に何やらつぶやきながら歩いてゆくものである。ボードレールの詩「七人の老人」'Les sept Vieillards'では、語り手はプルーフロックのように、自分自身の「魂と議論を重ねながら」パリの場末を歩いてゆく。のちの「イースト・コーカー」'East Coker'においても、語り手はロンドンの街を歩きながら自分自身に話しかける('I said to my soul.')。「風の夜の狂詩曲」で、風にゆらめくガス灯の炎が、語り手の歩みにつれてふるえ、つぶやくのも、語り手の意識の投影であろう。街灯は時刻を告げ、外界の事物への注視を促し、「眠れ、生活に備えよ」と現実原則的な忠告をする。それは、語り手の意識の流れの背後にひそんでいる、語り手自身の日常意識を代弁しているのではないだろうか。

第三の特徴は、当然のことながら、知覚と記憶と想像が混然とした、街行く人の意識の流れは一定の持続の果てに消滅して、日常意識に戻るということである。「プルーフロック」「風の夜の狂詩曲」「序曲集」「窓辺の朝」はすべて、その終わり方が独特である。どの詩においても、形成されてきた詩の風景が、切断されたように不意に消滅して終わる。プルーフロックの夢想は日常意識によってかき消される。「風の夜の狂詩曲」では、最後に階段を上がって処刑されるイメージが出て、語り手の意識の流れは、アパートのカギをまわすとともにとどめを刺される。「序曲集」では、語り手自ら拒絶の身振りを示す。これらの詩において、最後に風景が不意に消去されるのは、自我がいかに非我を求めても、それは意識内の事象であって現実には何の実効もないこと、自己の意識内に自閉した唯我論の世界は否定される運命にあることを暗示しているように読める。

街をさまよう人は行動の人ではなく、見る人、想像する人にすぎない。彼がどんなに他者を観察し、他者に関心を持ち、他者と同化しようとしても、それは彼の意識内でのことであって、実際に他者と関わっているわけではない。「プルーフロック」はじめ、「婦人の肖像」'Portrait of a Lady'「嘆く少女」'La Figlia Che Piange'「ゲロンチョン」『荒地』などのエリオットの初期の詩のテーマの一つは、他者と接触できない自己への批判や自嘲や悲哀である。顔のある他者、丸ごとの人間よりも、体の部分のみ（眼、手、指、背中、足、足の裏、髪、うぶ毛のはえた腕など）がやたらにめだつのも、このことの表れかもしれない。他者との接触不能、あるいは接触恐怖に由来する、ニューロティックで被虐的なイメージが、初期の詩の魅力にさえなっている。他者と接触のない唯我論的世界をいかに克服するかが、エリオットの後期の詩や詩劇の課題になる。

8

『荒地』以後のエリオットは、都市をさまよう心理を批判し克服する方向に向かう。『荒地』にはまだ都市の歩行者の視点が見られる。が同時に「非現実の都市、冬の夜明けの褐色の霧の下、群衆がそんなにも大勢ロンドン橋の上を流れていった、死がそんなにも大勢を亡ぼしたとは思いもしなかった」に見られるような、高い所、遠い所から全体に診断をくだす視点も現れている。

『荒地』以前においてさえ、街行く人の心理は、批判にさらされていた。「記憶と欲望を混ぜあわせつつ」街を行く人間は、感覚的な人間であり、妄想を好み、想像上の愉悦のためには、何でも利用する。世界の惨劇も他者の悲惨も利用する、しかも勝手な潤色まで加えて。そういう人は、ベンヤミンのたくみな表現によると、「彼の孤立が生みだした内面の空虚を、他者から借りた上に虚構まで加えた別の空虚でもって埋め立てるにすぎない[36]」。エリオット自身の表現による

と、

これら五感は無数の小さな策を弄して
冷えた錯乱の利益を長びかせる。
感覚が冷えるとぴりっとしたソースで
粘膜を刺激し、鏡の散乱する荒野に
変種を増殖させる。

――「ゲロンチョン」

感覚の虚妄を歌うこの一節は、感覚的に強烈な詩になっている。しかし『荒地』以後、エリオットの都会の情景は、真に生きているとはいえぬ「うつろな人々」を、もっぱら描くことになり、感覚的ななまなましさを失ってゆく。

宗教的立場を明白に示した『聖灰水曜日』*Ash-Wednesday* や、教会の野外劇のために書かれた『岩の合唱』*Choruses from 'The Rock'* においては、現象面の変幻に魅惑される都市歩行者の心理はきびしく批判される。

昼間も夜中も
暗闇の中を歩む人々にとって
正しい時と正しい場所はここではない。

御顔を避ける人に恩寵の場所なく
騒音の中を歩んで御声を退ける人に喜びの時なし。
――『聖灰水曜日』

『岩の合唱』では、都市生活のありようそのものが、救いから遠いものとして、くり返し診断され批判されている。

見知らぬ人が「この都市の意味は何ですか。
あなたがたは互いに愛しあっているから身を寄せあって暮らしているのですか」と
尋ねた時、
あなたがたは何と答えるつもりですか。
「われわれはお互いから金もうけをするため一緒に住んでいるのです」とか
「これが社会というものです」と答えるのですか。
するとその見知らぬ人はあなたがたから去って、砂漠へ帰ってしまうでしょう。
――『岩の合唱』

ここにはもっともなことが書かれているが、宗教的立場からの診断的あるいは説教的要素に重点があるため、散文的で詩はあまり感じられない。

そして『四つの四重奏』において、第一部から第四部まで、都市の情景は必ず描かれるのであるが、すべて批判の対象としてである。

時間に縛られた疲れた顔の上に
一瞬微光がゆらめくのみ
気晴らしによって狂気からそらされ
空想に満ちてはいるが意味は空白
集中力なく無気力が腫れあがる顔、
人間と紙切れは、時の前後を吹く冷たい風に吹きまくられる
……
不健全な魂たちはおくびのように
希薄な空気の中へ吐き出され、
麻痺した者たちはロンドンの陰気な丘を
吹く風に追いたてられる……

――「バーント・ノートン」

ここに描かれているのは、光もなく、魂を浄化する闇もない、薄明の世界で右往左往している、無気力、無目的なロンドンの群衆である。彼らはパスカルのいう「気晴らし」によって、

かろうじて狂気から免れている（Distracted from distraction by distraction）。（この表現自体「気晴らし」じみている）。「空想に満ちてはいるが意味は空白　集中力なく無気力が腫れあがる顔」という表現は、自分の想念にとりつかれて街を行くプルーフロック的人間を思わせないでもない。しかしこの無機的な都市の光景は、プルーフロックの想念のなまなましさとは何と対照的であろうか。次のような、地下鉄の列車が駅と駅のあいだで停車した時の光景も同様である。

どの顔の背後にも精神的空虚が深まるのが見え、
考えることが何もないという恐怖がつのる時、
あるいはエーテル麻酔をかけられ、心に意識はあっても意識するものが何もない時……

――「イースト・コーカー」

「麻酔をかけられ、心に意識はあっても意識するものが何もない」という状態は、またしても「プルーフロック」の冒頭を思わせる。しかし「記憶と欲望を混ぜあわせながら」街を行くような、あの悩ましい想いはもはやない。『カクテル・パーティ』*The Cocktail Party* では、「記憶と欲望をかき混ぜる想像力の生みだした幻影の世界」（強調引用者）は、人を救いから遠ざけるものとして否定されてしまうのである。

『四つの四重奏』に現れる都市風景は、すべて無機的な薄明あるいは闇の世界であって、外面描写的に描かれている。そして信仰の立場からする病状診断の対象となっている。初期の詩における「大都市の不潔と腐敗、そこに住む平凡でむさくるしい人間たち[37]」のリアルな提示に感銘した読者には、こういう無機的な都市風景は、詩として後退に見えるであろう。『四つの四重奏』完成後まもない時点で、ある批評家は次のように不満をもらした。「後期の詩は瞑想的で洗練されているが、現実を生き生きと鮮やかに表現するのをやめてしまい、詩人の心はあまり具体的に作用しなくなっている、はっきりいえば、あまり詩的に作用しなくなっている[38]」。このような批判は今から見れば、一面的ということになるのかもしれないが、都市の詩という点から見た時、かなりの妥当性があると思う。

9

エリオットの詩が鮮やかに定着させた都市のイメージは、一九一〇年代から二〇年代のモダニズムの風土を反映していて、他の作家たちと共通する要素がある。最後にそのことに触れておきたい。

都市をさまよう視点は、ジョイスの『ユリシーズ』*Ulysses* に見られ、登場人物たちは夜昼となくダブリンの街をさまよっている。レオポルド・ブルームは街をぶらついて、住みなれた街が異郷になるという幻想にふけったり、それから覚めたりする。彼の歩行のリズムと彼の意識の流れが重なる。

女性が街歩きをする例は珍しいが、ヴァージニア・ウルフの『ダロウェイ夫人』*Mrs*

Dalloway では、主人公はじめ登場人物がさかんにロンドンの街を歩いていて、その時の意識の流れが描かれている。クラリッサは、バスに乗って通りを進みながら、すべての場所に自分がいると感じ、目にするすべてのものに向かって「それみなが私だ」と叫ぶ。彼女は街の事物・人物のすべてを分有していて、あるいはすべてが彼女を分有していて、彼女の主観と対象のあいだに区別はない。これはエリオットの詩に見られる主客不分離を思わせる。

ややマイナーな例であるが、キャサリン・マンスフィールドの短編小説「風景」"Pictures" に、おちぶれた女性が、朝めざめの時、豊かな食卓の幻影が天井を通ってゆくのを見る場面があるが、これは「序曲集」第三の、街の女のめざめの場面、「無数の汚らしいイメージ、それで君の魂は構成されている、それが天井でちらちらした」を思わせる。この小説の主人公は、職を求めて街をさまようが、彼女の眼に映る街の事物、こぼれたミルクをむさぼり飲む猫、石段のカニ、都会の雀、鏡に映る自分の顔、「煤と白粉《おしろい》と揚げたジャガイモの紙の匂い」などは、エリオットの詩におなじみのイメージである。[39]

歩行者の眼に映る都市の風景は、一九二〇年頃のわが国の文学風土においてもなじみ深いものである。梶井基次郎の短編「檸檬《れもん》」「泥濘」「路上」「ある心の風景」「ある崖上の感情」などは、他になすすべもなく街の放浪が習い性となった青年の見る、現実と幻想のいり混じった風景以外の何ものでもない。「檸檬」の「落魄《おちぶ》れた」語り手は、裏通りの平凡な風景に愛着を示し、今いる京都の街がどこか遠くの仙台か長崎の街であるという錯覚を起こそうと努め、書店の棚にレモンの爆弾を仕掛けるというとっぴな幻想で鬱屈した心を晴らす。彼のいう「私の錯覚と壊れかかつた街との二重写し」は、エリオットの「都市と心理を融合する」手法を思わせる。「ある心の風景」で、「どこまでが彼の想念であり、どこからが深夜の町であるのかわからなかつた」というのは、「風の夜の狂詩曲」にそのまま当てはまる。まさに主客不分離のエリオット的心象風景である。

堀辰雄の「風景」という短編は、都市をさまよう人の無邪気な空想を語っているし、「眠れる人」は、夜の街を通りすぎる時の、夢のような感覚を描いている。「水族館」は、街の放浪、尾行、変装、群衆といった要素から成立する短編である。

「群集の中を求めて歩く」や「群集の中に居て」という詩を書いた萩原朔太郎は、にぎやかでわびしい都会の風情を愛した詩人であった。三好達治の朔太郎哀悼詩を読めば、彼がまさに「風の夜の狂詩曲」のように、東京の街を放浪したことがわかる。――「ああげに　あなたはその影のやうに飄々として　いつもうらぶれた淋しい裏町の小路をゆかれる……あなたはまるで脱獄囚のやうに　或いはまた彼を追跡する密偵のやうに　恐怖し　戦慄し　緊張し　推理し　幻想し　錯覚し　飄々として影のやうに裏町をゆかれる……」。

富永太郎の詩「俯瞰景」には、「物象の漸層の最下底に身を落してゐる」「屈従的な魂」が、街の風景を低い地点から「みおろす」という奇妙な視点がある。そのため平凡な街の事物が不思議な幻影のように見えてくる。上海の街を放浪した時の感触を描いた散文詩「断片」は、「私には群集が絶対に必要であつた」という文で始まり、「私は黒い空気の中で、不潔な老婆らと睫毛の周囲を舞踏した」という調子の、熱病の錯乱のような超実的なイメージで終わる。それは、放浪の天才ランボーの詩、例えばロンドンの光景がとりこまれているという説のある「メトロポリタン」'Métropolitain'の「豌豆《えんどう》の苗畑のなかのあれらの輝く頭蓋骨たち――その他諸々の夢幻的光景」と類似している。

梶井や富永の作品はエリオットと直接の関係はない。しかしエリオットの都市風景が私にとって親しい理由の一つは、わが国の作家の中に同質の風景を見ているためでもある。数多い都市のイメージのうちでも、エリオットのものは、鮮やかであるのみならず、前述したような複雑な意識を伴っている点で、最高の達成といえるだろう。

注および引用文献

序章

1 例えばWiliam Sharpe, *Unreal Cities: Urban Figuration in Wordsworth, Baudelaire, Whitman, Eliot, and Williams* (Baltimore: The Johns Hopkins University Press, 1990); Carol L. Bernstein, *The Celebration of Scandal: Toward the Sublime in Victorian Urban Fiction* (University Park, Penn.: The Pennsylvania State University Press, 1991); Hans Bergmann, *God in the Street: New York Writing from the Penny Press to Melville* (Philadelphia: Temple University Press, 1995); Julian Wolfreys, *Writing London: The Trace of the Urban Text from Blake to Dickens* (London: Macmillan Press, 1998); Richard Lehan, *The City in Literature : An Intellectual and Cultural History* (Berkeley: University of California Press, 1998).

2 Diane Wolfe Levy, "City Signs: Toward a Definition of Urban Literature,"*Modern Fiction Studies,* Vol. 24, No. 1 (Spring, 1978), 65.

3 William Sharpe and Leonard Wallock, "From 'Great Town' to 'Nonplace Urban Realm': Reading the Modern City," *Visions of the Modern City* (Baltimore: The Johns Hopkins University Press, 1987), 7. 歴史家 Carl Schorskeの用語。

4 *Boswell's Life of Johnson*, The Oxford Standard Authors Edition (Oxford: Oxford University Press, 1953), 227.

5 *Ibid.*, 298-99.

6 *Ibid.*, 405.

7 Max Byrd, *London Transformed: Images of the City in the Eighteenth Century*（New Haven: Yale University Press, 1978）,115 & 118.

8 Thomas Carlyle, *Sartor Resartus*, ed. C. F. Harrold（New York: The Odyssey Press, 1937）, 22.

9 *Ibid.*, 23.

10 本書におけるボードレールの作品からの引用は、主として次の邦訳によったが、適宜変更した箇所もある。『ボードレール全集Ⅰ、Ⅱ、Ⅳ』（人文書院、一九六三―六四年）。『ボードレール全詩集Ⅰ、Ⅱ』阿部良雄訳（ちくま文庫、一九八九年）も参照した。

11 Charles Dickens, *A Tale of Two Cities*, The Oxford Illustrated Dickens（Oxford: Oxford University Press, 1949）, 10.

12 Steven Marcus, "Reading the Illegible," *The Victorian City: Images and Realities*, eds. H. J. Dyos and Michael Wolff（London: Routledge & Kegan Paul, 1973）, II, 265. エンゲルスに関してはこの論文に負うところが大きい。邦訳『イギリスにおける労働者階級の状態――19世紀のロンドンとマンチェスター（上）、（下）』一條和生、杉山忠平訳（岩波文庫、一九九〇年）。

13 Marcus, 259-60. 『イギリスにおける労働者階級の状態（上）』、一〇五頁。

14 *Life of Johnson*, 306.

15 Marcus, 269.

16 F. S. Schwarzbach, *Dickens and the City*（University of London, The Athlone Press, 1979）, 47. Cf. Marcus, 268.

17 『イギリスにおける労働者階級の状態（下）』、二四三頁。

18 Burton Pike, *The Image of the City in Modern Literature*（Princeton: Princeton University Press, 1981）, 33. 邦訳『近代文学と都市』松村昌家訳（研究社、一九八七年）。

19 前田愛「都市を解読する」(山口昌男監修『説き語り記号論』所収)(日本ブリタニカ、一九八一年)、三五三—五四頁。

20 多木浩二『眼の隠喩』(青土社、一九八二年)、二二五—二六頁。

21 Nathaniel Hawthorne, "Sights from a Steeple," *Twice-Told Tales*, *The Centenary Edition of the Works of Nathaniel Hawthorne* (Columbus: Ohio State University Press, 1974), IX, 191.

22 マグダ・レヴェツ・アレクサンダー『塔の思想』池井望訳(河出書房新社、一九七二年)、二七—四二頁。

23 "Sights from a Steeple," 192.

24 Baudelaire, "Les Fenêtres," *Le Spleen de Paris* (*Paris Spleen*), tr. Louise Varèse (New York: New Directions, 1970), 77. 邦訳『パリの憂愁』「窓」福永武彦訳(『ボードレール全集I』、一九六三年)、三四〇頁。

25 "Sights from a Steeple," 196.

26 「塔からの眺め」の考察についてはPike, 41-44 に負うところが多い。

27 ワーズワスの「ウェストミンスター橋」については、第四章第五節参照。

28 E. T. A. Hoffmann, "My Cousin's Corner Window," *The Golden Pot and Other Tales*, tr. and ed. Ritchie Robertson (Oxford: Oxford University Press, 1992), 383. 邦訳『ホフマン短篇集』「隅の窓」池内紀訳(岩波文庫、一九八四年)、二七九—八〇頁。ホフマンの作品からの引用はこの邦訳による。

29 "My Cousin's Corner Window," 391-92. 『ホフマン短篇集』、二九一—九二頁。

30 Walter Benjamin, *Charles Baudelaire: A Lyric Poet in the Era of High Capitalism*, tr. Harry Zohn (London: Verso, 1983), 49. Cf. 129. 邦訳『ボードレール』川村二郎他訳(『ヴァルター・ベンヤミン著作集6』)(晶文社、一九七五年)。

31 Benjamin, 128.

32 『イギリスにおける労働者階級の状態（上）』、六二頁。

33 Edgar Allan Poe, "The Man of the Crowd," *The Annotated Tales of Edgar Allan Poe*, ed. Stephen Peithman (New York: Doubleday & Company, 1981), 190.

34 "The Man of the Crowd," 193. Cf. Marcus, 269.

35 『イギリスにおける労働者階級の状態（上）』、八四頁。

36 Schwarzbach, 239, note 6.

37 Charles Dickens, "The Drunkard's Death," *Sketches by Boz*, The Oxford Illustrated Dickens (Oxford: Oxford University Press, 1957), 484.

38 Charles Dickens, "Our Next-door Neighbour," *Sketches by Boz*, 40.

39 Raymond Williams, *The Englsih Novel: From Dickens to Lawrence* (London: Chatto & Windus, 1970), 32.

40 "The Drunkard's Death," 485.

41 "The Man of the Crowd," 187.

42 *Ibid.*, 194.

43 *The Short Fiction of Edgar Allan Poe*, eds. Stuart and Susan Levine (Indianapolis: The Bobbs-Merrill Company, 1976), 284.

44 Cf. G. R. Thompson, *Poe's Fiction: Romantic Irony in the Gothic Tales* (Madison: The University of Wisconsin Press, 1973), 170.

第一章

テキストとして次の版を使用した。

Nathaniel Hawthorne, *The Centenary Edition of the Works of Nathaniel Hawthorne* (Columbus: Ohio State University Press, 1974), IX.

Edgar Allan Poe, *The Annotated Tales of Edgar Allan Poe*, ed. Stephen Peithman (New York: Doubleday & Company, 1981).

Herman Melville, *The Piazza Tales and Other Prose Pieces 1839-1860* (Evanston and Chicago: Northwestern University Press and the Newberry Library, 1987).

本文の引用箇所の数字は、右のそれぞれの版におけるページ数を示す。

1 『朝日新聞』「天声人語」(一九九一年十一月八日)。

2 「バートルビー」にある語句。

3 「ウェイクフィールド」末尾の語句。

4 「群衆の人」冒頭と末尾の語句。

5 「バートルビー」結末の語句。

6 『緋文字』第十三章にある語句。

7 Cf. Dana Brand, *The Spectator and the City in Nineteenth-Century American Literature* (Cambridge: Cambridge University Press, 1991), 24.

8 John Gatta, Jr., "'Busy and Selfish London': The Urban Figure in Hawthorne's 'Wakefield,'" *Emerson Society Quarterly,* Vol. 23 (3rd Quarter, 1977), 167. Cf. Brand, 118.

9 Jorge Luis Borges, "Nathaniel Hawthorne," *Other Inquisitions 1937-1952*, tr. Ruth L. C. Simms (New York: Simon and Schuster, 1965), 53. 邦訳『異端審問』中村健二訳(晶文社、一九八二年)。

10 *Ibid.*, 57.

11 Brand, 8.

12 *Ibid.*, chs. 4-6.

13 ベンヤミン『ボードレール』「パリ――十九世紀の首都」川村二郎訳（『ヴァルター・ベンヤミン著作集6』）（晶文社、一九七五年）、一八頁。 Cf. Robert H. Byer, "Mysteries of the City: A Reading of Poe's 'The Man of the Crowd,'" *Ideology and Classic American Literature*, eds. Sacvan Bercovitch and Myra Jehlen (Cambridge: Cambridge University Press, 1986), 227-28.

14 Janis P. Stout, *Sodoms in Eden: The City in American Fiction before 1860* (Westport, Conn.: Greenwood Press, 1976), 62. この点については、序章第四節で論じた。

15 Patrick F. Quinn, *The French Face of Edgar Poe* (Carbondale: Southern Illinois University Press, 1957), 230.

16 Byer, 238.

17 ボードレール『現代生活の画家』第三章「世間《せけん》人、群集の人、そして子供である芸術家」阿部良雄訳（『ボードレール全集Ⅳ』）（人文書院、一九六四年）、二九八―三〇三頁。以下の引用も同じ。

18 ボードレール『悪の華（再版）』「ちっぽけな老婆たち」福永武彦訳（『ボードレール全集Ⅰ』）（人文書院、一九六三年）、一八九頁。

19 例えば次を参照。 Leo Marx, "Melville's Parable of the Walls," *Herman Melville's Billy Budd*, "Benito Cereno," "Bartleby the Scrivener," *and Other Tales*, ed. Harold Bloom (New York: Chelsea House Publishers, 1987), 13-15 & 22-29; John Bernstein, *Pacifism and Rebellion in the Writings of Herman Melville* (The Hague: Mouton & Co., 1964), 169-70.

20 この点については Marx, 27-29 に負うところが大きい。

21 Cf. Stout, 137.

22 Edgar A. Dryden, *Nathaniel Hawthorne: The Poetics of Enchantment*（Ithaca, NY: Cornell University Press, 1977）, 38 から引用。

第二章

ド・クィンシーの作品のテキストとして、次の版を使用した。

Confessions of an English Opium-Eater, Suspiria de Profundis, The English Mail Coach in *Confessions of an English Opium-Eater and Other Writings*, ed. Aileen Ward（New York: New Direction Library, 1966）.

Autobiography from 1785 to 1803 in *The Collected Writings of Thomas De Quincey*, ed. David Masson（Edinburgh: Adam and Charles Black, 1889; rpt. New York: Johnson Reprint Corporation, 1968）, I.

Letters to a Young Man whose Education has been Neglected in *The Collected Writings of Thomas De Quincey*（1890; rpt. 1968）, X.

本文の引用箇所に記した数字は、右のそれぞれの版におけるページ数を示す。

1 Mario Praz, *The Hero in Eclipse in Victorian Fiction*, tr. Angus Davidson（Oxford: Oxford University Press, 1969）, 75.

2 *Ibid.*, 76-77. ド・クィンシーは、英国的偽善を憎んだバイロンやハズリットに反対して、英国人のモラルを賞揚している。（*Autobiography from 1785 to 1803*, 170） 彼は雑誌寄稿者として生計をたてたので、読者にアピールするために、まっとうなモラル（respectability）とセンセーショナリズムの両方をあわせもつ必要があったという見方もできる。彼の時代には都市化が進んだが、それにつれて文学の商品化も進んだのである。Cf. John C. Whale, "'In a Stranger's Ear': De Quincey's Polite Magazine Context," *Thomas De*

Quincey: Bicentenary Studies, ed. Robert Lance Snyder (Norman: University of Oklahoma Press, 1985), 38.

3 Cf. Steven Marcus, "Reading the Illegible," *The Victorian City: Images and Realities*, eds. H. J. Dyos and Michael Wolff (London: Routledge & Kegan Paul, 1973), II, 265.

4 *Autobiography from 1785 to 1803*, 32.

5 William Wordsworth, *The Prelude 1799, 1805, 1850*, A Norton Critical Edition, eds. Jonathan Wordsworth, M. H. Abrams, and Stephen Gill (New York: W. W. Norton, 1979), Text of 1805, Bk. VII, ll. 593-607.

6 *Autobiography*, 178.

7 *Ibid.*, 181-82.

8 *The Prelude*, Bk. VII, l. 696.

9 *Confessions of an English Opium-Eater*（以下*Confessions*と略記）, 60.

10 ボードレール『人工の天国』阿部良雄訳（『ボードレール全集Ⅱ』）（人文書院、一九六三年）、一五四—五五頁。『パリの憂愁』「群集」福永武彦訳（『ボードレール全集Ⅰ』）（人文書院、一九六三年）、二九七頁。

11 当時、労働者が賃金を支給されたのは、ようやく土曜の夕方になってからであったため、土曜の夜はマーケットがにぎわった。しかし、この時刻まで残っている商品は、たいてい腐敗寸前やまぜ物混入などの粗悪品であった。ド・クィンシーは、貧しい人々が買い物にやりくり算段するさまを共感をこめて叙述しているが、その悲惨さを強調してはいない。エンゲルス『イギリスにおける労働者階級の状態——19世紀のロンドンとマンチェスター（上）』一條和生・杉山忠平訳（岩波文庫、一九九〇年）、一四〇—四六頁。

12 『パリの憂愁』「群集」二九七頁。

13 *Confessions*, 66 & 68-69.

14 ボードレール『現代生活の画家』阿部良雄訳（『ボードレール全集Ⅳ』（人文書院、一九六四年）、三〇三頁。

15 同書同頁。

16 'mighty' という形容詞の使用頻度はおびただしい。例えば『英国郵便馬車』第三部「夢のフーガ」の最終二章（約四頁半）のあいだに、'mighty'は八回使用されている。なお『自伝』第四章には 'this mighty labyrinth of sounds'（*Autobiography*, 129.）という表現が見られる。これは、魔法使いが耳を地面にあてて聞く、地球上のすべての人間の足音の錯綜ぶりを形容する句である。

17 *Autobiography*, 312.

18 *Confessions*, 59 & 99.

19 *The English Mail Coach*, 255.

20 Max Byrd, *London Transformed: Images of the City in the Eighteenth Century* (New Haven: Yale University Press, 1978), 149.

21 *Confessions*, 49.

22 *Ibid.*, 95.

23 エンゲルスは、イギリスの工業都市のまっただ中で、ごみと汚物にまみれて、穴蔵で暮らしていた人々の姿を描いている。Cf. Marcus, 269.

24 *Confessions*, 96.

25 *Ibid.*, 95.

26 *Ibid.*, 99.

27 *Ibid.*, 96.

28 コールリッジの夢のイメージの記録のうち「顔に息を吹きかけて忌まわしい病気をうつそうとする女」、「巨大な背丈のぼんやりと形の定まらぬ煙（蛇？）のような女」（ノートブックのこの箇所は'smokelike'か'snakelike'か判読しがたい）、「三本指の矮人」などは、ド・クィンシーの夢と似ている。そして、親しい人物が夢の中で、変身して気味悪いものになる場合も多い。*The Notebooks of Samuel Taylor Coleridge*, ed. Kathleen Coburn（New York: Pantheon Books, 1957）, I, entry no.1250 & no.1726; *Collected Letters of Samuel Taylor Coleridge*, ed. E. L. Griggs（Oxford: Oxford University Press, 1956-71）, II, 533.

29 *The English Mail Coach*, 243.

30 *Confessions*, 93.

31 *Ibid.*

32 例えばAlethea Hayter, *Opium and the Romantic Imagination*（London: Faber, 1971）, 94-95 & 249; J. Hillis Miller, *The Disappearance of God: Five Nineteenth-Century Writers*（Cambridge, Mass.: Harvard University Press, 1975）, 67-69; V. A. De Luca, *Thomas De Quincey: The Prose of Vision*（Toronto: University of Toronto Press, 1980）, 25; Arden Reed, *Romantic Weather: The Climates of Coleridge and Baudelaire*（Hanover and London: University Press of New England, 1983）, 211-12.

33 「手すりもなく永遠に続く階段」のイメージは、ボードレールの詩「救いがたいもの」'L'Irrémédiable'にとり入れられたと思われる。

34 Hayter, 249.

35 自我の分裂についてはReed, 214; Miller, 68-69 参照。

36 *Boswell's Life of Johnson*, The Oxford Standard Authors Edition（Oxford: Oxford University Press, 1953）, 298-99. 序章第一節参照。

37 *The English Mail Coach*, 263.

38 *Ibid.*, 271

39 Cf. Burton Pike, *The Image of the City in Modern Literature*（Princeton: Princeton University Press, 1981), 33. 序章では、この著書の枠組みをヒントに、三つの短編小説について、主に「高所の視点」から見た都市を論じた。

40 *Confessions*, 70.

41 序章第二節参照。

42 *Autobiography*, 28. なお『自伝』の第二章「幼年期の苦悩」は、『深淵からのため息』の第一部「幼年期の苦悩」の改訂版であり、大部分が重複している。

43 *Confessions*, 97.

44 *Autobiography*, 38; *Suspiria de Profundis*, 129.

45 *Confessions*, 98.

46 *Ibid.*

47 *Ibid.*, 99; *The English Mail Coach*, 255.

48 *The English Mail Coach*, 272.

49 『深淵からのため息』の異稿であるが、『自伝』第二章につけ加えられた断片 "Dream-Echoes of These Infant Experiences," *Autobiography*, 50 による。

50 *Autobiography*, 50.

51 「人間の苦悩のヒエログリフ的〔神秘的〕意味」（the hieroglyphic meanings of human sufferings）は、ド・クィンシーの有名な句である。（*Confessions*, 44.）「都市における幼児の悲惨」というテーマは、ブレイク、ディケンズ、ドストエフスキーらがとりあげたが、これはJ・ヒリス・ミラーのいう「神が姿を消してゆく」状況と関連してくる。（次注参照）。それは、無神論を鮮明に掲げたサルトルの、「飢えて死ぬ子の前で文学は有効か」という問題のたて方にもこだましているかもしれない。

52 Miller, 20.
53 *Suspiria de Profundis*, 183.
54 *Confessions*, 68.
55 V. A. De Luca, "De Quincey's Icons of Apocalypse: Some Romantic Analogues," *Thomas De Quincey: Bicentenary Studies*, 32-33.

第三章

ホーソーンの作品のテキストとして次の版を使用した。なお、ホーソンの長編ロマンスのすべて、短編小説のほとんどが邦訳されており、それらの翻訳を参考にした。

The Complete Novels and Selected Tales of Nathaniel Hawthorne, ed. Norman Holmes Pearson (New York: The Modern Library, 1937)（Nと略記し、そのページ数を示した)。

The Centenary Edition of the Works of Nathaniel Hawthorne (Columbus: Ohio State University Press, 1974), IX, X & XI.　（巻をローマ数字で示し、次にそのページ数を示した)。

1 Terence Martin, *Nathaniel Hawthorne*, Revised Edition (Boston: Twayne Publishers, 1983), 9.
2 James R. Mellow, *Nathaniel Hawthorne in His Time* (Boston: Houghton Mifflin, 1980), 39.
3 *Ibid.*, 46.
4 *The English Notebooks by Nathaniel Hawthorne*, ed. Randall Stewart (1941; rpt. New York: Russell & Russell, Inc., 1962), 204.
5 Julian Hawthorne, *Nathaniel Hawthorne and His Wife: A Biography* (1885; rpt. Crosse Pointe, Mich.:

Scholarly Press, 1968), II, 71.

6　*The Letters of John Keats*, ed. M. B. Forman（London: Oxford University Press, 1952）, 226.

7　*Nicolaus Mills, The Crowd in American Literature*（Baton Rouge: Louisiana State University Press, 1986）, 45.

8　*Ibid.*, 47.

9　G・ルフェーヴル『革命的群衆』二宮宏之訳（創文社、一九八二年）、九－一〇頁。

10　Burton Pike, *The Image of the City in Modern Literature*（Princeton: Princeton University Press, 1981）, 24.

11　Q. D. Leavis, "Hawthorne as Poet,"（1951）in *Hawthorne: A Collection of Critical Essays*, ed. A. N. Kaul（Englewood Cliffs, NJ: Prentice-Hall, Inc., 1966）, 38.

12　"The Masque of the Red Death," *The Annotated Tales of Edgar Allan Poe*, ed. Stephen Peithman（New York: Doubleday & Company, 1981）, 117

13　Mills, 55.

14　Martin, 111.

15　Dana Brand, *The Spectator and the City in Nineteenth-Century American Literature*（Cambridge: Cambridge University Press, 1991）, 8.

16　*Ibid.*, 116.

17　*The Letters of John Keats*, 227.

18　Baudelaire, "Les petites Vieilles," *Les Fleurs du Mal*（London: The Harvester Press, 1982）, 275. 邦訳『悪の華』「ちっぽけな老婆たち」福永武彦訳（『ボードレール全集Ⅰ』）（人文書院、一九六三年）、一八九頁。

19　『小説とは何か』（『三島由紀夫全集　第三三巻』）（新潮社、一九七六年）、二三三頁。

20 「荒野より」(『三島由紀夫全集　第一七巻』)(新潮社、一九七二年)、五八四頁。

21 Baudelaire, "Le *Confiteor* de l'artiste," *Le Spleen de Paris* (Paris Spleen), tr. Louise Varèse (New York: New Directions, 1970), 3. 邦訳『パリの憂愁』「芸術家の告白誦」福永武彦訳(『ボードレール全集Ⅰ』)、二八五頁。

22 Norman Bryson, "Hawthorne's Illegible Letter," *Teaching the Text*, eds. Susanne Kappeler and Norman Bryson (London: Routledge & Kegan Paul, 1983), 104 & 108.

23 *Ibid.*, 101.

第四章

『序曲』のテキストとして次の版を使用した。

Jonathan Wordsworth, M. H. Abrams, and Stephen Gill (eds.), *The Prelude 1799, 1805, 1850*, A Norton Critical Edition (New York: W. W. Norton, 1979). 本文中の引用は原則として一八〇五年版による。一八五〇年版による場合はその旨記した。なお、『序曲』第七巻からの引用の場合、原則として巻数を省略して行数のみとし、その他の巻から引用する場合は、ローマ数字で巻をも示した。『序曲』以外のワーズワスの作品からの引用は、次の版によった。

E. de Selincourt and Helen Darbishire (eds.), *The Poetical Works of William Wordsworth*, 5 vols. (Oxford: Oxford University Press, 1940-49).

なお邦訳『ワーズワス・序曲——詩人の魂の成長——』岡三郎訳(国文社、一九八三年)を参考にさせていただいた。

1 Lewis Mumford, *The City in History: Its Origins, its Transformations, and its Prospects*（1961; rpt. Harmondsworth: Penguin Books, 1991）, 549-50.

2 ワーズワスが初めてロンドンを訪問したのは、一七八八年、ケンブリッジ大学在学中のクリスマス休暇の時である。一七九一年一月大学卒業後ただちにロンドンに向かい、四ヵ月誰にも知られず住んだ。彼は金をほとんど持たず、ひとり街をさまよって人の流れを観察したり、安芝居を見たりして日を送った。一七九三年フランスから帰って、七ヵ月ロンドンに住んで、フランス革命の動向を見定めた。一七九五年三度目の滞在中には、急進主義者であったウィリアム・ゴドウィンを頻繁に訪問し、一時ロンドンでの執筆活動を考えたことがあった。その後は時おり訪問するだけであった。以上はメアリー・ムアマンの伝記から要約した。Mary Moorman, *Willian Wordsworth, A Biography: The Early Years 1770-1803*（Oxford: Oxford University Press, 1957）, 124-26, 154-55, 211-12 & 262-63.

3 *The Prelude*, 236, note 2.

4 William C. Sharpe, "The Other as Text," *Unreal Cities: Urban Figuration in Wordsworth, Baudelaire, Whitman, Eliot, and Williams*（Baltimore: The Johns Hopkins University Press, 1990）, 33. これはあたかも心が都市であるかのような表現だとSharpeはいう。

5 Robin Jarvis, *Romantic Writing and Pedestrian Travel*（London: Macmillan Press, 1997）, 207.

6 Charles Lamb, "The Londoner," *The Works of Charles and Mary Lamb*, ed. E. V. Lucas（New York: G. P. Putnam's Sons, 1903; rpt. 1968）, I, 39-40.

7 第七巻における「都市の解読」を問題にする研究者は多い。Neil Hertz, *The End of the Line: Essays on Psychoanalysis and the Sublime*（New York: Columbia University Press, 1985）, 56-57; Mary Jacobus, *Romanticism Writing and Sexual Difference: Essays on* The Prelude（Oxford: Oxford University Press, 1989）, 109-17 & 214-18.

8 Jacobus, 111.

9 Basil Willey, "Wordsworth and the Locke Tradition," *The Seventeenth Century Background: Studies in the Thought of the Age in Relation to Poetry and Religion* (London: Chatto and Windus, 1967), 109.

10 多くの研究者がこの問題を論じている。Geoffrey H. Hartman, *Wordsworth's Poetry 1787-1814* (New Haven: Yale University Press, 1971), 234-36. 幼年時代の'embalming'について述べている。Max Byrd, *London Transformed: Images of the City in the Eighteenth Century* (New Haven: Yale University Press, 1978), 132-33. 'Embalm'を問題にし、死によって時間を停止させ、喪失をくいとめるという発想がワーズワスにあったとする。David B. Pirie, *William Wordsworth: The Poetry of Grandeur and of Tenderness* (London: Methuen, 1982), 234-36. 自然の無垢を保つためには、人は早死にするか、白痴の状態で生きるしかないというワーズワスの考えを述べている。

11 記号と実体、見かけと現実、意味するものと意味されるものの乖離・齟齬についても多くの人が考察している。David Simpson, *Wordsworth and the Figurings of the Real* (London: Macmillan Press, 1982), 53; Jacobus, 116; Philip Shaw, "Romantic Space: Topo-analysis and Subjectivity in *The Prelude*," *The Prelude*, ed. Nigel Wood (Buckingham: Open University Press, 1993), 89-90.

12 *The Prelude*, 304, note 7.

13 Charles Lamb, "A Complaint of the Decay of Beggars in the Metropolis," *The Works of Charles and Mary Lamb*, I, 114-15.

14 Herbert Lindenberger, *On Wordsworth's Prelude* (Princeton: Princeton University Press, 1963), 214. ロンドンのリアルな世界から乞食のシンボリックな意味への転化は、まさにspots of time の1つであると見る。Antony Easthope, *Wordsworth Now and Then: Romanticism and Contemporary Culture* (Buckingham: Open University Press, 1993), 62. Spots of time を分類し、このエピソードをその1つに加えている。

15 背景の群衆にも注目すべきことには、多くの研究者が触れている。例えばPirie, 228. なおこの大群衆にフランス革命の動乱の暗示を読みとる者もいる。Geraldine Friedman, "History in the Background of Wordsworth's 'Blind Beggar,'" *ELH*, Vol. 56, No.1, 1989, 131-34. この論文は盲目の乞食のエピソードを、政治的・脱構築的に読む試みであり、エドマンド・バークはフランス革命のイギリス侵入を防ぐためにヒステリーに近いそのかしのレトリックを使ったが、『序曲』第七巻は、その芝居がかりに感染しているといった見解を述べている。

16 *MS.X.* Jonathan Wordsworth, *William Wordsworth: The Borders of Vision*（Oxford: Oxford University Press, 1982）, 304; *The Prelude*, 260, note 7.

17 Sharpe, 24 & 31; Jacobus, 115.

18 Julian Wolfreys, *Writing London: The Trace of the Urban Text from Blake to Dickens*（London: Macmillan Press, 1998）, 125 & 133.

19 Robert Pinsky, "Skies of the City: A Poetry Reading," *The Romantics and Us: Essays on Literature and Culture*, ed. Gene W. Ruoff（New Brunswick, NJ: Rutgers University Press, 1990）, 175.

20 この詩は十八世紀の伝統の一つであったパノラマ風景の詩を踏襲する面があり、John Thelwall, *Peripatetic*（『逍遥』）に倣っているため、パーソナルな人間くささが表面に出ていないという見方もある。Byrd, 119-23.

21 *The Prelude*, 260, note 9. Cf. Jacobus, 222.

22 Lindenberger, 241; John H. Johnston, *The Poet and the City: A Study in Urban Perspectives*（Athens, Ga.: The University of Georgia Press, 1984）, 96.

23 Peter Stallybrass and Allon White, *The Politics and Poetics of Transgression*（Ithaca, NY: Cornell University Press, 1986）, 120. 邦訳『境界侵犯――その詩学と政治学』本橋哲也訳（ありな書房、一九九五

年)。

24 *Ibid.*

25 Lindenberger, 233. 第七巻は'non-visionary' であるとしている。 Hertz, 56. 第七巻はディテイルが多く物語性が乏しい点で、ワーズワスの特徴を示していないという。

第五章

1 現在、日本ではこのジャンルは、ミステリーまたは推理小説〔ドラマ、映画〕という総称で呼ばれている。本書では、一般的に用いられる「推理小説」という名称を用いた。以前は「探偵小説」と呼ばれていた。英語では、mystery や thriller の他に、detective story, crime novel, whodunit などさまざまな名称があり、その意味は少しずつ違っている。ポーは tales of ratiocination と呼んだ。

2 Howard P. Chudacoff (ed.), *Major Problems in American Urban History: Document and Essays* (Lexington, Mass.: D. C. Heath and Company, 1994), 93-94.

3 Morton and Lucia White, *The Intellectual versus the City: From Thomas Jefferson to Frank Lloyd Wright* (1962; rpt. Westport, Conn.: Greenwood Press, 1981), 21.

4 ジェファソンの都市観については、 Morton and Lucia White, 12-21を参照。

5 J. Hector St. John de Crèvecoeur, *Letters from an American Farmer and Sketches of Eighteenth-Century America,* ed. Albert E. Stone (Harmondsworth: Penguin Books, 1986), 68-69.

6 Edward K. Spann, *The New Metropolis: New York City, 1840-1857* (New York: Columbia University Press, 1981), 23-24.

7 "The Murders in the Rue Morgue," *The Annotated Tales of Edgar Allan Poe*, ed. Stephen Peithman (New

York: Doubleday and Company, 1981), 205-206. この作品集はジャンル別に分類されていて、"The Man of the Crowd"はMystery の部に含まれている。

8 F. O. Matthiessen, *American Renaissance: Art and Expression in the Age of Emerson and Whitman* (New York: Oxford University Press, 1968), 543.

9 Herman Melville, *Pierre, or the Ambiguities* (New York: Russell & Russell, 1963), 335-36.

10 "The Man of the Crowd," 188.

11 ベンヤミン「ボードレールにおける第二帝政期のパリ」野村修訳（『ヴァルター・ベンヤミン著作集 6』（晶文社、一九七五年）、八五―八六頁。

12 Dana Brand, *The Spectator and the City in Nineteenth-Century American Literature* (Cambridge: Cambridge University Press, 1991), 79. この研究書から本章のテーマについて多くのヒントを得た。

13 「ボードレールにおける第二帝政期のパリ」、七九頁。

14 Brand, 67 & 80.

15 "The Murders in the Rue Morgue," 200.

16 Charles Dickens, *The Old Curiosity Shop*, The Oxford Illustrated Dickens (Oxford: Oxford University Press, 1951), 1. 語り手が「街灯やショーウィンドーの明かりによってふと捕らえられた通行人の一瞬の表情」について語るのは、「群衆の人」の語り手が「ちらつく窓の明かりによってひとりひとりの顔をほんの一瞬かいま見る」というのを思い出させる。「群衆の人」のソースとして、ディケンズの『ボズのスケッチ集』の「酔っぱらいの死」や「ジン酒場」も指摘されている。序章第四節参照。

17 Brand, 8, 102 & 105.

18 *Ibid.*, 89; David S. Reynolds, *Beneath the American Renaissance* (Cambridge, Mass.: Harvard University Press, 1989), 171-78.

19 "On Murder Considered as One of the Fine Arts"はトマス・ド・クィンシーのエッセイの題名。犯罪や都市の火災をスペクタクルとして見る態度に、フラヌール的心理が感じられる。Howard Haycraft, *Murder for Pleasure: The Life and Times of the Detective Story*（1941; rpt. New York: Caroll and Graf, 1987）は、定評ある欧米推理小説史。邦訳『娯楽としての殺人』林峻一郎訳（国書刊行会、一九九二年）。

20 Alan Trachtenberg, *The Incorporation of America: Culture and Society in the Gilded Age*（New York: Hill and Wang, 1982）, 103.

21 *Ibid.*, 103-104.

22 松山巌『乱歩と東京——一九二〇 都市の貌』（パルコ出版局、一九八四年）、一〇—一三頁。

23 W. H. Auden, "The Guilty Vicarage," *The Dyer's Hand and Other Essays*（London: Faber, 1963）, 146 & 151.

24 Brand, 91.

25 「ボードレールにおける第二帝政期のパリ」、七九頁。

26 G. K. Chesterton, "A Defence of Detective Stories"（1902）, *The Art of the Mystery Story: A Collection of Critical Essays*, ed. Howard Haycraft（New York: The Universal Library, 1946）, 5.

27 「モルグ街の殺人」や「盗まれた手紙」などにおける分身関係については、次を参照。J. A. Leo Lemay, "The Psychology of 'The Murders in the Rue Morgue,'" *American Literature*, Vol.54, No.2（May 1982）, 165-88; Daniel Hoffman, *Poe Poe Poe Poe Poe Poe Poe*（New York: Doubleday & Company, 1972）, 113-14 & 134-35.

28 Chudacoff, 104; Reynolds, 247.

29 Brand, 99.

30 "The Mystery of Marie Rogêt," *The Annotated Tales of Edgar Allan Poe*, 240.

31 David Van Leer, "Detecting Truth: The World of Dupin Tales," *New Essays on Poe's Major Tales*, ed. Kenneth Silverman（Cambridge: Cambridge University Press, 1993）, 88.

32 *The Letters of Edgar Allan Poe*, ed. John Ward Ostrom（New York: Gordian Press, 1966）, II, 328.

第六章

エリオットの詩のテキストとして、T. S. Eliot, *Collected Poems 1909-1962*（London: Faber and Faber, 1963）を使用した。

1 Edward Timms and David Kelley（eds.）, *Unreal City: Urban Experience in Modern European Literature and Art*（Manchester: Manchester University Press, 1985）. 第九章に Michael Long, "Eliot, Pound, Joyce: Unreal City?"という論考もある。それによると、エリオットやパウンドは都市を歌ったが、都市に'unreal'という評決をくだした反都市主義者であり、都市の雑多な要素を抱えこんだジョイスとは異なるという。

2 シェイクスピア『テンペスト』の有名な句より。エリオットはこれをのちの批評文においても用いている。同じ内容を「血をインクに変える（苦しみ）」とも述べている。

3 ただし三七六行目では、'Unreal'が遊離してあとに置かれていて、五行前の'the city'や、列挙されたヨーロッパの諸都市を後ろから修飾する形になっている。これについては第三節参照。

4 T. S. Eliot, "Baudelaire," *Selected Essays*（London: Faber, 1963）, 429.

5 *Ibid*. なお、ロンドンの「うつろな住人たち」は、決定稿では抹消されたが、『荒地草稿』で、その描写の箇所を読むと、「ロンドンよ、おまえが殺しかつ育てる群がる命は、コンクリートと空のあいだで押しあいへしあいしていて、刹那的な欲求にのみ反応し　無自覚なまま型通りの運命に揺れ動いている」といった調子の、かなり概念的・説明的なもので、この部分は詩としてすぐれているとはいえない。*The Waste Land: A Facsimile and Transcript of the Original Drafts*, ed. Valerie Eliot（London: Faber, 1971）, 43.

6 Hugh Kenner, *The Mechanic Muse*（New York: Oxford University Press, 1987), 30-31.

7 Robert A. Day, "The 'City Man' in *The Waste Land*: The Geography of Reminiscence," *PMLA*, Vol. 80 (1965), 286.

8 T. S. Eliot, "What Dante Means to Me," *To Criticize the Critic*（London: Faber, 1978）, 126-27.

9 「エピローグ草稿（断片）——『悪の華』再版のための——」福永武彦訳（『ボードレール全集Ⅰ』）（人文書院、一九六三年）、二七〇頁。

10 この点に関しては第八章でくわしく述べる。

11 Kenner, 20ff.

12 Day, 288, note 19.

13 *Ibid.*, 289ff.

14 *The Autobiography of Bertrand Russell*（1968), II, 18. Richard Ellmann, *Golden Codgers: Biographical Speculations*（New York: Oxford University Press, 1973）, 163より引用。なお、ラッセルの幻想とよく似たものに、ドストエフスキーのネヴァ河畔の「幻想」がある。冬の夕刻、蒸気がもうもうと立ち、その上にペテルブルグの市街が浮かんでいるのが見えるという光景である。それは短編小説「弱い心」では次のように描かれている。「それは、まるで新しい建物が、古い建物の上に重なって、新しい街が空中に出現したようであった……それどころか、この黄昏《たそがれ》どきには全世界が、強弱すべての人間も、その住居も、——貧者のあばら家も富者の喜びである金殿玉楼も、何もかもひっくるめて、何かの夢か幻想のように思われ、この夢が今にも跡かたなく消えてしまって、あお黒い空に霧のように昇ってゆきそうな気がした」。米川正夫訳（『ドストエフスキイ全集2』）（河出書房新社、一九七〇年）、二六九頁。ドストエフスキーにとって、ペテルブルグは幻想をはぐくむ都市であり、そのために人間の存在を危うくする都市でもあった。

15 『荒地』四三三行（最終行）'Shantih shantih shantih' への作者自注。

16 Elizabeth Drew, *T. S. Eliot: The Design of His Poetry* (London: Eyre & Spottiswoode, 1950), 98-99.

17 G・S・フレイザーは、ロンドンがいくつかのレヴェルで'Unreal City'であると述べ、夢や詩的ヴィジョンがunrealであるというのと同じ意味でunrealといえると指摘している。G. S. Frazer, "The Waste Land Revisited," *Vision and Rhetoric: Studies in Modern Poetry*（London: Faber, 1959）, 105.

18 *The Waste Land: A Facsimile and Transcript of the Original Drafts*, 9.

19 Frank Kermode, "T. S. Eliot," *Modern Essays*（London: Collins, 1971）, 308-309.

20 "The Family Reunion," *Collected Plays*（London: Faber, 1962）, 80.

21 *Ibid.*, 106.

22 *Ibid.*, 188.

23 "The Cocktail Party," *Collected Plays*, 187.

24 Joseph Conrad, *Heart of Darkness*, A Norton Critical Edition（New York: W. W. Norton, 1963）, 38-39.
Cf. Cleanth Brooks, *A Shaping Joy: Studies in the Writer's Craft*（London: Methuen, 1971）, 47.

25 『闇の奥』には、real, unreal, reality, dream, unearthly といった語がおびただしく見られる。*Heart of Darkness*, 13, 23, 25, 26, 27, 29, 34, 36, 39, etc.

26 Robert Crawford, *The Savage and the City in the Work of T. S. Eliot*（Oxford: Oxford University Press, 1987）, 52.

27 ボードレール『パリの憂愁』「窓」福永武彦訳（『ボードレール全集I』）、三四〇頁。ただし、「幻想が真に人を生かすならば、それはもう真実にほかならない」という「いなおり」の言葉は、「外にある現実」を鋭くにがく認識しているからこそ、挑発的に発せられるものであろう。

28 Ronald Bush, *T. S. Eliot: A Study in Character and Style* (New York: Oxford University Press, 1983), 66.

29 "The Family Reunion," 66.

30 "The Cocktail Party," 191.

31 Stephen Spender, *Eliot* (Glasgow: Fontana / Collins, 1975), 118.

第七章

1 「雪」の多義性については、入沢康夫「太郎を眠らせ……」『現代詩読本　三好達治』（思潮社、一九八五年）参照。

2 Donald Davie, *Articulate Energy: An Enquiry into the Syntax of English Poetry* (London: Routledge & Kegan Paul, 1955), 67.

3 『イリュミナシヨン』「街々」渋沢孝輔訳（『ランボー全集Ⅲ』）（人文書院、一九七八年）、三一頁。

4 *The Waste Land: A Facsimile and Transcript of the Original Drafts*, ed. Valerie Eliot (London: Faber, 1971), 33 & 45.

5 Gertrude Patterson, *T. S. Eliot: Poems in the Making* (Manchester: Manchester University Press, 1971), 150. Cf. F. O. Matthiessen, *The Achievement of T. S. Eliot* (New York: Oxford University Press, 1947) 31.

6 William Empson, *Seven Types of Ambiguity* (1930; rpt. Harmondsworth: Penguin Books, 1961), 49-50.

7 D. W. Harding, *Experience into Words: Essays in Poetry* (London: Chatto & Windus, 1963), 106-107.

8 Davie, 90-91.

9 Murray McArthur, "Deciphering Eliot: 'Rhapsody on a Windy Night' and the Dialectic of the Cipher," *American Literature*, Vol. 66, No.3, 1994. 本章はこの論文および次の著書に負うところが大きい。John Paul Riquelme, *Harmony of Dissonances: T. S. Eliot, Romanticism, and Imagination* (Baltimore: The Johns Hopkins University Press, 1991), 44-61.

10 一九九六年にエリオットの初期詩編の草稿集『三月ウサギの発明品』が編集出版された。草稿では、'Rhapsody'の冒頭は次のようになっていて、主語が'the floors of the memory / And.... 以下、動詞が'Dissolve'の倒置構文であると思われる。草稿は「ラプソディック」に書きつけられた感じがあって、シンタックスははなはだ不明瞭だが、決定稿では、作者はシンタックスをさらに曖昧にしたと思われる。そのほうがエリオットの詩学にかなっていたのであろう。このことについては本章の最後でも触れている。

Twelve o'clock
Along the reaches of the street
Held in a lunar synthesis
And all the lunar incantations
Dissolve the floors of the memory
And all its clear relations,
—Its divisions,
Definite precisions.

11 T. S. Eliot, *Inventions of the March Hare: Poems 1909-1917*, ed. Christopher Ricks (New York: Harcourt Brace & Company,1997), 338.

Ibid. この箇所は草稿では、次のようになっていて、'The midnight'が主語であった。

And through the spaces of the dark

The midnight shakes my memory
As a madman shakes a dead geranium.

12 Lesley Jeffries, *The Language of Twentieth-Century Poetry* (London: Macmillan Press, 1993), 67.

13 William Seitz, *The Art of Assemblage* (1961). Patterson, 98 & 147より引用。

14 Cf. Francis Scarf, "Eliot and Nineteenth-century French Poetry," *Eliot in Perspective: A Symposium,* ed. Graham Martin (London: Macmillan, 1970), 50. 現実に目にするものより、芸術作品の記憶のほうが強烈なこともある。

15 T. S. Eliot, *The Use of Poetry and the Use of Criticism* (London: Faber, 1964), 144.

16 B. C. Southam, *A Student's Guide to the Selected Poems of T. S. Eliot,* 4th Edition (London: Faber, 1981), 47.

17 *The Poems of Matthew Arnold*, ed. Kenneth Allott (London: Longmans, 1965), 267.

18 Cf. Piers Gray, *T. S. Eliot's Intellectual and Poetic Development 1909-1922* (Brighton, Sussex: The Harvester Press, 1982), 58.

19 Dylan Thomas, *Collected Poems 1934-1952* (London: J. M. Dent & Sons, 1952), 68.

20 次の評論で詩作体験を述べている。*The Use of Poetry and the Use of Criticism*; "The Music of Poetry," "The Three Voices of Poetry," in *On Poetry and Poets* (London: Faber, 1957).

第八章

1 エリオット協会（セントルイス）における一九八七、八八、八九年の記念講演。James Olney, "Mixing Memory and Imagination," A. D. Moody, "T. S. Eliot: The American Strain," Leonard Unger, "Actual

Times and Actual Places in T. S. Eliot's Poetry," *The Placing of T. S. Eliot*, ed. J. S. Brooker (Columbia: University of Missouri Press, 1991).

2 T. S. Eliot, *The Use of Poetry and the Use of Criticism* (London: Faber, 1964), 79.

3 Olney, 64-65.

4 Unger, 96.

5 T. S. Eliot, "The Influence of Landscape upon the Poet," *Daedalus*, Vol 89 (Spring, 1960), 421.

6 *Ibid.*

7 *Ibid.*, 422.

8 Helen Gardner, "The Landscapes of Eliot's Poetry," *Critical Quarterly,* Vol. 10 (Winter, 1968), 313.

9 *Ibid.*

10 *Ibid.*, 315.

11 *Ibid.*, 322.

12 *Ibid.*

13 Nancy Duvall Hargrove, *Landscape as Symbol in the Poetry of T. S. Eliot* (Jackson: University Press of Mississippi, 1978).

14 Donald Davie, "Pound and Eliot: a distinction," *Eliot in Perspective: A Symposium*, ed. Graham Martin (London: Macmillan, 1970), 80.

15 John T. Mayer, "The Waste Land and Eliot's Poetry Notebook," *T. S. Eliot: The Modernist in History*, ed. Ronald Bush (Cambridge: Cambridge University Press, 1991), 73; John T. Mayer, *T. S. Eliot's Silent Voices* (New York: Oxford University Press, 1989), 72 & 85.

16 Mayer, "The Waste Land and Eliot's Poetry Notebook," 68; Mayer, *T. S. Eliot's Silent Voices,* 68-69.

17 Gertrude Patterson, *T. S. Eliot: Poems in the Making* (Manchester: Manchester University Press, 1971), 73; Herbert Howarth, *Notes on Some Figures Behind T. S. Eliot* (London: Chatto & Windus, 1965), 236.

18 エリオットは、詩作においてリズムがアイディアやイメージに先立つことがあるという自らの経験を述べている。"The Music of Poetry," *On Poetry and Poets* (London: Faber, 1957), 38.

19 Dennis Brown, *The Modernist Self in Twentieth-Century English Literature* (London: Macmillan Press, 1989), 34. エリオットの詩は「何よりもまず言葉の配列」である。音の類似によって詩句がつむぎ出される点については、第七章第五節でも論じた。Hugh Kenner, *The Invisible Poet: T. S. Eliot* (New York: Harcourt, Brace & World, 1959), 5.

20 Cf. John Paul Riquelme, *Harmony of Dissonances: T. S. Eliot, Romanticism, and Imagination* (Baltimore: The Johns Hopkins University Press, 1991), 44-45.

21 Unger, 99

22 C. K. Stead, *Pound, Yeats, Eliot and the Modernist Movement* (London: Macmillan Press, 1986), 41.

23 George Williamson, *A Reader's Guide to T. S. Eliot* (London: Thames and Hudson, 1967), 66. Cf. Jewel Spears Brooker, "Substitutes for Religion in the Early Poetry of T. S. Eliot," *The Placing of T. S. Eliot*, 21.

24 Elizabeth Drew, *T. S. Eliot: The Design of His Poetry* (London: Eyre & Spottiswoode, 1950), 54.

25 Stephen Spender, *Eliot* (Glasgow: Fontana / Collins, 1975), 42.

26 Mayer, *T. S. Eliot's Silent Voices*, 120.

27 "T. S. Eliot," *Literary Essays of Ezra Pound*, ed. with an Introduction by T. S. Eliot (London: Faber, 1960), 419-20.

28 Patterson, 98. エリオットの詩のコラージュ的な特徴については、第七章第五節で述べた。

29 記憶の自動作用がこの詩のテーマであり、また方法でもあることについては、第七章第五節参照。

30 Charles-Louis Philippe, *Bubu of Montparnasse*, tr. Laurence Vail (London: Weidenfeld & Nicolson, 1952), 4-5. この英訳が一九三二年パリで発行された時、エリオットはそれに短い序文を寄せている。

31 抑圧された性の気配の感じられるこの句は、強迫観念のように青年エリオットにとりついたものであり、友人コンラッド・エイケン宛ての手紙の中にも、「人は欲望を抱えて街を歩きまわる」という表現が見られる。*The Letters of T. S. Eliot*, ed. Valerie Eliot (London: Faber, 1988), I, 75.

32 『現代生活の画家』阿部良雄訳（『ボードレール全集Ⅳ』）（人文書院、一九六四年）、三〇三頁。

33 一九二九―一九三〇年の『パリ日記』。野村修『ベンヤミンの生涯』（平凡社、一九七七年）、九五―九六頁より引用。

34 Mayer, "The Waste Land and Eliot's Poetry Notebook," 69; Patterson, 92.

35 エリオットの初期の詩における「人格の分裂」を論じる人はきわめて多い。そのいくつかを挙げる。Kristian Smidt, *Poetry and Belief in the Works of T. S. Eliot* (London: Routledge and Kegan Paul, 1949), 86-87, 123-24 & 142; Piers Gray, *T. S. Eliot's Intellectual and Poetic Development 1909-1922* (Brighton, Sussex: The Harvester Press, 1982), 68; Mayer, *T. S. Eliot's Silent Voices*, 116-19; Brown, 21-22, 32-33 & 112; Riquelme, 50-51 & 160-61.

36 ベンヤミン「ボードレールにおける第二帝政期のパリ」野村修訳（『ヴァルター・ベンヤミン著作集 6』）（晶文社、一九七五年）九八頁。

37 D. S. Savage, *The Personal Principle: Studies in Modern Poetry* (London: Routledge, 1944), 94.

38 *Ibid.*

39 この短編は、マンスフィールドが朗読会でエリオットの詩を読んだ一九一七年に書かれたので、その直接の影響があるのかもしれない。cf. Peter Ackroyd, *T. S. Eliot* (London: Cardinal, 1988), 79.

初出一覧

序章　「都市を見る――三つの短編小説を中心に」
Kobe Miscellany 一七号（神戸大学英米文学会、一九九一年二月）

第一章　「失踪、群衆、壁――都市発生期における三つのアメリカ短編小説」
『近代』七五号（神戸大学「近代」発行会、一九九三年十二月）

第二章　「都市の光景、夢の光景――反復と変容――ド・クィンシーの自伝的作品」
『近代』七一号（神戸大学「近代」発行会、一九九一年十二月）

第三章　「ホーソーンにおける『群衆』の諸相」
『近代』七三号（神戸大学「近代」発行会、一九九二年十二月）

第四章　「ロンドンをさまようワーズワス――都市の解読〔不〕可能性」
Kobe Miscellany 二五号（神戸大学英米文学会、二〇〇〇年二月）

第五章　「都市のダイヴァーシティを読む――アメリカにおける推理小説の誕生」
『アメリカ合衆国における文化の多様性（ダイヴァーシティ）とアメリカナイゼーション』
（『平成七―九年度科学研究費補助金研究成果報告』、一九九八年二月）

第六章　「'Unreal City' について」

第七章　「シンタックスのずれ、ねじれたイメージ、コラージュの風景――T.S.Eliot, 'Rhapsody on a Windy Night' を中心に」
『近代』六九号（神戸大学「近代」発行会、一九九〇年十一月）

第八章　「歩行者の意識に映る〔超〕現実的な都市風景――エリオットの初期の詩」
『近代』八六号（神戸大学「近代」発行会、二〇〇〇年十一月）
森晴秀編『風景の修辞学』（英宝社、一九九五年十月）

あとがき

本書は「まえがき」にも記したように、近代都市、そして都市における群衆が、どのような形で認識され表現されたかを、主として英米の作家・詩人の作品について考察したものである。

青少年期にむさくるしい都市域に住んだせいであろうか、私が関心を持った作品には、都会を舞台にしたもの、都会の風景を描いたものが多かった。任意に例を挙げるなら、エリオットやボードレールの詩、ド・クィンシー『英国阿片吸飲者の告白』、ポー「群衆の人」、ホーソーン「ウェイクフィールド」、ディケンズ『ボズのスケッチ集』、ドストエフスキー『白夜』、『地下室の手記』などである。リルケの『マルテの手記』の始め数ページ、孤独な詩人の魂がパリをさまよい、観察し、瞑想にふける場面には惹かれたが、そこから離れて、詩人が彼の本領ともいうべき追憶の世界に入ってゆくにつれて、あまりおもしろいと感じられなかった。そういう次第であるから、本書でとりあげた作家たちは、その全体像をとらえようと意図したのではなく、都市と群衆という点から見て、彼らのどのような特徴が見えてくるかに焦点を当てたつもりである。このテーマに関連して、とりあげるべき作家は他にも多数いるし、またわが国の作家に断片的に言及しつつも、本格的に論じる余裕がなかったのは心残りである。

「近代詩人にとっての『群衆』」(神戸商科大学『創立五十周年記念論文集』、一九七九年)および「群衆の中の幽霊――都市彷徨の文学(1)(2)」(『英語青年』、一九八七年)という大まかなアウトラインともいうべき論文を発表して以来、ずいぶん時がたってしまった。その後も文学や思想に表れた「都市と群衆」への関心は持続し、関連するさまざまな問題が見えてきた。対象とすべき作家・詩人・思想家もふえた。しかし、作品そのものへの理解がどれほど深まったかということになると心もとない。例えば、本書にとって原点ともいうべき作品、ポーの「群衆の人」について、序章、第一章、第五章で（路上という視点から、人格の分裂という現象から、推理小説との関連から）論じており、またその他の章でも言及しているが、この短編が最終的に何を意味しているのか、今でも明確にいえる自信はない。しかし、文学テキストなるものは、本来そういうものなのであろう。本書は掘りさげ方が十分でなく、著者の非力を示していることは、承知している。だが都市文学という観点から、数名の作家・詩人をとりあげて論じた書物は、英米ではかなりの点数にのぼるが、わが国ではあまり例がないようなので、本書のようなものも存在意義があろうと考える次第である。

本書全九章のすべては、この十年ほどのあいだに、研究誌などに発表した論考である。ほぼ原形のままであるが、全体の構成を考えて加筆訂正を施した箇所もある。各章に共通するテーマは、都市、群衆、フラヌール、不安定な自我であり、筆者としてはこれらのテーマが、各章のあいだで交錯し交響すればよいと願っている。しかし、実情は反復・矛盾・混乱に終始しているだけかもしれない。各章のあいだに共通のテーマがあるとはいえ、元来独立した論文として書いたものなので、どの章からお読みいただいてもよいし、一つの章だけを読んでいただいてもさしつかえない。

論文として発表した折りには多くの方々の助言や激励を受けることができた。まず第一に、神戸大学英米文学会の現メンバー、旧メンバーの方々のきびしい批評と、暖かい思いやりに感謝したい。また、今まで私の書くものを折にふれ読んで、コメントをして下さり、参考文献を多数お貸し下さった今沢達氏、エリオットに関する三つの章を読んで貴重な指摘をいただいた山口均氏にお礼申し上げたい。米本弘一氏には本書をまとめるにあたって、機器使用の手ほどきを受けたのみならず、原稿の一部を読んでいただいた。感謝にたえない。藤井治彦氏は十年も前から、お会いするたびに何か本を出すよう勧めて下さったが、私がなま返事しかしないのでそのうち何もおっしゃらなくなった。しかし、藤井氏の激励がなかったら、こうして書物の形にまとめる決心がついたかどうかわからない。一昨年逝去され、本書をお読みいただけないのはかえすがえすも残念であるが、感謝の気持ちは今も変わらない。本書の出版が実現したのは、ひとえに南雲堂の原信雄氏の、ご好意とご尽力によるものである。原氏には企画の段階からあらゆる面でお世話いただいた。厚くお礼申し上げる。

なお、ポーの「群衆の人」やド・クィンシーの『自伝』に描かれた群衆の雰囲気を最もよく表現していると思われる絵画作品は、私の知る限り、エドヴァルド・ムンクの「カール・ヨハン街の夕暮れ」（本書三八頁）である。この絵のスライド・フィルムをベルゲン美術館（ノルウェー）からお借りできたのは、思いがけない幸せであった。同美術館に深く感謝する。

二〇〇〇年一二月

植田和文

索　　引

［あ］

アイデンティティー　identity　10, 47, 48, 56-57, 64, 71, 74, 123, 131, 206, 208, 214, 218
曖昧　ambiguity　125-27, 140, 142, 208, 249-77, 337
アイロニー　irony　42-43, 147
アウグスティヌス　St. Augustine　236
　『神の都』*The City of God*　236
　『告白録』*Confessions*　236
アニミズム　animism　172
アネット・ヴァロン　Vallon, Annette　177
アーノルド, マシュー　Arnold, Matthew　143, 272
　「夏の夜」'A Summer Night'　272-73
　「ラグビー校礼拝堂」'Rugby Chapel'　143
アルプス　the Alps　165, 172
アレクサンダー，マグダ・レヴェツ - Alexander, Magda Revez-　24-25, 30, 315
　『塔の思想』*Der Turm*　24, 315
アンガー，レナード　Unger, Leonard　279, 280
暗号　cryptography　188, 211
安楽椅子探偵　armchair detective　210

［い］

市　fair　151, 160, 163, 181, 184, 234
市場　market　30, 31, 32, 37, 62, 81, 151, 197, 320
イマジズム　imagism　293
入沢康夫　336

［う］

ヴィクトリア時代　Victorian Era　14, 22, 76, 272, 273
ヴィクトリア朝 → ヴィクトリア時代
ヴィドック，フランソワ・ユージン　Vidoq, François Eugène　209
ウィリー，バジル　Willey, Basil　156
ウィリアムズ，レイモンド　Williams, Raymond　40
ウィリス，N・P　Willis, N. P.　200
『ヴィルヘルム・マイスター』 *Wilhelm Meister*（ゲーテ Goethe, J. W.）　76
ウェストミンスター橋　Westminster Bridge　29, 174
ウォール街　Wall Street　48, 66, 68
ヴォルテール　Voltaire　217
　『ザディグ』*Zadig*　217
宇野浩二　201
ウパニシャッド　*Upanishad*　241
ウルフ，ヴァージニア　Woolf, Virginia　309
　『ダロウェイ夫人』*Mrs Dalloway*　309

［え］

エイケン，コンラッド　Aiken, Conrad　341
エッシャー，M・C　Escher, M. C.　94
エッフェル塔　the Eiffel Tower　30
江戸川乱歩　201, 205, 208
　「疑惑」　205
　「D坂の殺人事件」　205
エマソン,ラルフ・ウォルド　Emerson, Ralph Waldo　111
エリオット，T・S　Eliot, T. S.　11, 179, 219-48, 253-77, 279-312
　『荒地』*The Waste Land*　219-48,

253, 256-58, 298, 302, 303, 304, 305, 333, 335
『荒地草稿』*The Waste Land: A Facsimile and Transcript of the Original Drafts* 242, 258, 333-34
「イースト・コーカー」'East Coker' 247, 302, 308
『一族再会』*The Family Reunion* 243, 246, 247
『岩の合唱』*Choruses from 'The Rock'* 248, 305, 306
『うつろな人々』*The Hollow Men* 223
『カクテル・パーティ』*The Cocktail Party* 243, 247, 308
「風の夜の狂詩曲」'Rhapsody on a Windy Night' 230, 247, 259-77, 286, 295-96, 300, 302-303, 311, 337-38
「狂詩曲」→「風の夜の狂詩曲」
「形而上詩人」"The Metaphysical Poets" 299
「ゲロンチョン」'Gerontion' 302, 303, 305
『三月ウサギの発明品』*Inventions of the March Hare* 337
「J・アルフレッド・プルーフロックの恋歌」→「プルーフロックの恋歌」
『詩集 一九二〇年』*Poems—1920* 284
「詩人に対する風景の影響」"The Influence of Landscape upon the Poet" 281
「序曲集」'Preludes' 179, 230, 247, 253-54, 285-86, 296, 301, 303, 310
『聖灰水曜日』*Ash-Wednesday* 259, 305-306
「伝統と個人の才能」"Tradition and the Individual Talent" 299
「ドライ・サルヴェイジズ」'The Dry Salvages' 235
「嘆く少女」'La Figlia Che Piange' 303
「ニューハンプシャー」'New Hampshire' 280
「バーント・ノートン」'Burnt Norton' 246, 307
『風景集』*Landscapes* 280
「風流な会話」'Conversation Galante' 271
「婦人の肖像」'Portrait of a Lady' 303
「不滅のささやき」'Whispers of Immortality' 226
『プルーフロックとその他の観察』*Prufrock and Other Observations* 280
「プルーフロックの恋歌」'The Love Song of J. Alfred Prufrock' 230, 247, 282, 285, 287, 288-91, 293-95, 298, 300, 301-304, 308
「ボードレール論」"Baudelaire" 223
「窓辺の朝」'Morning at the Window' 230, 283, 286, 296, 301, 303
「マリーナ」'Marina' 279
『四つの四重奏』*Four Quartets* 235, 244, 246-47, 248, 280, 282, 287, 307-309
「リトル・ギディング」'Little Gidding' 246
「私にとってダンテの意味するもの」"What Dante Means to Me" 227-28
エリザベス・ド・クィンシー De Quincey, Elizabeth 99, 102
エリザベス・ホーソーン Hawthorne, Elizabeth 108-10
エンゲルス，フリードリヒ Engels, Friedrich 20-22, 36, 37, 76, 88, 314, 320, 321
『イギリスにおける労働者階級の状態』*Die Lage der arbeitenden Klasse in England* 20-21, 76,

314, 316, 320
エンプソン，ウィリアム Empson, William 249, 259
『曖昧の七つの型』*Seven Types of Ambiguity* 249

[お]
オーデン，W・H Auden, W. H. 206
オリエンタリズム Orientalism 90
オルニー，ジェイムズ Olney, James 279, 281

[か]
カウリー，エイブラハム Cowley, Abraham 291
梶井基次郎 11, 310-11, 312
「ある崖上の感情」 310
「ある心の風景」 310, 311
「泥濘」 310
「檸檬」 310
「路上」 310
仮装舞踏会 mask; masquerade 78, 79, 113, 118-23
仮面舞踏会 → 仮装舞踏会
ガードナー，ヘレン Gardner, Helen 282-83
「エリオットの詩の風景」 "The Landscape of Eliot's Poetry" 282
カーニヴァル carnival 122-23, 181-82
カフカ，フランツ Kafka, Franz 58, 118-19
壁 wall 67-68, 70, 73, 111-12
ガボリオ，エミール Gaboriau, Émile 218
カーモード，フランク Kermode, Frank 242
カーライル，トマス Carlyle, Thomas 17-19, 22, 28
『衣裳哲学』*Sartor Resartus* 17-19, 23, 25, 28
カルタゴ Carthage 236-37

[き]
ギィス，コンスタンタン Guys, Constantin 65, 198, 298
キーツ，ジョン Keats, John 26, 111, 131, 283
キュービズム Cubism 254, 276, 296
『境界侵犯——その詩学と政治学』*The Politics and Poetics of Transgression* 329

[く]
クリスティ，アガサ Christie, Agatha 206
クレイン，ハート Crane, Hart 241
クレヴクール，ミシェル - ギヨーム・ジャン・ド Crèvecœur, Michel-Guillaume Jean de 190
『アメリカの一農夫の手紙』*Letters from an American Farmer* 190
群衆の人 Man of the Crowd（ポー） 10, 43, 48, 58, 63-64, 65, 111, 150-51, 197

[け]
ゲイ，ジョン Gay, John 150
『トリヴィア—ロンドンの街の歩き方』*Trivia, or the Art of Walking the Streets of London* 150
劇場 → 芝居
ケナー，ヒュー Kenner, Hugh 224-25, 232

[こ]
郊外 suburbs 144-46
高所衝動 Höhentrieb（アレクサンダー） 25, 30, 35
ゴシック Gothic 76, 94, 201, 203
湖水地方 Lake District 77, 145, 157
ゴドウィン，ウィリアム Godwin,

William　199, 327
『ケイレブ・ウィリアムズ』*Caleb Williams*　199
コラージュ　collage　256, 268, 274, 276, 295, 340
コールリッジ，サミュエル・テイラー　Coleridge, Samuel Taylor　90, 92, 163, 321-22
コンコード　Concord　111
コンラッド，ジョウゼフ　Conrad, Joseph　245
『闇の奥』*Heart of Darkness*　245, 335

[さ]

差異　difference　183-84, 189-97, 210-11, 218
佐藤春夫　201
サルトル，ジャン-ポール　Sartre, Jean-Paul　71, 323

[し]

シェイクスピア，ウィリアム　Shakespeare, William　161, 259, 291, 333
『テンペスト』*The Tempest*　333
ジェイコバス，メアリー　Jacobus, Mary　172
ジェファソン，トマス　Jefferson, Thomas　189-90, 330
シティ　the City　225, 233, 235-36
シニフィアン　signifiant　160, 163
シニフィエ　signifié　160, 163
芝居　theater　81, 145, 152-57, 160, 162-63
『ジャックと豆の木』*Jack the Giant-Killer*　162-63
シャープ，ウィリアム　Sharpe, William　172
集合心性　mentalité collective　(ルフェーヴル)　115, 116
上海　311
ジュリアン・ホーソーン　Hawthorne, Julian　110
シュールレアリズム　surrealism　76, 269, 276, 290, 296
ジョイス，ジェイムズ　Joyce, James　309, 333
『ユリシーズ』*Ulysses*　309
象徴派　symbolism　76, 271, 283, 293
ジョンソン，サミュエル　Johnson, Samuel　15-17, 18, 20, 21-22, 95
『ロンドン』*London*　15
シンタックス　syntax　249-77, 337
シンボリズム　→　象徴派

[す]

スー，スーン・ペン　Su, Soon Peng　249
『詩における語彙の曖昧』*Lexical Ambiguity in Poetry*　249
推理小説 detective novel　47, 54, 89, 187-218, 330
スウィフト，ジョナサン　Swift, Jonathan　181
スペクタクル spectacle　125, 128, 132, 136, 202, 203, 332
スペンサー，エドマンド　Spenser, Edmund　233
スペンダー，スティーヴン　Spender, Stephen　248

[せ]

セイレム　Salem　108, 109
セントルイス　St. Louis　281, 282, 284

[そ]

ソフィア・ホーソーン　Hawthorne, Sophia　108
ゾラ，エミール　Zola, Émile　282

[た]

高木彬光　208
多木浩二　315

『眼の隠喩』　315
谷崎潤一郎　75, 81, 201
「秘密」 75, 81
ダブリン　Dublin　309
ダリ，サルヴァドール　Dali, Salvador 227
ダン，ジョン　Donne, John　291
ダンテ・アリギエリ　Dante Alighieri 225, 227, 228
『神曲』*Divina commedia*　223, 225
探偵 detective　188, 192, 196, 199, 200, 209-210, 217
探偵小説 →　推理小説

[ち]
チェスタトン, G・K　Chesterton, G. K. 199, 207

[て]
デイ，ロバート・A　Day, Robert A. 225
「『荒地』における都会人間」"The 'City Man' in *The Waste Land*" 225
デイヴィ，ロナルド Davie, Ronald 253, 283-84
『T・S・エリオットの詩における象徴としての風景』*Landscape as Symbol in the Poetry of T. S. Eliot*　283
ディケンズ，チャールズ　Dickens, Charles　8, 10, 19-20, 22, 23, 34, 39, 40-41, 82, 201, 215, 323, 331
『オリヴァー・トゥイスト』*Oliver Twist*　22, 39
『骨董屋』*The Old Curiosity Shop* 201
「ジン酒場」 "Gin-Shops"　331
『二都物語』 *A Tale of Two Cities* 19-20, 82
『バーナビー・ラッジ』*Barnaby Rudge*　216
『ボズのスケッチ集』*Sketches by Boz*　40-41, 331
「酔っぱらいの死」"The Drunkard's Death"　40-41, 331
ディズレイリ，アイザック　D'Israeli, Isaac　43
『奇書珍書』 *Curiosities of Literature*　43
ディ・ルーカ，V・A　De Luca, V. A. 105
デカルト，ルネ　Descartes, René 217
『方法叙説』*Discours de la Méthode* 217
デ・キリコ，ジョルジオ　De Chirico, Giorgio　117
テニソン，アルフレッド　Tennyson, Alfred　178, 283
『イン・メモリアム』*In Memoriam* 178
テムズ川　the Thames　148, 175, 225, 233, 234

[と]
ドイル，アーサー・コナン　Doyle, Arthur Conan　218
塔　tower　24-28, 30, 43, 129, 238-39, 240, 241
東京　45, 205, 311
時の点　spots of time（ワーズワス） 169
ド・クィンシー，トマス　De Quincey, Thomas　7, 9, 39, 75-106, 151, 202, 332
『ある若者への手紙』*Letters to a Young Man whose Education has been Neglected*　82
『英国阿片吸飲者の告白』*Confessions of an English Opium-Eater*　80-101
『英国郵便馬車』*The English Mail Coach*　91, 96, 101-102, 321
「急死のヴィジョン」"The Vision

of Sudden Death” 96
「芸術の一形式としての殺人について」“On Murder Considered as One of the Fine Arts” 75, 202
『告白』→『英国阿片吸飲者の告白』
『自伝』*Autobiography* 77-80, 84, 94, 103, 321, 323
『深淵からのため息』*Suspiria de Profundis* 102, 104, 323
「夢のフーガ」“Dream Fugue: Founded on the Preceding Theme of Sudden Death” 96, 101, 105, 321
「幼年期の苦悩」“The Affliction of Childhood” 323
都市風景 cityscape 8, 147, 165, 173-79, 225, 233, 246, 248, 254-56, 274, 281, 282, 284, 308-309
ドストエフスキー，フョードル・ミハイロヴィッチ Dostoevsky, Fyodor Mikhailovich 8, 23, 73, 97, 323, 334-35
『地下室の手記』*Notes from Underground* 97
「弱い心」“A Weak Heart” 334
トマス，ディラン Thomas, Dylan 275-76
富永太郎 7, 311, 312
「断片」 311
「俯瞰景」 311
トムソン，ジェイムズ Thomson, James ‘B. V.’ 248
『恐ろしい夜の都市』*The City of Dreadful Night* 248
トラクテンバーグ，アラン Trachtenberg, Alan 203-204
ドルー，エリザベス Drew, Elizabeth 242
ドロシー・ワーズワス Wordsworth, Dorothy 177

［に］

ニヒリズム nihilism 70
ニューイングランド New England 116, 246, 280, 281
ニュートン，アイザック Newton, Isaac 161
ニューヨーク New York 35, 48, 66, 189, 190-91, 194, 199, 211, 217, 219

［の］

野村修 341
『ベンヤミンの生涯』 341

［は］

パイク，バートン Pike, Burton 23
『近代文学と都市』*The Image of the City in Modern Literature* 314
バイロン，ジョージ・ゴードン Byron, George Gordon 319
パウンド，エズラ Pound, Ezra 253, 258, 286-87, 294, 333
『詩篇』*The Cantos* 253
萩原朔太郎 311
「群集の中に居て」 311
「群集の中を求めて歩く」 311
バーク，エドマンド Burke, Edmund 329
パスカル，ブレーズ Pascal, Blaise 307
ハズリット，ウィリアム Hazlitt, William 75, 319
バーソロミュー（の市）Bartholomew Fair 147, 151, 154, 156, 173, 180-85
バトラー，サミュエル Butler, Samuel 292
パノプティコン panopticon 52
パノラマ panorama 24, 130, 135, 181, 183, 329
パラドックス paradox 170, 207
パリ Paris 8, 19, 34, 39, 191, 195, 199, 205, 211, 217, 229, 242,

255, 274, 282, 284, 289, 297, 302
バルザック，オノレ・ド　Balzac, Honoré de　8, 23
パロディ parody　197, 240, 247, 296
パントマイム　pantomime　151-53, 157

[ひ]
ピアス，フランクリン　Pierce, Franklin　110
非現実の都市 Unreal City（T・S・エリオット）219-30, 231, 237-39, 241-43, 246-48
ヒューム，T・E　Hulme, T. E.　292
ピューリタン　Puritan　112, 115-16, 118, 123-24, 138, 189
ピラネージ，ジョヴァンニ・バティスタ　Piranesi, Giovanni Battista　92-94, 96
『幻想の牢獄』*Carceri d'inventione*　94
『ローマ遺跡集』*Antichita Romane*　92

[ふ]
フィリップ，シャルル - ルイ　Philippe, Charles-Louis　297, 299
『モンパルナスのビュビュ』*Bubu de Montparnasse*　297
『不思議の国のアリス』　*Alice's Adventures in Wonderland*（ルイス・キャロル Lewis Carrol）163
仏教　Buddhism　233, 245
ブッシュ，ロナルド Bush, Ronald　246
物神　Fetisch（ベンヤミン）　62
ブラウン，チャールズ・ブロックデン　Brown, Charles Brockden　203
プラーツ，マリオ　Praz, Mario　76
ブラッドリー，フランシス・ハーバート　Bradley, Francis Herbert　245, 301
フラヌール　Flâneur（ベンヤミン）54, 59-60, 62, 64, 114, 128, 130-32, 134,135, 150, 166, 198-202, 207, 332
プルースト，マルセル　Proust, Marcel　280, 295, 296
ブルックリン橋　Brooklyn Bridge　241
ブレイク，ウィリアム Blake, William　105, 168, 323
『エルサレム』*Jerusalem*　168
「ロンドン」'London'　105
フレイザー，G・S　Frazer, G. S.　335
フロイト，ジグムント Freud, Sigmund　91, 95
フロスト，ロバート　Frost, Robert　68, 281

[へ]
ヘイクラフト，ハワード　Haycraft, Howard　202
『娯楽としての殺人』*Murder for Pleasure*　202, 332
ヘッセ，ヘルマン　Hesse, Herman　239
ペテルブルグ　St. Petersburg　8, 334-35
ベリマン，ジョン　Berryman, John　289
ベルグソン，アンリ Bergson, Henri　273, 295, 296
ベルリン　Berlin　30, 31, 33, 34
ベンヤミン，ヴァルター Benjamin, Walter　34, 36, 62, 198-99, 207, 298, 299, 304, 315
「パリ――十九世紀の首都」"Paris, die Hauptstadt des XIX Jahrhunderts"　318
「ボードレールにおける第二帝政期のパリ」"Das Paris des Second Empire bei Baudelaire"　331,

332, 341

[ほ]

ポー，エドガー・アラン　Poe, Edgar Allan　10, 23, 35-43, 47, 49, 54, 57-65, 75, 111, 120, 150, 187-218
　「アッシャー家の崩壊」"The Fall of the House of Usher"　208
　「穴と振り子」"The Pit and the Pendulum"　215
　「ウィリアム・ウィルソン」"William Wilson"　122, 208
　「おまえが犯人だ」"Thou Art the Man"　205
　「群衆の人」"The Man of the Crowd"　23, 35-43, 47, 49, 57-65, 72, 195-99, 204, 211, 317, 331
　「黄金虫」"The Gold-Bug"　211
　「催眠術の啓示」"Mesmeric Revelation"　208
　「赤死病の仮装舞踏会」"The Masque of the Red Death"　120-22
　「長方形の箱」"The Oblong Box"　205
　「盗まれた手紙」"The Purloined Letter"　54, 199, 209, 332
　「のこぎり山奇談」"A Tale of the Ragged Mountains"　208
　「マリー・ロジェの謎」"The Mystery of Marie Rogêt"　187, 195, 205, 207, 210, 211-14, 216
　「メイルシュトロームへの墜落」"A Descent into the Maelström"　215
　「モルグ街の殺人」"The Murders in the Rue Morgue"　54, 188, 191-92, 194-95, 200-201, 204, 207, 209, 210, 211, 217, 332
ホイットマン，ウォルト　Whitman, Walt　147
ボイル，ロバート　Boyle, Robert　161
ホガース，ウィリアム　Hogarth, William　33, 181
ボズウェル，ジェイムズ　Boswell, James　15, 16
　『ジョンソン伝』*The Life of Samuel Johnson*　15
ボストン　Boston　114, 120, 284
ホーソーン，ナサニエル　Hawthorne, Nathaniel　23, 24-29, 33, 36, 38, 47, 48, 49, 50-57, 59, 71, 108-42, 200, 203
　「案内事務所」"The Intelligence Office"　56
　「ウェイクフィールド」"Wakefield"　29, 47, 49, 50-57, 58, 59, 72, 111, 317
　「エドワード・ランドルフの肖像」"Edward Randolf's Portrait"　120
　「エンディコットと赤十字」"Endicott and the Red Cross"　124
　「空想ののぞきからくり」"Fancy's Show Box"　137
　「原稿の中の悪魔」"The Devil in Manuscript"　110, 137
　「自己中心主義、または腹心の蛇」"Egotism; or, The Bosom-Serpent"　71
　「七人の放浪者」"The Seven Vagabonds"　135, 136
　『七破風の家』*The House of the Seven Gables*　112, 132-35
　「地球の全燔祭」"Earth's Holocaust"　110
　「塔からの眺め」"Sights from a Steeple"　23, 24-29, 32, 128, 129, 132, 136, 315
　『トワイス・トールド・テールズ』*Twice-Told Tales*　114
　「日曜日家にいて」"Sunday at Home"　128-29, 133, 136
　「ハウの仮装舞踏会」"Howe's Masquerade"　120-22

「白髪の戦士」"The Gray Champion" 114-17, 120, 122, 124
「ヒギンボザム氏の災難」"Mr. Higginbotham's Catastrophe" 54
『緋文字』*The Scarlet Letter* 50, 57, 112, 118, 123-27, 141-42, 317
『ブライズデイル物語』*The Blithedale Romance* 113, 122, 131-32, 135, 138
「牧師の黒いヴェール」"The Minister's Black Veil" 112, 140-41
「三つの丘の窪地」"The Hollow of the Three Hills" 113
「メリー・マウントの五月柱」"The May-Pole of Merry Mount" 124
「やさしい少年」"The Gentle Boy" 118
「料金徴収係の一日」"The Toll-Gatherer's Day" 128, 130, 136
「りんご売りの老人」"The Old Apple-Dealer" 57
「若いグッドマン・ブラウン」"Young Goodman Brown" 112
「わが親戚モリノー少佐」"My Kinsman, Major Molineux" 29, 118-20, 121, 123
ボードレール, シャルル Baudelaire, Charles 7, 10, 11, 19, 27, 32, 33, 39, 65, 75, 76, 80-82, 107, 113, 131, 134, 137, 139, 143, 151, 178, 198-99, 225, 227-30, 236, 242, 247, 269, 292, 298, 299, 300, 314, 322, 335
『悪の華』*Les Fleurs du mal* 228, 318, 325, 334
『火箭』*Fusées* 143
「屑屋たちの酒」'Le Vin des chiffonniers' 19
「群衆」'Les Foules' 10, 107, 320
「芸術家の告白誦」→「芸術家の告白の祈り」
「芸術家の告白の祈り」'Le *Confiteor* de l'artiste' 139, 326
『現代生活の画家』*Le Peintre de la vie moderne* 318, 321, 341
「午前一時に」'A une heure du matin' 10, 85
「孤独」'La Solitude' 10
「七人の老人」'Les sept Vieillards' 19, 65, 227, 229, 230, 302
『人工天国』*Les Paradis artificiels* 75, 320
「救いがたいもの」'L'Irrémédiable' 322
「太陽」'Le Soleil' 229
「小さな老婆たち」'Les petites Vieilles' 19, 27, 65, 229, 318, 325
「沈思」'Recueillement' 178
「通り過ぎた女に」'A une Passante' 84, 229
「白鳥」'Le Cygne' 229
『パリの憂鬱』*Le Spleen de Paris* 11, 269, 315, 320, 326, 335
『パリの憂愁』→『パリの憂鬱』
「貧者の玩具」'Le Joujou du pauvre' 269
「窓」'Les Fenêtres' 27, 32, 315, 335
「盲人たち」'Les Aveugles' 33
「憂鬱」'Spleen' 178
「夕べの薄明」'Le Crépuscule du soir' 19, 230
ポープ, アレクサンダー Pope, Alexander 181
ホプキンズ, ジェラルド・マンリー Hopkins, Gerard Manley 175
ホフマン, E・T・A Hoffmann, E. T. A. 23, 30-34, 36, 38, 315
「従兄の隅窓」→「隅の窓」
『砂男』*Der Sandmann* 30
「隅の窓」"Des Vetters Eckfenster"

23, 30-34, 315
堀辰雄　311
「水族館」 311
「眠れる人」 311
「風景」 311
ボルヘス，ホルヘ・ルイス　Borges, Jorge Luis　57, 58, 199
『異端審問』*Otras inquisiciones* 317

[ま]

前田愛　23, 315
「都市を解読する」315
マーケット→ 市場
マッカーサー，マレイ MacArthur, Murray　259
「エリオット解読―『風の夜の狂詩曲』と暗号の弁証法」"Deciphering Eliot: 'Rhapsody on a Windy Night' and the Dialectic of the Cipher"　259
松山巌　332
『乱歩と東京――一九二〇　都市の貌』 332
マニエリスム　Mannerism　258
マンスフィールド，キャサリン Mansfield, Katherine　310, 341
「風景」"Pictures"　310
マンチェスター　Manchester　20-21, 76, 77
マンフォード，ルイス　Mumford, Lewis　144

[み]

三島由紀夫　75, 138
「荒野より」 138, 326
『小説とは何か』 138, 325
「真夏の死」 75
ミステリー　mystery　187-88, 203, 330
三好達治　250-52, 311
「乳母車」 251
「少年」 251
『測量船』 250
「春の岬」 250
「雪」 251-52, 336
ミラー，J・ヒリス　Miller, J. Hillis 103, 323
ミルトン，ジョン Milton, John 163, 292
『闘技士サムソン』　*Samson Agonistes*　163

[む]

ムアマン，メアリー　Moorman, Mary　327
ムーディ，A・D Moody, A. D. 279, 282

[め]

迷宮　labyrinth　39, 50, 57, 83, 84, 95, 144, 199
迷路　maze　29, 39, 43, 50, 56, 84, 86, 94-95, 97, 118, 144, 150, 163
メタ詩 →　メタ・ポエム
メタ・ポエム　meta-poem　220, 240, 248, 266-71
メタ・リーダー　meta-reader　211, 214
メルヴィル，ハーマン Melville, Herman　43, 48, 49, 66-74, 193-94, 203
「書記バートルビー」 → 「バートルビー」
『白鯨』*Moby-Dick; or, The Whale* 70
「バートルビー」"Bartleby the Scrivener: A Story of Wall Street"　48, 49, 66-74, 317
『ピエール』 *Pierre; or, The Ambiguities*　68, 193-94, 196
メルティング・ポット　melting pot 190

[も]
モダニズム　Modernism　105, 293, 309
モンタージュ　montage　286

[や]
屋根裏　attic　30, 34, 43

[ゆ]
ユヴェナリス　Juvenalis　15
遊民 → フラヌール
ユーゴー，ヴィクトル　Hugo, Victor　97
『レ・ミゼラブル』*Les Misérables* 97
夢　dream　77, 84-96, 101, 113, 166, 242, 243-44, 245, 285, 300, 311, 321-22, 335

[よ]
横溝正史　208
『ヨハネの黙示録』*Apocalypse*　243

[ら]
ラッセル，バートランド　Russell, Bertrand　239-40, 334
『自伝』*Autobiography*　239-40
ラフォルグ，ジュール　Laforgue, Jules　45, 179, 270-71, 292
「あの美しい月の嘆き」'Complainte de cette bonne lune'　270-71
「冬が来る」L'Hiver qui vient'　179
ラ・ブリュイエール　La Bruyère　66
ラム，チャールズ　Lamb, Charles　75, 151-53, 168
『エリア随筆』*Essays of Elia*　168
ランボー，アルチュール　Rimbaud, Arthur　255-56, 312
『イリュミナシヨン』*Les Illuminations*　336
「橋」'Les Ponts'　255
「街」'Ville'　255
「街々」'Villes'　255, 336
「メトロポリタン」'Métropolitain'　255, 312

[り]
リアリズム　realism　32, 210, 225, 254, 256, 258, 269, 274-75
リヴァプール　Liverpool　97, 110
リパード，ジョージ　Lippard, George　203
リラダン，ヴィリエ・ド　L'Isle-Adams, Villiers de　201
リルケ，ライナー・マリア　Rilke, Rainer Maria　33, 289
『マルテの手記』*Die Aufzeichnungen des Malte Laurids Brigge*　33, 289
リンデンバーガー，ハーバート　Lindenberger, Herbert　178

[る]
ルヴェルディ，ピエール　Reverdy, Pierre　293
ルソー，ジャン・ジャック　Rousseau, Jean Jacques　16, 21
ルフェーヴル，ジョルジュ　Lefebvre, Georges　115, 325
『革命的群衆』*Foules révolutionnaire*　325
ルブラン，モーリス　Leblanc, Maurice　210

[れ]
レイン，R・D　Laing, R. D.　71

[ろ]
路上　on the street　23, 38-39, 43, 58, 97, 147-51, 152, 167
ロック，ジョン　Locke, John　157
ロートレアモン（伯爵）Lautréamont, Comte de　290
『マルドロールの歌』*Les Chants*

de Maldoror　290
ローマ　Rome　92, 144
ロマン主義 → ロマン派
ロマン派　Romanticism　16, 65, 75, 76, 105, 106, 160, 165, 185, 201, 272, 273, 282, 288, 293
ロンドン　London　8, 9, 15-16, 29, 34, 35-40, 47-48, 50, 53-55, 58, 77-81, 83-86, 88, 91, 94-95, 110-11, 112, 128, 144-52, 156, 160, 168, 174-75, 177, 178, 179, 181, 195, 198, 199, 221, 224-25, 232, 236-40, 243, 248, 255-56, 282-83, 284, 302, 307, 310, 312, 327, 333
ロンドン橋 London Bridge　221-22, 225, 232, 240-41, 304

［わ］

ワイルド，オスカー　Wilde, Oscar　75
ワシントン，ジョージ Washington, George　121
ワーズワス，ウィリアム Wordsworth, William　9, 22, 29, 33, 77, 78-79, 91, 111, 144-85, 203, 273, 283, 315
「ウェストミンスター橋」'Composed upon Westminster Bridge, September 3, 1802'　173-76, 315
「ウェストミンスター橋の上にて作れる」 → 「ウェストミンスター橋」
「うるわしい夕べ」'It is a beauteous evening'　175
「形勢逆転」'The Tables Turned'　273
「決意と独立」'Resolution and Independence'　169, 176-77
『逍遙』*The Excursion*　91, 156
『序曲』*The Prelude or, Growth of a Poet's Mind*　22, 29, 78, 144-73, 177-85
『抒情民謡集』*Lyrical Ballads*　157
「ティンターン寺院の詩」'Lines Composed a Few Miles above Tintern Abbey'　155, 156
「眠りが私の魂を閉ざした」'A slumber did my my spirit seal'　159
「一人の少年がいた」'There was a Boy'　159
「不滅の告知への賛歌」　'Ode: Intimations of Immortality from Recollections of Early Childhood'　176
「私たちは七人」'We Are Seven'　159
ワーズワス，ジョナサン　Wordsworth, Jonathan　171

著者について

植田和文（うえだ　かずふみ）

一九三八年生まれ。一九六一年大阪大学法学部卒。一九六八年大阪大学大学院文学研究科、博士課程単位取得退学。英米近代文学、アメリカ文化専攻。現在、神戸大学国際文化学部教授。一九八三―八四年ケンブリッジ大学客員研究員。一九九六―九七年ニューハンプシャー大学客員教授。著書・論文『詩集　休止符』（一九六七）、「群衆の中の幽霊―都市彷徨の文学(1)(2)」（一九八七）、『風景の修辞学』（共著、一九九五）など。

群衆の風景　英米都市文学論

二〇〇一年十月二十五日　第一刷発行

著　者　植田和文
発行者　南雲一範
装幀者　銀月堂
発行所　株式会社南雲堂
東京都新宿区山吹町三六一　郵便番号一六二―〇八〇一
電話東京（〇三）三二六八―二三八四（営業部）
　　　　（〇三）三二六八―二三八七（編集部）
振替口座　〇〇一六〇―〇―四六八六三
ファクシミリ（〇三）三二六〇―五四二五
印刷所　ディグ
製本所　長山製本

乱丁・落丁本は、小社通販係宛御送付下さい。
送料小社負担にて御取替えいたします。
〈1B-270〉〈検印廃止〉

ISBN-4-523-29270-1 C3098

「# フランス派英文学研究

上・下全2巻

島田謹二

A5判上製函入
揃価30、000円
分売不可

文化功労者島田博士の七〇年に及ぶ愛着と辛苦の結晶が、いまその全貌を明らかにする！　日本人の外国文学研究はいかにあるべきか？すべてのヒントはここにある！

上巻
第一部　アレクサンドル・ベルジャムの英語文献学
第二部　オーギュスト・アンジエリエの英詩の解明
●島田謹二先生とフランス派英文学研究（川本皓嗣）
下巻
第三部　エミール・ルグイの英文学史講義
●複眼の学者詩人、島田謹二先生（平川祐弘）